I0784669

Paul Blumenreich

Die höchste Instanz

OK Publishing 2021

Paul Blumenreich

Die höchste Instanz

Kriminalroman

MUSAICUM
Books

- Innovative digitale Lösungen & Optimale Formatierung -
musaicumbooks@okpublishing.info

2021 OK Publishing

ISBN 978-80-272-4942-8

In ungewöhnlicher Erregung war Mama von ihrem Ausgange heimgekehrt. Francis sah es auf den ersten Blick: ihr mußte etwas ganz Besonderes begegnet sein. Es geschah selten, daß Mama ihre ein wenig steife Haltung verlor, und auch dann noch pflegte sie sich ihrer Tochter gegenüber sehr in acht zu nehmen. Heute vergaß sie sich so weit, daß sie schon im Korridor, während das Dienstmädchen ihr den Mantel abnahm, der ihr entgegenkommenden Francis zurief:

»Du gehst doch nicht aus, Kind? Du bleibst doch zu Hause? Ich habe dringend mit Dir zu sprechen!«

Wo mochte sie nur gewesen sein? Und was war es, das sie alle Bedenken gegenüber der geschwätzigen Marie vergessen ließ? Es gehörte sonst zu Mamas heiligsten Grundsätzen »die Leute« nicht merken zu lassen, wie es einen bestellt war. »Die Leute« wußten es zwar trotzdem. Es ist nicht schwer zu durchschauen, wie der verwitweten Frau Majorin mit ihren tausend oder zwölfhundert Mark Pension und den Zinsen eines sehr zusammengeschrumpften Kapitals zu Mute ist – zumal wenn der Herr Sohn, der Premierleutnant, allerhand Nebenbedürfnisse hat, und die Tochter für Bücher, Musikalien, Theater und Konzerte reichlich so viel verbraucht, als die gnädige Frau ihren »Leuten«, das heißt eben der Marie, Vierteljahrslohn zahlen konnte. Aber Mama hätte geschworen, daß Marie nichts ahnte. – Sie hatte sich denn auch bald ihrer besseren Gewohnheit erinnert. Demonstrativ folgte sie zunächst Marien in die Küche, um dort nach dem Rechten zu sehen. Solch ein Mädchen für alles darf nicht einen Augenblick glauben, daß man die Dinge gehen läßt, wie sie will. Erst als die Gnädige sich überzeugt hatte, daß die Suppe gut werde, daß der Salat bis zum Anrichten fertig sei und daß die zwei Flaschen Patzenhofer-Bier kalt gestellt waren, begab Frau von Engern sich in den »Salon«, wo Francis nicht ohne Spannung ihrer harrte.

Es war ein recht altmodisches Mahagoni-Zimmer, was die Majorin ihren Salon nannte. Vor vierzig Jahren schon war die dunkelrote Plüschgarnitur mit ihren geschweiften Lehnen und den krummen Füßen nicht mehr ganz neuen Stils gewesen. Auch der große Teppich wies auf jene Zeit hin, und die Glas-Servante, dies spezifische Berliner Möbel, enthielt Tassen und Gläser und andere, weniger brauchbare Dinge aus den fünfziger Jahren. Ein einziges wertvolles Stück fiel aus dem Rahmen: der schwarze Stutzflügel, der aus einer ersten Fabrik stammte. Daneben würde der, dem diese Art von Berliner »guten Stuben« bekannt ist, das Fehlen von schlechten Bildern mit Bewunderung bemerkt haben. Es gab nur einen Wandschmuck hier, einen mächtigen Kupferstich nach dem Rahlschen Fries: »Das goldene Zeitalter der Griechen.« Was sonst zum Aufputz des Zimmers diente, wies auf einen merkwürdig zarten, feinen Geschmack hin. Tanagrafiguren, ein paar gute Büsten, eine hübsche Kopie des Hermes von Praxiteles; Stickereien und andere Arbeiten in duftigen, immer auf Teppich und Polstermöbel abgestimmten Farben; endlich in dem winzig kleinen Erker auf einer Etagere ein ganz allerliebstes Arrangement von Ballspenden, Festzeichen, Fächern, leeren Flacons, Buketthülsen und Konfektschachteln: das Museum von Francis' Triumphen.

»Du kannst unmöglich erraten, wo ich gewesen bin, mein Kind. Und noch weniger kannst Du ahnen, daß ich mich in erster Reihe mit Dir beschäftigt habe.« So leitete Frau von Engern das Gespräch mit ihrer Tochter ein.

Francis erschrak. Ein neues Heiratsprojekt ohne jeden Zweifel! Und ihr graute doch vor dem Gedanken, auf diesem »nicht mehr ungewöhnlichen Wege« an den Mann gebracht zu werden. Sie hatte resigniert, obwohl sie noch nicht volle fünfundzwanzig Jahre alt, obwohl sie sich ihrer Schönheit, ihrer reichen Geistesgaben durchaus bewußt war. Ein Liebesglück schien ihr versagt, seit jenem furchtbaren Tage, da ihr Verlobter sich erschossen hatte, weil Spielverluste ihn zu Grunde gerichtet. Eine Ehe ohne Liebe aber – man hätte ihr schon ein kleines Fürstentum zu Füßen legen müssen, um sie dafür zu gewinnen. Und auch dann würde sie noch ihre Bedingungen gestellt haben. Das war sie dem Vater schuldig, um den sie noch immer Halbtrauer trug, obwohl nahezu zwei Jahre seit jenem plötzlichen, furchtbaren Tode vergangen. Wer dieses Vaters Liebling gewesen, war zu den höchsten Ansprüchen nicht nur berechtigt, sondern verpflichtet.

Sie atmete ein wenig auf, als Mama jetzt erklärte, sie sei bei ihrem Bankier gewesen, bei C. F. Gerold. Francis lächelte immer innerlich, wenn Mama von »ihrem« Bankier sprach. Bei der

Firma C. F. Gerold hatte nämlich schon der Großvater sein Vermögen angelegt gehabt. Nur daß es damals vielleicht der Mühe gelohnt haben mochte. Nachdem aber außer der Mama noch drei andere Töchter ausgestattet worden und zwei Söhne, natürlich Offiziere, redlich das ihre getan hatten, dieses Vermögen zu dezimieren, hat das Bankhaus Gerold wahrscheinlich keinen bescheideneren Klienten gehabt, als den Großvater. Und Mama nun gar, nun, die hätte ihre paar Pfennige wirklich auch ohne Bankier »verwalten« können! Aber es tat der alten Frau wohl, wenigstens einen leisen Schimmer von Wohlhabenheit zu wahren.

»Ich bin eigentlich mit großen Hoffnungen hingegangen zu Gerold,« hob Mama wieder an. »Du wirst ja erstaunt sein, aber ich wollte – spekulieren – Geld verdienen!«

»Um Gottes willen, Mama,« rief Francis aus, nun doch wieder sehr beängstigt, »Du wirst doch nicht den kleinen Rest aufs Spiel setzen wollen!«

»Es muß etwas geschehen, Francis! Es gibt da Dinge, über die ich nur ungern mit Dir spreche ...«

»Hat Egbert neue Schulden gemacht?«

»Er würde es mir ja doch nicht sagen,« wich Mama aus. »Aber um Egbert handelt sich's doch auch ... Es ist wirklich schwer, mein liebes Kind ...« Die alte Dame verstummte.

»Quäle Dich nicht, Mama – ich weiß, was Du mir nicht sagen kannst!«

»Hat er Dir davon gesprochen – Egbert?«

»Halb und halb hab' ich's erraten. Wenn ich auch das Nähere nicht weiß, so ist mir doch soviel ganz klar: Er will, oder vielmehr er ist gezwungen, zu heiraten. Und dazu brauchst Du Geld, Mama. Er steht vor seiner Ernennung zum Hauptmann, das macht es ja etwas leichter, aber auch die kleine Kaution muß beschafft werden – nicht wahr, Mama, das ist es, was Dich drückt?«

Die alte Frau hatte Francis Hände zwischen die ihren genommen und drückte und streichelte sie jetzt in dankbarer Zärtlichkeit.

»Du bist mein braves, gutes Kind – so ganz und gar der stolze, ehrenfeste Vater ... Ach – daß er es doch sähe, wie Du ihm nachgerätst!«

Die alte Frau fuhr sich mit dem Tuch über die Augen. Drei von ihren fünf Kindern waren tot; der einzige Sohn hatte ihr bis heute nur Kummer und Sorgen bereitet; nur Francis, dieser auserwählte Liebling ihres Vaters, dieses herrliche, quellklare Geschöpf, war ihr geblieben: ihr Trost, ihr ein und alles. Wie sie es ihr jetzt leicht machte! Und wie schon in ihren Fragen gleichsam ihr Wille sich kund tat, mit dem nun einmal Notwendigen fertig zu werden, koste es auch ein noch so schweres Opfer! O, sie war ein Juwel von einem Mädchen, und kein Glück auf Erden wäre zu groß für sie.

Und die Mama begann zu beichten. Die Verheiratung Egberts war nicht länger hinauszuschieben. Das wurde als eine feststellende Tatsache vorausgeschickt. Gründe dafür anzugeben, schien nicht erforderlich oder nicht angemessen. Diese ganze Heiratssache wurde etwas mysteriös behandelt. Zwölftausend Mark Kaution und etwa dreitausend für die Einrichtung mußte Egbert haben. Er würde, einmal verheiratet und Hauptmann, solide werden, würde dann auf eigenen Füßen stehen; vielleicht sogar entschlösse er sich, seine Kenntnisse zu militär-wissenschaftlichen Arbeiten zu verwerten – dann wäre man die Sorge um ihn los. Aber das ganze Vermögen betrug nicht mehr als fünfundzwanzigtausend Mark. Und es war doch eigentlich dazu bestimmt, ihrer Francis Mitgift zu werden. Ganz davon abgesehen, daß die beiden Frauen ja die Zinsen dieses Kapitals nicht entbehren konnten, wenn sie nur annähernd so weiter leben wollten wie bisher. In dieser Bedrängnis hatte denn ein hingeworfenes Wort Egberts, daß jetzt wieder sehr viel Geld an der Börse verdient werde, hingereicht, um die Mama zu einem kühnen Versuch zu ermutigen. Wenn man nur zehntausend Mark verdienen könnte mit dem Geld, das noch da war, dann schon war das Schlimmste überwunden ...

»Das ist auch ohnedies zu überwinden, Mama,« unterbrach hier Francis den anfangs vorsichtigen, dann immer lebhafter werdenden Bericht. »Wenn Egbert sich einschränkt, wird er auf einen Teil der Zinsen seiner Kaution verzichten können, und wir werden statt tausend Mark Zuschuß zur Pension vielleicht nur noch die Hälfte haben. Das ist zu ertragen; ein paar hundert Mark im Jahre könnte ich schließlich verdienen mit meiner Stickerei. Und wir können auch hier und da noch sparen. Nur begib Dich nicht in Gefahr, liebste Mama – mache keine »Geschäfte!« Ich kann Dir nicht sagen, wie mir der Gedanke zuwider ist! Es läuft nur kalt über den Rücken bei dem Worte: »Geschäft!«

»Wie dem seligen Vater,« seufzte Frau von Engern. – »Wenn man Dich hört, mein Kind, meint man, es sei völlig ausgeschlossen, daß Du Deiner Mitgift noch einmal bedürftest – Du mit Deinen vierundzwanzig Jahren!«

»Fünfundzwanzig, Mamachen – auch da ist nichts zu handeln!« Das war alles, was Francis antwortete.

»Nun stell' Dir vor, Kind,« nahm Frau von Engern ihren Bericht wieder auf, und zwar merkwürdigerweise in einem erheblich leichteren Tone, »der Generalkonsul hat mir auf das allerdringlichste abgeraten!«

»Der Generalkonsul? Wer ist das?«

»Das weißt Du nicht? Das ist der jetzige Inhaber des Bankhauses C. F. Gerold, der Neffe und einzige Erbe des alten Gerold … Ich habe heut mit ihm selbst gesprochen.«

Francis hörte teilnahmslos zu. Wenn Mama sich mit ihren paar Groschen an den Chef des Bankhauses persönlich wandte, war es kein Wunder, daß man ihrer Neigung, zu spekulieren, Einhalt getan hatte. Was lag auch dem Millionär an einer Kundin, die ganze fünfundzwanzigtausend Mark besaß?

Frau von Engern mißdeutete das Schweigen ihrer Tochter; sie schien eher zu glauben, was sie doch so sehr wünschte: daß Francis neugierig war, etwas Näheres über den Bankier zu hören, der seiner Klientin abrät, ihr Geld an der Börse zu riskieren. Ihr Bankier war eben kein gewöhnlicher Geldmensch, sondern eine vornehme Natur.

In den lebhaftesten Farben schilderte sie jetzt den Verlauf ihres Besuches in dem Bankkontor. Gerade, als sie mit dem Disponenten sprach, durchschritt der Chef, der Generalkonsul, das Zimmer. Er kannte sie sehr wohl, weil er die alte Kundschaft seines Onkels besonders in Ehren hielt, wie er versicherte. Und er hatte sie in sein Kabinett geführt. »Wenn Du nur gehört hättest, Francis, wie er von Deinem seligen Vater sprach! »Ich kann mir kaum ein größeres Glück denken,« sagte er unter anderem, »als von einem so einwandslosen, so in jedem Sinne intakten Manne abzustammen! Dies Bewußtsein muß einem eine Ueberlegenheit geben, größer noch als dasjenige, ein Genie zum Vater gehabt zu haben. Denn die besondere, wenn auch noch so seltene Begabung vererbt sich fast niemals, während die Eigenschaften des Charakters wie ein unveräußerlicher Schatz auf die Kinder übergehen.« Zwölf Jahre lang, seit er in seines Onkels Geschäft als Lehrling eintrat, bis zu Papas Tode, hat er ihn bedient und eine grenzenlose Verehrung für ihn gehegt. Er zeigte mir noch ein von Papas Hand ausgefertigtes und vollzogenes Schriftstück, eine Zession oder so etwas dergleichen. »Papiere dieser Art,« sagte er, »pflegt man im Geschäftsverkehr nur gelten zu lassen, wenn sie vor Notar und Zeugen, in peinlich genauer Form vorliegen. Ihrem Gatten gegenüber war das etwas anderes. Da hätte uns eine einfache, mündliche Erklärung genügt. Aber er bestand darauf, uns einen gewissen Betrag, den er ausstehen hatte, schriftlich zu überweisen –, damit ja nie ein Zweifel aufkommen könne …«

»Was mag der Vater seinem Bankier zu zedieren gehabt haben?« konnte Francis nicht unterlassen zu fragen.

»Irgend ein Guthaben, vielleicht nur eine Kleinigkeit,« meinte Mama, »und der Konsul hat das Schriftstück, das gewiß längst wertlos geworden ist, pietätvoll aufbewahrt – »als eine greifbare Erinnerung an eine der vornehmsten Erscheinungen, die ihm je begegnet sind,« versicherte er. Es befinden sich übrigens auch sonst noch Dokumente von Papa in Gerolds Depot, aber es scheint, wir müssen noch warten, bevor man sie uns übergibt.«

»Du meinst, der Vater habe das so bestimmt?«

»So muß ich annehmen. Der Generalkonsul hat das heute nur nebenher erwähnt. Aber er erklärte gerade, weil er dem Vater ein so sympathisches Gedenken bewahre, müsse er dringend abraten, unser kleines Vermögen im Börsenspiel zu wagen. »Folgen Sie mir, gnädige Frau, Sie werden es mir danken! Kommt einmal eine außerordentliche Gelegenheit, die ich vollkommen beherrsche, so will ich Ihr Geld anlegen, ohne Sie erst zu fragen. Aber eben nur dann, wenn ich für den Erfolg einstehen kann. Bis dahin halten Sie fest, was Sie haben! Wir leben in einer wilden Zeit.« Es war fast, als ob er mir das schon verlorene Geld noch einmal rettete.«

Francis war nun doch aufmerksam geworden. Es tat ihr immer wohl, so von ihrem Vater reden zu hören, der für sie der Inbegriff alles Noblen und Großen gewesen. Niemals war auch nur der leiseste Hauch auf das reine Bild des Verewigten gefallen. Wer ihn gekannt, mit ihm zu tun gehabt hatte, dem blieb der Eindruck, mit einem Manne von allerpeinlichster Ehrenhaftigkeit in Berührung gekommen zu sein – eine von jenen seltnen Persönlichkeiten, für die eine Gesetzgebung gar nicht zu existieren brauchte. Aber wie unberührt sein Gedächtnis auch in der Seele lebte, so stolz und froh machte sie es jedesmal, die leuchtenden, lauteren Eigenschaften ihres Vaters von anderen anerkannt zu sehen. In diesem Falle tat es ein Mann, der augenscheinlich selbst eine Ausnahme unter seinen Berufsgenossen bildete. – Er hatte ihre Mutter von törichtem Beginnen abgehalten. Und in einer unbewußten Regung von Dankbarkeit trat sie diesem Manne ein wenig näher, indem sie die Mutter fragte:

»Wie sieht er aus. Dein Generalkonsul? Ist er schon ein älterer Herr?«

Frau von Engern war heute schon zum zweiten Male in der Gefahr, ihre gute Haltung zu verlieren, so sehr freute sie dieses Zeichen von Anteilnahme bei Francis. Sie hätte sich auf der Welt nichts Besseres wünschen können, als daß ihre Tochter nach dem Aeußeren des Generalkonsuls Gerold fragte. Und sie gab ein liebevoll entworfenes Porträt.

»Ein Mann in der zweiten Hälfte der dreißig; etwas, aber nicht viel größer als Du, Francis – Du bist ja eine echte Gardeoffiziers-Tochter! – von einer Haltung, die ich nicht anders als aristokratisch nennen kann. Dunkelblond, mit zartem Teint, das Haar kurz, leicht gewellt, dunkelbraune Augen unter weit geschwungenen, fast ein wenig zu starken Brauen. Ein eleganter, zugespitzter Vollbart umschließt den klugen, zugleich gütigen Mund. Und was mir am meisten an ihm gefällt, sind seine Hände Männerhände, die nicht wehtun können!«

»Genug, genug, Mama! Du willst, daß ich mich in Deinen Generalkonsul verliebe!« lachte Francis.

»Ja, das wünschte ich aus tiefstem Herzensgrunde,« gestand Frau von Engern mit einer an Inbrunst grenzenden Wärme des Tones. So innig kam es von den Lippen der Mutter, daß nichts von dem Widerwillen in Francis sich regte, den sie immer empfand, so oft man ihr den Gedanken an eine neue Beziehung zu einem Manne nahegelegt hatte. Nein, das war nicht mehr die leidige, mütterliche Gelegenheitsmacherei, die auch ihr schon manche Stunde vergällt hatte, das war der Ausdruck einer höheren Eingebung, einer vorausblickenden Ueberzeugung. Ganz dunkel zwar, wie vom Schleier der Dämmerung verhüllt, aber doch schon in den Umrissen erkennbar, begann das kluge Mädchen zu ahnen, was ihrer Mama heute begegnet war. Sie hatte die Empfindung, als müsse sie von nun an auf die leisesten Schwingungen in der Stimme der Mutter, auf das unmerklichste Zucken in den tausend Falten des alten, feinen Gesichts, ja auf jede Bewegung der dünnen, zarten Finger der Mama achten. Etwas wie das Schicksal selbst sprach aus dem gebetartigen Ausruf der alten Frau.

»Laß Dir sagen: es war kein Zufall, daß er mich heute in sein Privatkabinett zog,« fuhr diese fort. »Er hatte Weisung gegeben, ihn zu rufen, wenn ich kommen sollte; er wußte ja, daß ich mir die Zinsen selbst hole … Nun, mein Kind, er hat um die Erlaubnis gebeten, uns besuchen zu dürfen. Er möchte Dich näher kennen lernen.«

»Näher? Hat er mich denn je gesehen?«

»Oft und oft, Francis, und er ist entzückt von Dir!«

»Ohne ein Wort mit mir gesprochen zu haben?«

»Auch gesprochen hat er Dich, beinahe zehn Minuten lang, so versicherte er mit glückstrahlenden Blicken. Zuerst sah er Dich mit mir und Egbert, den er ja genau kennt, auf der Kunstausstellung in diesem Frühjahr. Das ist jetzt ein halbes Jahr her, und er weiß noch, vor welchen Bildern Du länger verweilt, zu welchen Du noch einmal zurückgekehrt bist. Er beschrieb mir genau den Eindruck, den die Kolossalgruppe »Das Gesetz« auf Dich gemacht hat – wie Du Dich gar nicht losreißen konntest von ihr ... dann aber sah und sprach er Dich bei dem Bazar im Handelsministerium. Ja, ich glaube, daß man Dich dort nur auf seine Anregung eingeladen hatte. Er war einer der Herren vom Komitee...«

»Ich weiß – ich erinnere mich jetzt ganz genau,« sagte Francis leise, und ein liebliches Rot stieg auf in ihrem schönen, ein wenig bleichen Gesicht. »Ich hätte bestimmt geglaubt, der Herr wäre ein Künstler oder ein Schriftsteller. Er nahm sich des Arrangements in meinem Zelte sehr freundlich an, nannte mir auch seinen Namen, aber ich war an jenem Tage merkwürdig aufgeregt ...«

»Nun, siehst Du, Francis,« setzte die Mama wieder ein, »das ist nun zwei Monate her, und der Generalkonsul hätte gewiß Gelegenheit gefunden, sich hier einzuführen. Aber er wollte von mir hören, ob Dein Herz noch frei – ob es wieder frei sei, denn er ist auch über Deine erste Verlobung unterrichtet. Was ihm Egbert darüber sagen konnte, scheint ihm nicht genügt zu haben, trotzdem die beiden ja alte Bekannte sind. Seit zwölf Jahren hat Egbert seinen Zuschuß bei Gerolds erhoben, wie Du weißt. Aber der Konsul wollte es von *mir* erfahren, wie's mit Dir steht – ob ein Mann, der jetzt schon voller Bewunderung für Dich ist, es wagen dürfe, sich um Dich zu bewerben.«

In tiefem Schweigen saß Francis da, den Blick gleichsam nach innen gekehrt. Sie sah den Mann jetzt wieder vor sich – eine tadellose Erscheinung. Nicht eine Sekunde lang blieben ihre Gedanken an seinem bürgerlichen Namen haften; darüber hatte Francis von Engern mit ihren hellen klugen Augen längst hinwegsehen gelernt. Wäre der Mann, dessen weiche, warme Stimme sie jetzt zu hören glaubte, ein Ingenieur gewesen, ein Arzt oder Architekt, ein Lehrer oder ein Landwirt – unbedenklich hätte sie gewünscht, daß er komme; und er brauchte nur nicht allzu sehr zu enttäuschen, so wäre er ihrer sicher gewesen. Denn er hatte ihr bedingungslos gefallen. Nur – sie mußte jetzt lächeln – nur wußte sie damals ja gar nicht, ob er »frei« war, denn er hatte die perlgrauen Handschuhe nicht abgezogen, während er die Bonbonnieren auf ihrem Tische ordnete. Noch heute errötete sie in der Erinnerung daran, daß sie gewünscht hatte, seine rechte Hand unbekleidet zu sehen ... Aber freilich, einen Bankier, einen Geschäftsmann hatte sie nicht in ihm vermutet. Sie hatte ein geheimes Grauen vor Geschäften – ein Erbteil vom Vater, der mehr als einmal gesagt hatte: »Ein Geschäftsmann wird heutzutage geradezu gezwungen, ein schlechter Kerl zu sein! Sie fressen sich ja gegenseitig auf!« Und nun war dieser so vornehm erscheinende, offenbar auch nicht unnobel denkende, elegante Mann ein Börsenmensch! Wie sie jetzt bedauerte, das schlechte Oelporträt des Vaters ins Speisezimmer verbannt zu haben. Wenn sie in diesem Augenblick hätte zu dem Bilde aufschauen können, der Vater würde ihr geantwortet haben auf die bange Frage, die sie durchzitterte. O, sie wußte auch ohnedies, was ihr das stumme Bild sagen würde – was so zu sagen das Grundmotiv seines Lebens gewesen war: »Wir Engerns sind aus der Mode! Der Geist der Zeit ist an uns vorübergegangen, ohne daß wir ihn erkannten!«

Francis neigte sich hinüber zu der alten, zarten Frau, die ängstlich auf ihre Entscheidung wartete. Sie legte den Arm um Mamas Hals und blickte sie an, bittend wie ein Kind:

»Laß mir nur ein paar Tage Zeit, Mama! Ich muß mich an den Gedanken erst gewöhnen!«

Leise nickend, als wollte sie sagen: »Ich verstehe Dich, Francis,« zog Frau von Engern ihre Tochter an sich und küßte ihre schöne, hohe, weiße Stirn.

*

Der Generalkonsul eilte dem Leutnant von Engern, der ihm eben gemeldet worden war, entgegen.

»Ich seh' es Ihnen an, lieber Freund – Sie bringen mir gute Nachricht!«

Er zog ihn förmlich ins Zimmer, schob ihm den Sessel zu und drückte ihn hinein; ihm selbst erlaubte seine Unruhe nicht, sich zu setzen.

Nun hatte er Zigarren herbeigeholt, auch das Kognak-Service dem Gaste näher gerückt, und während Egbert von Engern sich Zeit ließ, die Flor de Cuba anzurauchen, stand der Konsul erwartungsvoll vor ihm und versuchte in den Mienen des Offiziers zu lesen. In seiner lebhaften, hoffnungsfrohen Gespanntheit erschien Gerold im Augenblick beinahe jünger als der Leutnant, dem er doch um acht bis zehn Jahre voraus sein mochte. Er war wirklich beteiligt an der Entscheidung, die jener bringen sollte, man sah es ihm an.

»Nun also – Mama erwartet Sie morgen abend, Herr Generalkonsul,« hob Egbert endlich an. »Von der steifen Antrittsvisite wird Abstand genommen. Ich hole Sie ab und Sie trinken eine Tasse Tee bei uns. Ist's so recht?«

Der Konsul fiel dem jungen Manne buchstäblich um den Hals und brauchte einige Augenblicke, um Herr der tiefen Bewegung zu werden, die ihn gepackt hatte.

»Sapperlot – Sie schluchzen ja beinahe, Verehrtester! Es ist doch etwas Wahres daran, daß die Natur sich nicht einzwängen läßt! Da sind Sie beinahe vierzig Jahre alt geworden und nun auf einmal bricht es bei Ihnen aus, als sei es bis dahin nur gewaltsam zurückgedämmt gewesen!«

»So ist es auch, lieber Freund! Das ist mir nie klarer geworden, als in diesen Tagen, seit Ihre Frau Mutter bei mir war.«

Der Diener kam mit einer neuen Meldung. Ohne auch nur einen Blick auf die ihm präsentierte Karte zu werfen, erklärte der Generalkonsul:

»Ich bin zunächst für niemanden zu sprechen! Stören Sie mich nicht wieder!« Im selben Moment bedauerte er den allzu strengen Ton: »Ich rufe Sie schon, Fritz, wenn ich Ihrer bedarf.«

»Sehen Sie, mein lieber Freund,« begann er, jetzt seinem Gaste gegenüber sitzend, »es fällt mir gar nicht ein, Ihnen oder sonst wem einreden zu wollen, ich hätte bis heute, bis nahe vor meinem Eintritt ins Schwabenalter auf Ihre Schwester gewartet. Unsinn! Ich habe das Leben genossen, habe die Frauen in allen Schattierungen kennen gelernt. Ja, es scheint mir Pflicht, zu bekennen, daß ich noch jetzt nicht ganz frei bin von einer gewissen Beziehung, wie sie sich unsereinem leicht bietet. Ich meine, vor einem Schritt, wie ich ihn tun will, ist Offenheit Ehrensache. Aber wie ich diesen Verkehr schon seit Monaten mehr und mehr habe einschlafen lassen, so erscheint es von heute an selbstverständlich, daß ich ihn endgiltig aufgebe. Sie würden mir eine Last vom Herzen nehmen, wenn Sie das Ihrer Fräulein Schwester sagen wollten, bevor ich sie sehe. Es darf nichts unklar bleiben zwischen ihr und mir.«

Der Leutnant machte eine leichte, etwas förmliche Verneigung, als wollte er andeuten, daß er diesen Punkt nicht eben für den wichtigsten halte.

»Es ist nur gut,« meinte er lächelnd, »daß Sie nicht in allen Dingen von so rückhaltloser Offenheit sind, sonst wäre ich doch in eine böse Lage geraten, meiner Mutter gegenüber.«

Der Konsul verstand nicht gleich, was Egbert meinte; er war zu sehr von seiner eigenen Angelegenheit erfüllt.

»Nein, im Ernst,« fuhr Egbert fort, »es war hochnobel von Ihnen, meiner Mutter die unangenehme Geschichte zu ersparen!«

»Ja so – die Geldsache! Wozu ihr davon reden?«

»Ist sehr nobel gedacht, wie gesagt. Aber es hat mich – natürlich ganz gegen Ihren Willen – in eine kitzlige Situation gebracht, fast schlimmer, als die, aus der Sie mir geholfen haben.«

»Ich kann wirklich nicht recht absehen...«

»Gleich, lieber Generalkonsul – gleich! Also es ist eine Tatsache: Sie haben die Güte gehabt, mir zehntausend Mark von dem Vermögen meiner Mutter auszuzahlen ... Sie wußten eben, wie es mit mir stand, und sprangen mir in dieser scheußlichen Lage bei. Blieb nur noch die böse Auseinandersetzung mit der alten Dame, die ich leider von einem zum andern Tage verschob. Das verdammte Wetten und Spielen! Man denkt immer wieder: »Heute wird es 'mal für Dich schlagen!« Und in dieser Hoffnung schwindelt man sich um die Dinge herum. Nun hab' ich richtig so lange nichts gesagt, bis eines Tages meine Mutter zu Ihnen ging. In meiner – na, sagen wir nicht Feigheit, sondern nur Besorgnis, ich könnte diesmal mich kaum noch rechtfertigen, lenkte ich meine Mutter geradeswegs zu Ihnen: ich meinte, Sie würden ihr die Sache schonend beibringen.«

»Das würde ich sogar abgelehnt haben, wenn Sie mich direkt darum ersucht hätten.«

»Versteh' ich nun vollkommen. Aber, wenn ich auch der alten Dame gegenüber hinterm Berge halten konnte, bei der Francis, meiner Schwester, ging das nicht!«

»Sie haben ihr etwas davon gesagt?« fuhr der Konsul erschrocken auf.

»Ach, mein Verehrter – Sie kennen sie eben noch nicht! Da braucht es nicht viel Worte – sie hat zu kluge Augen! Ihrer ersten Frage, als sie mit mir allein war: »Wie stehst Du mit dem Herrn Generalkonsul?« »Wie meinst Du das?« wich ich aus und fügte dann schnell hinzu: »Sehr gut! Beinahe freundschaftlich!« »Das mein' ich nicht,« rief sie, »bist Du ihm Geld schuldig?« Nun, das war so eine Frage ... Glattweg nein sagen konnt' ich nicht, weil ich mir gar nicht recht klar darüber bin, ob ich jene zehntausend Mark nicht doch von *Ihnen* gepumpt bekommen habe. Und ebensowenig ließ die Frage sich bejahen. Aber Francis hat eine sonderbare Art, den Dingen auf den Grund zu kommen. Es ist, als ob sie mit anderen Augen sähe, mit anderen Ohren hörte, wie wir Alltagsmenschen. Und kurz und gut, ich sagte die Wahrheit!«

»Entschuldigen Sie – was nennen Sie nun die Wahrheit?« –

»Daß ich mir zehntausend Mark auf den Namen meiner Mutter von Ihnen geholt habe. Ich konnte ihr kein X für ein U machen!«

»Nun – und ...?«

»Schenken Sie mir das, Verehrtester! Es ist nun einmal nicht mit ihr zu spaßen in gewissen Dingen. Sie hatte eigentlich nur ein Wort, aber das war hart ... Plötzlich schien ihr einzufallen, daß die Mutter, die ja nie das allerkleinste Geheimnis vor ihr hat, die Sache nicht mit einem Worte berührt hatte. Wie ich mir das erkläre, fragte sie. »Sehr einfach, der Konsul hat die häßliche Geschichte totgeschwiegen.« »Hm,« machte sie sehr nachdenklich, »das war ein schöner Zug von ihm! – Aber wie willst Du es nun mit Deiner Heirat halten?« flammte sie plötzlich wieder auf. »Willst Du der Mutter den allerletzten Reservegroschen nehmen?« Darauf konnt' ich vernünftigerweise nichts erwidern, als daß ich auf die Heirat verzichte. Und nun brach das Ungewitter los. Etwas ganz Unerhörtes hatte sich ereignet – etwas, das eben nur bei Francis möglich ist und das ich auch bei ihr nie für denkbar gehalten hätte. Stellen Sie sich vor: sie ist gestern bei meiner Kleinen gewesen!«

»Ihre Schwester? Bei ...?«

»Bei Fräulein Sandrock – ja! Noch habe ich keine Ahnung, wie dies Zusammentreffen abgelaufen ist; ich habe meine Braut bisher nicht sprechen können, obwohl ich dreimal dort war. Aber das Resultat ist offenbar, daß Francis Sie empfangen will.«

»Das Resultat dieses Besuches? Da kann ich Ihnen nicht folgen, mein Bester!«

»Sie werden gleich klarer sehen. Man muß sich das nur alles zusammenreimen. Daß meine Verheiratung dringlich sei, hat sie ja wohl gemerkt, wenn sie auch natürlich nie davon sprach. Eine Braut, die der Bruder ihr nicht vorstellt, existiert doch nicht für sie. Na, und mir ist es ja auch erst jetzt Ernst geworden! Das war ja nicht immer so! Nachher aber war es zu spät zum Vorstellen ... Nun hat meine Schwester kombiniert: »Der Egbert braucht dringend Geld, um heiraten zu können; er ist befreundet mit einem sehr vermögenden Bankier, der gern zu uns kommen möchte ... Da will ich mir doch einmal das Mädchen ansehen, um dessentwillen ich die Bekanntschaft mit dem Herrn Generalkonsul Gerold machen soll« – verstehen Sie nun?«

Gerolds Mienen hatten sich mehr und mehr verfinstert. Er war da in den abscheulichsten Verdacht geraten. Francis von Engern mußte glauben, er habe sich ihren Bruder erkauft. Und doch war ihm niemals ein solcher Gedanke gekommen; er würde ihn um so bestimmter von sich gewiesen haben, als er die Engerns und ihre penible Ehrauffassung zu kennen glaubte. Nein, der Vorwurf träfe ihn mit Unrecht. Er hatte im Gegenteil beinahe leichtfertig gehandelt, als er den Bitten des Offiziers nachgab. Aber auch aus dieser Leichtfertigkeit konnte, durfte man ihm keinen Strick drehen. Er würde genau dasselbe tun wie damals, als Egbert zu ihm kam und ihm von seiner verzweifelten Lage sprach. Die Scene stand jetzt wieder lebhaft vor ihm, obwohl es gewiß nicht zum ersten Male geschehen war, daß ein Offizier zu ihm kam, der gespielt hatte. Aber Egbert von Engern, den er ja fast von Kind auf kannte, war aus Liebe an den Spieltisch geraten. Er war in heller Leidenschaft entbrannt für ein schönes, armes, alleinstehendes Mädchen, eine Volksschullehrerin. Was anfangs nur wie ein romantisches Abenteuer sich angelassen, beherrschte ihn bald so sehr, daß er nur den einen Gedanken hatte: das reizende Mädchen heimzuführen. Aber das ging nicht, wenn er nicht vor allem die Kaution erlegen konnte. Und ihm kam der verzweifelte Gedanke, sein Glück im Spiele zu erproben. Mit einigen hundert Mark, die er der Mutter abgeschmeichelt, begann er, und mit einer Schuldenlast von nahezu zehntausend Mark taumelte er aus dem Klubhause ... Aber auch dieser besondere Fall hätte Gerold noch nicht bewogen, das Geld herzugeben. Dazu war er vielmehr durch eine Aeußerung Egberts veranlasst worden, die ihn, Gerold, wie mit neuer Jugendkraft erfüllte. Während nämlich der vor dem Aeußersten stehende Offizier immer wieder versuchte, sich vor dem Bankier seiner Mutter zu rechtfertigen, nannte er den Namen seiner Schwester.

»Ich würde mir eher eine Kugel ins Hirn jagen, als das Geld angreifen,« sagte er, »wenn ich nicht wüßte, daß meine Schwester Francis keiner Mitgift mehr bedarf!«

»Woher wissen Sie das?« hatte Gerold erschrocken gefragt. –

»Sie wird nicht heiraten! Gewiß nicht! Sie hat zwar den ersten Liebesroman verwunden, aber ein zweiter wäre wohl nur denkbar, wenn ein Prinz, ein Fürst sie begehrte. Und der würde nicht nach den paar tausend Mark fragen!«

»Wenn Sie damit sagen wollen, daß man sich Ihre Fräulein Schwester nur im Glanze fürstlicher Pracht denken kann, haben Sie gewiß recht.«

»Ich meine sogar, daß sie das heute fühlt. Sie würde ja ihren Mann vielleicht noch einmal so lieben können, wie sie ihren Verlobten geliebt hat – aber doch nur aus Dankbarkeit dafür, daß er sie dem Alltage enthebt, daß er ihrer Schönheit einen entsprechenden Rahmen schüfe ...«

Das war in Gerolds Seele gefallen wie ein Lichtstrahl. Wenn es so war – und Egbert charakterisierte seine Schwester mit auffälliger Menschenkenntnis –, dann durfte er, Gerold, nicht nur hoffen, sondern dann war er der rechte Mann! Wenn auch kein Fürst, kein Prinz, so doch ein reicher, unabhängiger Mann. Und seine Liebe würde ihn lehren, von seinem Reichtum nur den einen Gebrauch zu machen: eine schöne Fassung abzugeben für dies Juwel von einem Weibe.

Und in dieser Stimmung, in der er den unglücklichen, verliebten Offizier von Herzen bedauerte, und in ihm zugleich schon fast den künftigen Schwager sah, hatte er, ohne seiner Gefühle für Francis auch nur mit einer Silbe Erwähnung zu tun, sich entschlossen, ihm zu helfen. Er hätte ihm das Gold als ein Darlehn angeboten, wenn nicht ein feiner Takt ihn davor gewarnt hätte, zu viel für den Bruder von Francis von Engern zu tun. Und es war ihm ganz recht, daß jener das Geld für Rechnung seiner Mutter entnahm. So lange die alte Dame nicht danach fragte, würde sie gewiß nichts davon erfahren. Und käme sie, so würde er die Sache vielleicht »drehen«, würde ihr die Notwendigkeit nachweisen, die Kaution für Egbert zu stellen, und dies dann aus seinen Mitteln getan haben.

Nun aber schien sich alles gegen ihn zu kehren. Er war sonst, als Geschäftsmann, nicht immer frei von einer anfechtbaren Moral. In diesem Falle aber fühlte er sich schuldlos. Er hatte aus einer schönen Regung heraus, in spontaner Bereitwilligkeit gehandelt, hatte nicht den leisesten Versuch gemacht, etwas wie eine Gegenrechnung zu stellen. Trotz alledem – Francis mußte die Dinge anders ansehen: sie mußte eine brutale Spekulation vermuten. Und Egbert schien es gar nicht zu ahnen, wie da etwas Heiliges besudelt wurde. Er wußte wohl nicht einmal, wie erbärmlich er seiner Schwester offenbar erschienen war. – Nein! das war nicht die Grundlage für ein künftiges Glück. Entweder gelang es ihm, Francis zu überzeugen, daß ihm jeder Hintergedanke fern gelegen, oder es war aus mit dem schönen, berückenden Traum. –

Er hatte sich erhoben.

»Ich glaube nach alledem,« sagte er entschlossen, »daß es durchaus unratsam wäre, mich Ihrer Fräulein Schwester jetzt zu nähern – jetzt keinesfalls!«

»Aber was fällt Ihnen ein, Verehrtester,« rief der Leutnant in höchster Bestürzung. »Sie haben ja durch das alles nur gewonnen, liebster Generalkonsul!«

»In Ihren Augen vielleicht, aber gewiß nicht in denen Ihrer Schwester. Ich sehe ganz klar: sie hat sich nur entschlossen, meinen Besuch zu empfangen, weil sie sich in eine Zwangslage gedrängt glaubt.«

»Warum nicht gar!« wollte Egbert entgegnen, aber Gerold schnitt ihm das Wort ab:

»Ich werde die Ehre haben, mich bei den Damen Ihres Hauses zu entschuldigen. Ich darf nicht früher kommen, als bis ich vollkommen klare Verhältnisse schaffen konnte.«

Das war in völlig verändertem Tone gesprochen. Der Konsul hatte die elektrische Klingel berührt, ein Diener erschien in der Tür.

»Bringen Sie mir das von Engernsche Depot, bitte!« Und sich wieder an Egbert wendend, fuhr er fort: »Wir müssen nunmehr die Dinge rein geschäftlich behandeln – erschrecken Sie nicht! – Sie werden mich nach wie vor zu jedem Entgegenkommen bereit finden. Aber zunächst müssen die Dinge klar gestellt werden...«

Der Diener kam mit einer Stahlkassette, zu welcher der Generalkonsul das Schlüsselchen aus einer Lade seines Schreibtisches entnahm.

»Sie wissen vielleicht nicht, daß dieses Depot eigentlich erschöpft ist durch die Entnahme jener zehntausend Mark, die ich Ihnen am 4. April dieses Jahres ausgezahlt habe.«

Egbert glaubte, nicht recht gehört zu haben.

»Eigentlich erschöpft? Wie meinen Sie das?«

»Sehr einfach: es enthält augenblicklich nur noch die Deckung für diese zehntausend Mark – bitte, sehen Sie selbst, Herr Leutnant!«

Und er leerte das Kästchen, in welchem sich ein kleines Päckchen preußischer Konsols, ein Aktenstück und ein versiegeltes, kleines Briefkuvert befanden.

Er zählte dem sprachlos dreinstarrenden Egbert die Staatspapiere vor: zehn Stück, jedes zu tausend Mark. »Das Geld, das Sie empfangen haben, kam aus meiner Kasse, und dorthin gehören nun diese Konsols, wenn wir Ordnung schaffen wollen.«

»Aber Herr Generalkonsul...«

»Ich weiß – Sie wollen von den übrigen fünfzehntausend Mark sprechen, die Ihre Frau Mutter außerdem besitzt...«

Egbert atmete erleichtert auf. Der Schreck war ihm in alle Glieder gefahren.

»Damit hat es nun eine eigne Bewandtnis,« erklärte Gerold, indem er das Aktenstück vor Egbert ausbreitete. »Wir haben nämlich diese fünfzehntausend Mark nicht in Händen – wenn sie auch wohl zweifellos vorhanden sind. Ich versuchte schon neulich, mit Ihrer Frau Mutter über die Sachlage zu sprechen; aber sie hielt nicht stand, es beschäftigte sie offenbar etwas anderes.«

»Ich muß sagen, ich bin außerordentlich gespannt...«

»Das kann ich begreifen. Wollen Sie gefälligst lesen – das wird die Sache abkürzen.«

Auf den ersten Blick erkannte Egbert die Handschrift seines Vaters. Es war ihm zwar vorläufig unfaßbar, was sich da für Komplikationen ergeben sollten, aber des Konsuls Haltung war jetzt so streng geschäftlich, daß er auch seinerseits sich nichts vergeben durfte.

Zuerst überflog er das Schriftstück nur, dann begann er kopfschüttelnd es von neuem langsam zu lesen. Eine sonderbare Empfindung überkam ihn; ihm war, als ginge ein eisiger Luftzug durch das Zimmer, und gleichwohl trat ihm der Schweiß in hellen Tropfen auf die Stirn. Gewiß, die Hand seines Vaters hatte das geschrieben. Aber der Sinn, der Inhalt dieser Worte – wie sollte man ihn mit dem Major von Engern in Verbindung bringen?! War es denn auszudenken, daß Justus Egbert von Engern »stiller Teilhaber« an einem – o, es ist furchtbar! – an einem Möbel-Abzahlungs-Geschäft gewesen? Und daß er sieben und ein halb Prozent Zinsen von seinem eingelegten Kapital bezogen hatte? Schien das nicht wie eine höllische Blasphemie – wie ein Pasquill, das eine freche Einbildungskraft dem Toten angeheftet hatte? Schwer atmend begann Egbert zum dritten Male mit der ihm schier unbegreiflichen Lektüre. Da stand es in klaren Worten, daß der königlich preußische Major Justus Egbert von Engern seinen Geschäftsanteil an der Möbelhandlung des Wilhelm Dietz, bestehend in einer Bareinlage von zehntausend Mark, an das Bankhaus C. F. Gerold cediere – dergestalt, daß der mit zehntausend Mark festgesetzte Kaufpreis an die Erben des Majors ausgezahlt werden sollte. Und wenn Egbert noch irgend welche Zweifel gehabt hätte – das der Cessionsurkunde beigeheftete notarielle Aktenstück, welches das Vorhandensein der cedierten Teilhaberschaft in aller Form bestätigte, mußte ihn endgiltig überzeugen: sein Vater war der stille Socius eines Möbelhändlers gewesen!

Eine grinsende Ironie sprach aus der Tatsache. Aber anzufechten war sie wohl schwerlich. Und bei alledem blieb etwas dunkel an der Sache; vor allem stimmte ja die Summe der ganzen

Erbschaft nicht. Außer jenen zehntausend Mark in Staatspapieren hatte man ja immer fünfzehntausend Mark anderer Werte angenommen. Hilflos blickte der junge Offizier zu dem Bankier hinüber.

»Sie sehen mich wie verhagelt, Herr Generalkonsul. Dieses Möbelgeschäft und diese Zinsen und diese Cession – hol' mich der Teufel, wenn ich klug daraus werde!«

Ein überlegenes Lächeln zeigte sich in den Zügen Gerolds. –

»Gar so schwer begreiflich ist die Sache nicht. Daß Ihr Herr Vater einen Teil seines kleinen Vermögens geschäftlich angelegt hat, finde ich nicht so ungeheuerlich. Und auch Sie würden sich schnell damit aussöhnen, wenn statt der notariellen Urkunde etwa zehn Anteilscheine einer Möbel-Industrie-Aktien-Gesellschaft vorhanden wären. Diese dürften auch, einschließlich der Dividende, gern sieben und mehr Prozent Zinsen tragen, ohne daß es Ihnen kalt über den Rücken liefe. Und doch wär' es nur eine andere Form für die gleiche Sache. Aber Ihr Herr Vater kannte die Seinen sehr gut. wenn er ihnen verschwieg, daß er genötigt war, einen möglichst hohen Gewinn aus dem bescheidenen Vermögensrest zu ziehen. Er wußte, man würde darüber erbleichen, wie Sie, mein lieber Herr Leutnant. Da er aber auch wußte, wie dringend seine Erben auf den Zinsertrag angewiesen sein würden, hatte er nicht den Mut, seinen Geschäftsanteil zurückzuziehen, als er die Stunde gekommen sah, seine Angelegenheiten zu ordnen. Er cedierte vielmehr uns den Anspruch, damit wir, so lange niemand danach fragte, jene siebenhundertundfünfzig Mark jährlichen Gewinnanteils zu den Zinsen der Staatspapiere hinzufügen und das Ganze den Erben regelmäßig auszahlen sollten … bis etwa eines Tages eine Aufklärung unabweisbar würde – dann würden wir eben den Geschäftsanteil von Wilhelm Dietz zurückziehen. Bis heute hat der Möbelhändler pünktlich gezahlt, und ich konnte Ihre Frau Mutter in dem frohen Glauben lassen, sie besitze noch fünfundzwanzigtausend Mark und beziehe davon die üblichen, gesetzmäßig statthaften Zinsen.«

Gesenkten Hauptes, mit zusammengekniffenen Lippen, hatte Egbert zugehört. Unklar war ihm jetzt nichts mehr an der sonderbaren Geschichte, wenn er auch immer das Gefühl hatte, als sei der Kragen seines Waffenrockes noch nie so hoch und steif und eng gewesen, wie heute. Aber wie gesagt, seinem Verständnis tat das keinen Abbruch. Er begriff jetzt auch, daß und warum der Generalkonsul den Augenblick für gekommen erachtete, in welchem eine Aufklärung unabweisbar wäre, denn jene zehntausend Mark Konsols gehörten der Kasse von C. F. Gerold; der Witwe des Majors und Möbelhändlers Justus Egbert von Engern aber gehörte nur noch der Anteil an dem Abzahlungsgeschäft und da würde man wohl nicht umhin können, sie zu fragen, ob sie wünsche, ihr Geld aus dem Möbelladen zurückgezogen zu sehen … Es würde dann kaum noch halb so viel Zinsen tragen – Grund genug, die Sache reiflich zu erwägen!

Während ihm das durch den Kopf ging, stieg plötzlich jene entsetzliche Stunde vor ihm auf, da man den Vater, auf der Bank vor seinem Waffenschrank sitzend, tot gefunden hatte. Von jenem *glaubte* man es, daß er beim Reinigen seines Revolvers durch einen Unglücksfall ums Leben gekommen sei – er, Egbert, würde es gar nicht mit solch einer schönen Täuschung versuchen!

»Mein Vater hat's hinter sich,« rang es sich schwer aus der Brust.

»Und Sie,« fuhr der Konsul ihn an, »Sie sollten sich schämen, ihn zu beneiden!« Ein wenig ruhiger, aber eindringlich fuhr er fort: »Sie haben Pflichten, mein Lieber! Und noch ist nichts verloren. Ich bin sogar dafür, daß wir vorläufig alles beim alten lassen.«

Egbert richtete den Kopf langsam in die Höhe. Gab es noch Hoffnung? Und sollte sie noch einmal von diesem – Geschäftsmanne kommen?

»Sie werden mir,« begann der Konsul von neuem, »einen Schuldschein in Höhe jener zehntausend Mark unterzeichnen, damit diese Konsols auch ferner hier in dem Depot verbleiben können. Auch den Möbelladen-Anteil behalten wir für's erste noch. – Rücken Sie den Zahlungstermin hinaus, so weit Sie wollen, ich werde Sie nicht drücken. Nur Ordnung wollte ich schaffen.«

Er hatte an seinem Schreibtische Platz genommen, um den Schuldschein auszuschreiben und gab jetzt durch das Mikrophon eine Weisung.

»Man wird Ihnen an der Kasse die Quittung zurückgeben, die Sie am 4. April im Namen Ihrer Frau Mutter erhoben haben.« Er schob dem Leutnant den Schein hin und reichte ihm eine eingetauchte Feder.

Egbert unterschrieb in sichtlicher Erleichterung.

»Ich danke Ihnen von Herzen, Herr Generalkonsul! Und nun hören Sie auch auf mich, mein Verehrtester – glauben Sie mir, und seien Sie morgen abend unser Gast!«

»Ich will mir's überlegen,« sagte Gerold ernst.

Im Begriff, die Staatspapiere und die Cession wieder in die Kassette zu legen, fiel ihm das versiegelte Briefchen in die Augen. Mit einem schmerzlichen Seufzer stieß er hervor: »Wenn ich auch *dies* hier noch einmal aus den Händen geben muß, dann könnte es kommen, daß ich für mich selbst keinen Trost mehr weiß!«

Verwundert schaute Egbert auf den unscheinbaren Brief –: wieder seines Vaters Handschrift! Da stand in großen, kräftigen Zügen: »An den Verlobten meiner Tochter!« Und darunter ein Datum, das Datum seines Todestages, und die volle Unterschrift: »Egbert Justus von Engern.«

Aufs neue überrieselte den jungen Mann ein kalter Schauer. Sprach doch der Tote heute zum zweiten Male mit ihm und gab ihm düstre Rätsel auf. Mit halb erstickter Stimme würgte er hervor:

»Wie und wann bekamen Sie den Brief?«

»Ein Bote brachte ihn mir in derselben Stunde, in der Ihrem armen Vater jenes Unglück geschah ... Kein Wort begleitete dies, von einem zweiten, an unser Haus adressierten Kuvert umschlossene Vermächtnis.«

»Und niemand weiß davon, als Sie?«

»Ich hoffe, niemand soll davon erfahren!«

Egbert ergriff des Konsuls Hand:

»Noch einmal lassen Sie mich bitten: Kommen Sie morgen abend! Ich kann den Gedanken nicht ertragen, daß Francis...«

»Ich denke an Ihre Schwester – nur an sie,« sagte der Konsul warm und erwiderte den Händedruck Egberts. »Lassen Sie mich den rechten Weg finden!« –

Schwer sank Gerold in seinen Sessel zurück, nachdem jener sich verabschiedet hatte. Es war schnell, ach nur zu schnell zu Ende gegangen mit seinem Traum. Er hatte nur dem jungen Manne nicht zeigen wollen, was ihm jetzt doch ganz deutlich war: Francis von Engern würde freiwillig nicht für ihn zu haben sein.

Ach, nur ein Traum war es gewesen, was ihn beglückt hatte. So oft er sie gesehen, und noch viel öfter, wenn nur sein Verlangen ihm ihr Bild vorgespiegelt, hatte er sich gesagt, daß er ihr nichts zu bieten habe, was nicht auch ein jüngerer, vermögender Mann aus ihrem Kreise ihr nur zu gern zu Füßen legen würde. Erst die gelegentlichen Bemerkungen Egberts ließen ihn so recht Hoffnung schöpfen. War es wirklich Glanz und Reichtum, womit sie zu gewinnen wäre – weshalb nicht auch durch ihn? Besaß er nicht eine immerhin exklusive gesellschaftliche Stellung? Und schlug nicht sein Herz ihr voll aufrichtiger Bewunderung entgegen? Und doch wagte er nicht mit einem Worte anzudeuten, was er von der Zukunft erhoffte. Erst, als sich neuerdings eine Art von freundschaftlichem Verkehr zwischen Egbert und ihm angebahnt hatte, fragte er hier und da einmal nach Francis. Kein besseres Mittel, ihre Art, ihr Wesen kennen zu lernen, als durch das ahnungslose Geplauder ihres Bruders. Hätte Egbert auch nur entfernt vermutet, wohin Gerold steure, so würde er ihn in das Haus der Mutter eingeführt haben. Aber der Konsul hatte gelernt, sich zu beherrschen. Der Zeitpunkt schien ihm noch nicht gekommen, bis dann endlich Francis' Mutter ihm bestätigte, was er noch immer nicht recht glauben wollte: daß ein Mädchen wie Francis von Engern wirklich innerlich frei war, daß sie ihren ersten heißen Liebesroman vollkommen überwunden und stolz und ruhig abgeschlossen hatte mit der Vergangenheit. Dann freilich, aber auch nur dann durfte er hoffen. Ihm war, als er die alte Dame hinausgeleitete, als entsende er eine Priesterin, die bei seiner Göttin für ihn beten sollte.

Und nun war er, der mit allem Zartsinn des Liebenden jeden seiner Schritte bemessen, jedes seiner Worte bedacht hatte, dem wüstesten Mißverständnis preisgegeben. Unmöglich, ihr gegenüberzutreten, so lange sie das Recht hatte, ihn einer Roheit fähig zu halten. Er wollte einen letzten Versuch machen: ihr schreiben. Wenn sie sich dann nicht zum Worte meldete, wollte er den Johannistrieb hart am Stamm wegschneiden. –

Der Brief, den er eine Stunde später aufgab, lautete:

»Mein gnädiges Fräulein!

Ihr Herr Bruder brachte mir die lang erwünschte Erlaubnis, mich Ihnen im Hause Ihrer Frau Mutter nähern zu dürfen. Leider ließ er mich zugleich auch erkennen, daß Sie Ihre Zustimmung hierzu kaum ganz freiwillig gegeben haben dürfen. Was mich zu Ihnen führt, ist so durchaus persönlicher Natur, daß auch das allerleiseste Mißtrauen sich wie ein Winterreif darauf legen würde. Ich muß es deshalb einer glücklichen Fügung überlassen, mich vor Ihnen zu rechtfertigen, und verbanne mich bis dahin aus Ihrem Gesichtskreise. In aufrichtiger Verehrung Ihr gehorsamer Ernst Albert Gerold.« –

Noch am Abend desselben Tages brachte ein Rohrpostkuvert ihm die nachfolgenden Zeilen:

»Es gibt kein Mißtrauen zwischen mir und Ihnen. Auch wenn ich wüßte, was ich bisher nur vermuten darf, daß Sie meinem Bruder meinetwegen zu Dienste waren, könnte das nicht gegen Sie mehr sprechen, nachdem ich mich gestern überzeugt habe, wie dringend nötig Ihre Hilfe war. Und wer hilft, wo es not tut – mag er auch einen Nebengrund haben – Mißtrauen verdient er nicht. Aber mein freundlicher Helfer aus dem Bazar soll sich auch keine Illusionen machen. Kann er der Prüfung eines reifen, denkenden Mädchens stand halten, so wird er uns, meiner Mutter und mir, gern willkommen sein!

Francis von Engern.«

Bei Gott! dies Mädchen war Justus Egberts Tochter! Sie hatte Stolz und Ehrgefühl und Mitleid und Größe! – Es gab an diesem Abend keinen Glücklicheren, als den Generalkonsul Gerold.

Wirklich, die Börse stockte eine Minute lang, als es bekannt wurde, daß Ernst Albert Gerold sich mit einem armen, in seinen Kreisen absolut unbekannten Mädchen verlobt hatte.

Der Generalkonsul Gerold war in Berlin eine sehr angesehene, einflußreiche Persönlichkeit, ein Bankier ersten Ranges. Als einziger Erbe in das vornehme, altbewährte gut fundierte Geschäft seines Onkels hineingewachsen, hatte er es in verhältnismäßig kurzer Zeit verstanden, das Haus zu einer nie geahnten Bedeutung zu bringen. Noch nicht ganz sechs Jahre waren es, daß er dies Geschäft selbständig leitete, und schon mußte man mit ihm rechnen, überall, wo es sich um größere Transaktionen handelte. Ungewöhnlich begabt, hatte er eine gediegene Bildung genossen, hatte in London, in Paris und in New York Erfahrungen gesammelt, die ihm hier sehr bald zu statten kommen mußten. Seine ganze Art, das Geldwesen zu erfassen, ging ins Großartige. Allerdings, er war durchaus Temperamentsmensch, und das führte dahin, daß er sich unter Umständen auch einmal in ein Unternehmen stürzte, an das andere sich nicht heran wagten. Dazu kam eine gewisse stolze, unabhängige Vorurteilslosigkeit, die ihn die Dinge doch wieder recht kühl und nüchtern erwägen ließ. »Heiß gekocht und mit Bedacht gegessen,« pflegte er zu sagen. Die sogenannte Spekulation, das eigentliche Spiel an der Börse, hatte er nie getrieben. »Dabei spielt man zumeist eine sehr passive Rolle,« meinte er. Und er war eine durchaus aktive Natur. Wo ihm unter Verwertung seiner Mittel Gelegenheit gegeben war, zu schaffen, zu organisieren, auch einmal Bestehendes von Grund auf umzustürzen, da war er an seinem Platze, und da zeigte er nicht selten zu wenig vornehme Bedenklichkeit. »Wenn *mein* Geld kein Geld verdienen soll – wessen sonst?« sagte er stolz. Uebrigens gestatteten ihm seine stattlichen Reserven, auch einmal einen größeren Verlust ruhig hinzunehmen.

Was war nicht alles versucht worden, diesen Goldfisch anzufangen! Es gab fast keine heiratsfähige Jungfrau in der Berliner, Hamburger, Frankfurter Finanzaristokratie, die man ihm nicht schon direkt oder indirekt angetragen hatte. Aber er war ungerührt geblieben von der um ihn werbenden Jugend sowohl wie von dem Reichtum, der sich dem seinen vermählen wollte. Irgendwo in einer Falte seiner Seele lebte die zunächst gegenstandslose Neigung für einen Adel, dessen Wappen nicht aus Zahlen zusammengesetzt war. Und seit er Francis von Engern zum ersten Male gesehen, wußte er, daß er entweder sie heimführen oder bis an sein unseliges Ende Junggeselle bleiben würde.

In einer Façon, die selbst denen Respekt einflößte, die in seiner Verlobung mit »Fräulein von Kirchenmaus« ein Zeichen herannahender Paralyse sahen, hatte er eine gewisse, ihn nun schon Jahre fesselnde und nicht eben geheim gehaltene Beziehung gelöst. Drei Tage vor seiner Verlobung reiste Helene Laroche, etwas plötzlich, aber deshalb nicht minder legal an einen verkrachten Matador vom Sportplatze verheiratet, nach New York ab. Gerold hatte sich's ein kleines Vermögen kosten lassen.

Nicht ganz so glücklich war er gewesen in dem Versuch, die Privatverhältnisse seines künftigen Schwagers zu ordnen. Egbert ließ es jetzt willig geschehen, daß der Konsul ihn vollkommen rangierte. Auch diesmal wußte Francis davon und sie hatte sich damit abgefunden. Gerold war eben ein wirklich reicher Mann und die ganze Schuldenlast Egberts erschien wie ein Bettel gegenüber der Gefahr, daß der inzwischen zum Hauptmann Vorgerückte den königlichen Rock ablegen mußte. Gerold selbst hätte dies nur ungern gesehen und stellte sich bereitwillig zur Verfügung.

Um so mehr war man darüber empört, daß Egbert gar nicht mehr von seiner Verheiratung sprach, nicht mehr daran zu denken schien. Mit einer verbissenen, wortkargen Zurückhaltung lehnte er jede Auseinandersetzung über diese Sache ab. –

»Genug, wenn ich den Grund weiß,« gab er der Mutter zur Antwort. Und seiner Schwester oder dem Konsul stand er überhaupt nicht mehr Rede.

Gerold kannte eigentlich nur die erste Hälfte des kurzen Romans. Den jähen Schluß desselben erlebte er gewissermaßen mit, denn er war wiederholt Zeuge, wenn Egbert rund heraus erklärte: »Nehmt meinetwegen an, ich will nicht! Aber laßt mich in Ruhe!« Zweifellos gab es zwischen diesen beiden Stadien von Egberts Liebesgeschichte einen dramatischen Höhepunkt, der sich hinter den Kulissen abgespielt hatte. –

Von einem zweiten Besuch, den Francis der Lehrerin gemacht hätte, war nie die Rede gewesen. Einer Einladung in das Haus der Frau von Engern hatte sie nicht entsprochen; ein Versuch Gerolds, ihr auf diskrete Weise zu Hilfe zu kommen, hatte das junge Mädchen mit Entrüstung zurückgewiesen.

Dabei war Egberts ganzes Wesen völlig verändert. Es erschien unzweifelhaft, daß er jeden Verkehr mit seiner Geliebten endgiltig aufgegeben hatte. Um so eifriger schloß er sich jetzt seinen Kameraden an, spielte wohl auch, wenn schon mit Vorsicht. Zu Hause war er düster und in sich gekehrt; im Umgang mit Gerold ein wenig, aber nicht viel zugänglicher. Er trug sich wohl mit irgend einem geheimen Zukunftsprogramm, aber er war nicht zum Reden zu bringen. Und auf Gerolds direkte Frage, weshalb er nun nicht Ernst mache mit seiner Heirat, antwortete er ziemlich brüsk:

»Ich will nicht! Francis hat es auf dem Gewissen!«

Francis wußte nichts, als daß sie ihn nach jenem Besuch bei Fräulein Sandrock freilich sehr energisch zur Rede gestellt hatte. Dabei war es zu einer so heftigen Scene gekommen, daß Bruder und Schwester wochenlang kein Wort mehr wechselten. Aber er hatte auch bei diesem furchtbaren Auftritt nicht die leiseste Andeutung gegeben, auf die seine plötzliche Sinnesänderung zurückzuführen wäre. Wenn man nicht den öffentlichen Skandal gefürchtet hätte, man würde jeden Verkehr mit diesem harten, gefühllosen Menschen abgebrochen haben.

Frau von Engern litt unsäglich unter diesem ihr völlig unfaßbaren Starrsinn. Sie hatte sich schwer genug darein gefunden, daß ihr einziger Sohn ihr innerlich fast fremd geworden war; sie hatte Not und Entbehrung auf sich genommen, um ihn vor Schande zu bewahren. Schließlich hatte das Mutterherz sogar zu verzeihen vermocht, wo die ehrbare Frau in ihr sich empörte. Aber daß Egbert jetzt, störrisch wie ein Idiot, sich dagegen auflehnte, jenem armen Mädchen Genugtuung zu geben, das zerriß das letzte Band zwischen beiden. Und ganz leise tropfte es bitter hinein in den vollen Freudenkelch, den ihr die Tochter bot. Irgend einen, wenn auch noch so entfernten, wenn auch noch so unbegreiflichen Zusammenhang gab es zwischen der unbeugsamen Hartnäckigkeit Egberts und dem jungen Glück ihrer Tochter. Die alte Frau durfte es freilich niemanden ahnen lassen, daß sie an solchen Zusammenhang glaubte.

Das Glück des jungen Paares war übrigens auch kein ungetrübtes. Gerold zwar betete seine Braut an; er verjüngte sich, wenn er nur den Blick zu ihr erhob, er vergaß Welt und Menschen, wenn er nur ihre Stimme hörte. Nie in seinem Leben hatte er den Zauber vornehmer Schönheit so auf sich wirken gefühlt, wie jetzt. Er kam sich vor wie ein Künstler, den bis dahin enge Verhältnisse fest umklammert hielten und der sich nun plötzlich nach Rom versetzt sieht, nach Italien, wo nicht nur Marmor und Steine, nicht Bronzen und Bilder, sondern das eingeborne Volk in ewiger Schönheit erblüht, wo er seine Ideale auf Schritt und Tritt lebend verwirklicht sieht. So erging es ihm, seit er in das Sonnenland seiner späten Liebe eingezogen war. Jeder Zug in dem stolzen, feinen, edlen Gesicht seiner Braut, jedes Wort des gescheidten, feinsinnigen Mädchens war eine Erfüllung für ihn. –

Zwar, sie gab sich ihm nur sehr langsam zu eigen; etwas Fremdes, Kühles blieb zwischen ihnen, auch als der Tag der Hochzeit schon festgesetzt war. Wenn sie gemeinsam eine Ausstellung, ein Konzert besuchten, meinte er immer, Francis wolle sich bei ihm entschuldigen wegen ihrer lebhaften Anteilnahme. Sie wußte nicht, erriet nicht, daß er sich aus innerstem Herzensdrang für die Ethnographie der Eskimos interessiert haben würde, wenn etwa sie für diese Transchlemmer Sympathie gezeigt hätte. Aber er fühlte sich auch nicht verletzt von ihrem mild gemessenen Wesen. Vielleicht war es gerade das, was ihn anzog.

Neulich hatte sie in einem Festspiele mitgewirkt. In einer jener billigen Allegorien, wie man sie bei gewissen Anlässen noch immer für zeitgemäß hält, hatte Francis »den Adel« dargestellt – das heißt: sie stand als eine rechte und vollkommene Edeldame irgend einem historischen Emporkömmling gegenüber; etwa wie die Königin Luise dem ersten Bonaparte. Dieser vormärzlichen Aufgabe hatte sie sich mit ganz außerordentlichem Takt entledigt. Es war fast, als ob sie sich selbst ein wenig persiflierte, und gerade dieser feine Zug gewann ihr den Sieg. Als sie später ihrem Verlobten gegenüber stand und in seinen Blicken las, wie sehr sie ihm auch heute wieder gefallen hatte, meinte sie:

»Und ich war sicher, Du würdest mich wenigstens diesmal unausstehlich finden!«

»So lange Du Dir ähnlich bleibst, kann das nicht kommen,« versicherte er und strahlte sie an, als gäbe es gar keine feinen Stichelreden.

Seine haltungslose Nachgiebigkeit bezwang sie nach und nach. Sie gelangte dahin, ihn hier und da einmal nach seinen Geschäften zu fragen. Dann lächelte er nur und sagte:

»Die hab' ich mit dem Ueberrock im Korridor gelassen.«

»Dann werde ich auch für meine Bücher, für mein Klavier im Vorzimmer Platz schaffen müssen.«

Diese Bemerkung war um so ungerechter, als Gerold ein Pianist war, der fast den Dilettanten abgestreift hatte. Er spielte vierhändig mit ihr, was immer sie auflegte. Er war ihr auch an Wissen und Können zum mindesten ebenbürtig und in einem Punkte ihr sogar entschieden überlegen: seine Geschenke waren vom Takt ersonnen, vom Geschmack ausgewählt und selbstverständlich fürstlicher Art.

Dennoch oder vielleicht eben deswegen keimte etwas zwischen ihnen, das sich zu einer Gefahr auswachsen konnte. Francis, die tiefer Veranlagte, empfand das früher als er, der sich immer wieder an ihrer stolzen Schönheit berauschte.

Eine unerklärliche, aber ebenso unüberwindliche Scheu hatte Gerold bisher abgehalten, jenen geheimnisvollen Brief zu öffnen, als dessen rechtmäßiger Adressat er sich doch längst betrachten durfte. Auf eine leise Anspielung, die Egbert gelegentlich riskierte, hatte Gerold abweisend geantwortet:

»Mich wird der Vater kaum gemeint haben!«

»Aber Sie sind doch nun glücklich Francis' Verlobter!«

»Jawohl, und darin soll mich keine Botschaft irre machen, und käme sie auch geraden Weges aus dem Jenseits!«

Und wie Gerold nicht an den dunklen Geheimnissen der Vergangenheit zu rühren wagte, weil er für sein Glück zitterte, so haderte Francis innerlich immer wieder mit der Gegenwart, weil für sie noch kein »Glück« auf dem Spiele stand. –

Einmal waren sie abends im »Deutschen Theater«, wo man Björnsons »Fallissement« gab. Francis trug zum ersten Male einen wundervollen Kopfschmuck mit Smaragden, die wie Leuchtkäfer in ihrem dunklen, weich gewellten Haar flimmerten. Viel zu reich, viel zu kostbar war ihr der Schmuck, das war ihr erstes Wort gewesen, er hatte dazu gelächelt und gescherzt: sie sei ein Schmuckhalter, wie noch nie ein Juwelier einen besseren besessen. Und heute abend, im Theater, würden die Leute gar nicht an des Großkaufmanns Tjäldes Geldsorgen glauben, wenn sie den Großkaufmann Gerold mit seiner Braut in der Loge sähen.

Die große Scene zwischen Tjälde und dem Advokaten Berent war vorüber und hatte jenes gebannte, lastende Schweigen hervorgerufen, das von tieferer Wirkung spricht, als brausender Applaus. Als die starre Stille sich löste und der Sturm, der die Darsteller hervorgetobt hatte, vorüber war – als man ringsumher sich umzuschauen und zu flüstern begann, sagte Francis leise und anscheinend ganz unvermittelt zu ihrem Bräutigam:

»Das Geld kann doch für anständige Naturen nur als Mittel zum Zweck in Betracht kommen.«

Er horchte verwundert auf.

»Wie meinst Du das, liebe Francis?«

»Ich meine, rund heraus gesagt, daß ich das Geld hasse, verabscheue – daß es mir Widerwillen einflößt. Ich habe das in dieser Scene erst wieder gefühlt.«

»Mit Unrecht, mein Kind,« versetzte er lächelnd. »Geld und Besitz haben Wert und Bedeutung an sich. Sie sind eine Prämie, welche auf die Intelligenz gesetzt ist.«

»Das hieße ja alle Unbemittelten für Dummköpfe erklären,« protestierte sie lebhaft.

»In gewissem Sinne sind sie das auch,« meinte er gelassen, »sie verstehen weder die Zeit, noch ihren Vorteil.«

»Und daß dieser Vorteil immer der Nachteil eines anderen ist, kommt gar nicht in Betracht?«

»Nein! Weil es nicht wahr ist! Wenn Deine Schneiderin für Dich arbeitet, wenn ihrer Hände Werk Deine Erscheinung verschönt – das ist ja freilich nicht möglich,« schob er mit aufleuchtendem Blicke ein – »aber wenn sie es könnte, so gewännest Du und ich reichlich so viel, als sie durch ihren Lohn verdient.«

»Vielleicht trifft das bei einfachen Arbeitsverhältnissen zu. Aber wenn ich dies koncediere, mußt auch Du zugeben, daß derlei Geschäfte keinen von beiden Teilen *reich* machen können. Also das Geld ist nur Mittel zum Zweck.«

»Man könnte auch einen anderen Schluß aus meinem Gleichnis ziehen: ehrliche Geschäfte nützen immer beiden Teilen in gleichem Maße.«

»Worauf ich wieder antworten muß: an wirklich ehrlichen Geschäften ist noch nie jemand schnell reich geworden.«

Einen Augenblick zögerte er mit der Entgegnung. Dann aber flüsterte er ihr heiß ins Ohr:

»Für Dich würde ich auch unehrliche Geschäfte wagen!«

Wie von einem Schlage getroffen, zuckte sie zusammen. Alles Blut war aus ihrem zart gefärbten Gesicht gewichen. Wenn nicht ihre Erziehung sie gelehrt hätte, sich zu beherrschen, es hätte auffallen müssen, wie ihr innerstes Wesen sich aufbäumte gegen eine Lebensauffassung, wie sie aus Gerolds Worten zu sprechen schien. Mit blassen, bebenden Lippen, jedes Wort scharf betonend, antwortete sie, während es in ihren stahlgrauen Augen drohend aufblitzte:

»Und ich würde Dich in derselben Stunde verlassen!«

Er hatte gar nicht Zeit zu erschrecken, oder gar nachzudenken über ihre Worte – der Vorhang ging auf: Großkaufmann Tjäldes Rettung bereitete sich vor. –

Aber in beiden wirkte die kleine Scene nach, wenn auch vielleicht nur unbewußt. Immer deutlicher trat es für Gerold hervor, wie sehr Francis den Wert und die ethische Bedeutung des

Geldes unterschätzte. Und er fand sie doppelt im Unrecht, so oft er sich sagte, daß auch sein Vermögen mitgesprochen hatte, als sie sich für ihn entschied. Er war der Eitelkeit fremd, wie alle tüchtigen Menschen. Deshalb auch kam es ihm nicht in den Sinn, zu glauben, daß eine Francis sein geworden wäre um seiner geistigen Vorzüge willen. Wenn aber das Geld die Macht hatte, ihm ein so anbetungswürdiges Geschöpf in die Arme zu führen – wie konnte man da noch an dem sittlichen Wert des Geldes zweifeln?

Und Francis wiederum sah in seiner Prachtliebe, in seiner Freigebigkeit ihr und den Ihren gegenüber, in seinem ganzen Auftreten nur ein erhöhtes Betonen des Besitzes, ein maßloses Ueberschätzen des Geldes.

Aber dieser Gegensatz hinderte nicht, daß sie, nachdem die Hochzeit einmal vorüber war, glückberauschte Tage und Wochen hatten. Francis selbst schien sich darüber zu wundern, daß es so war, aber sie konnte die Tatsache nicht aus der Welt schaffen, daß sie angebetet wurde und daß ihr das von Stunde zu Stunde mehr Freude machte. Allerdings trug hierzu bei, daß Gerold sich rückhaltlos von allen Geschäften frei zu machen gewußt hatte. Er war nichts als ihr Anbeter, ihr schwärmerischer Verehrer, ihr kundiger Führer durch die Galerien und Kirchen Italiens, und er verstand es sogar, ihren Natursinn zu erschließen. So wie er ihr Berge und Wälder und Ströme und das Meer zeigte, so hatte es ihr bis dahin kein Dichter geschildert.

Aber das nahm ein jähes Ende in dem Augenblick, da er, nach Monaten, aber doch an ihrer Seite, sich seiner finanziellen Angelegenheiten wieder erinnerte – wo das Geld wieder Macht über ihn gewann, wie Francis es ausgedrückt haben würde.

Sie befanden sich auf der Rückreise, nachdem sie vom November bis Ende März »das Land, wo die Zitronen blüh'n« durchquert hatten. In Konstanz machten sie Halt, um noch die Schönheiten des Bodensees ganz auszukosten. Gerade für feiner empfindende Naturen hat es einen eigenen Reiz, auf die berückenden, bezaubernden Bilder Italiens solche von stillerer, tieferer Anmut folgen zu lassen.

Eines Abends, es war ein wundervoller Frühlingstag gewesen, erbat Francis eine Bootfahrt nach Lindau. Zehn Minuten später geleitete der immer dienstbereite, immer glückstrahlende Gerold sie zum Steg. Er duldete nicht, daß beim Einsteigen der Bootsmann ihr die Hand reichte, er selber führte sie zu ihrem Sitz. Dann aber mußte ihm noch etwas Wichtiges eingefallen sein. Er eilte zurück und gab dem Portier einen Auftrag. Nun saß er neben ihr, und das leise Unmutwölkchen, das auf ihrem Gesicht aufsteigen wollte, war schon wieder verschwunden.

Bald glitt das Boot dahin, und es verschwanden Zeit und Raum, als flöge man über das Weltmeer. Der ganze innige Reiz einer solchen Fahrt spann die beiden ein. Der See war still und klar, der wolkenlose Himmel neigte sich tief zu ihm hinab, als wollte er den Grund seiner Seele küssen. Von dem jetzt wieder nahen Ufer zogen süße Blütendüfte über das kleine Boot hinweg – kein Laut vernehmbar, als das klingende Rieseln des Wassers an den Rudern. Francis war ganz eingehüllt in eine beseligende Stimmung. Sie hatte sich an ihren Mann geschmiegt, lehnte fest und sicher in seinem Arm. Weltentrückt genoß sie ein unbeschreibliches Glück.

Da plötzlich schrak sie auf, sie hörte rufen, schreien. Wirklich, man rief den Namen ihres Gatten. Von vier kräftigen Armen getrieben, eilte ein zweites Boot herbei, aus der Richtung von Konstanz kommend. Ein Hotelpage stand aufrecht im Boote, rief laut den Konsul an und schwenkte ein Papier in der Hand, wohl eine Depesche, die Gerold ihm nachzusenden Weisung gegeben hatte.

Inzwischen hatte das Boot sich soweit genähert, daß man sich verständigen konnte.

»Mach' das Telegramm auf,« befahl der Konsul, »und sage mir, was darin steht.«

Der Page gehorchte und las:

»Spinnerei Lehnsdorf erbittet dringend drei Monate Zinsenstundung. Sonst in Gefahr. Drahtantwort bezahlt.«

Noch immer seine junge Frau im Arm, antwortete Gerold: –

»Kannst Du genau nachschreiben, was ich diktiere, mein Junge?«

»Gewiß, Herr Generalkonsul.«

»Also schreibe: »Zinsenstundung Lehnsdorf endgiltig abgelehnt. Sofort Subhastation einleiten. Gerold.« Diese Depesche geht an mein Berliner Haus – Du weißt doch die Adresse?«

»Zu dienen, Herr Generalkonsul.«

»Dann vorwärts! Verliere nicht eine Minute! Und melde Dich nachher bei mir!«

Vier Ruder senkten sich drüben ins Wasser; das Boot drehte und schoß von dannen.

Jetzt erst gewahrte der Konsul, daß Francis sich seinem Arm entzogen hatte. Sie saß aufrecht, starr und steif, gleichsam wie erfroren. »Es fiel ein Reif in der Frühlingsnacht,« sagt der Dichter.

»Ist Dir nicht wohl, mein Kind?« fragte er besorgt.

»Laß, bitte, anlegen. Ich möchte per Bahn oder mit einem Wagen zurückfahren.«

Erschrocken griff er nach ihrer Hand, sie war eiskalt.

»Um Himmels willen – sage mir nur, was Dir fehlt!«

Sie sah ihn an, wie damals im »Deutschen Theater«. Nur daß es jetzt um ihren feinen Mund zuckte, wie ein geringschätziges Lächeln.

»Du würdest mich doch nicht verstehen,« versetzte sie.

Zum ersten Male, seit es Meinungsverschiedenheiten zwischen ihnen gegeben, tat ihm dies Lächeln weh. Es war nicht nur Geringschätzung, was sich darin äußerte – einen Augenblick wollte es ihm scheinen, als blitze etwas wie ingrimmige Freude in ihrem kalten Blicke auf. Mit Grauen empfand er, daß es ein Abgrund war, was sich zwischen ihnen aufgetan. Aber auch nicht die leiseste Ahnung sagte ihm, wie denn diese ungeheure Kluft entstanden, oder gar, wie sie zu überbrücken wäre. Nie, nimmermehr wäre es ihm in den Sinn gekommen, daß er selbst sie geschaffen, daß er sie stündlich erweiterte und vertiefte, indem er, Seite an Seite mit ihr, seiner Geschäfte dachte, seinen Reichtum zu vermehren trachtete. –

»Was ist denn Dein ganzer Reichtum?« hatte sie einmal scherzend hingeworfen, als sie einmal vor dem Palazzo Pitti in Florenz standen, dessen innere Pracht sie eben bewundert hatten. »Sei mir nicht böse, Ernst, aber Ihr seid Krämervolk! Wenn es denn schon gelten soll, daß das Geld eine Gottheit ist, nun denn, so wenigstens keine Halbgöttin, der überall menschliche Schranken den Horizont verschließen, den Himmelsflug unmöglich machen. Reichtum, wie ihn die Pittis, die Ferraras, die Medici erwarben – königlicher Reichtum, Macht über Land und Leute, denen sie den Stempel des Geistes aufzuprägen vermochten, solcher Reichtum mag schön sein und große Empfindungen auslösen. Aber Euer Reichtum? Noch hunderttausend Mark mehr! Noch eine halbe Million mehr? Krämervolk seid Ihr alle, mein guter Generalkonsul!« Und sie hatte gelacht, daß der junge Vikar, der eben vorüberging, sich beinahe bekreuzigte.

Das kam dem Konsul jetzt wieder in den Sinn, während sie der nächsten Landungsstelle zutrieben.

Wo nahm sie nur den Mut her, zu behaupten, daß er etwas nicht verstünde, was sie betraf? Fürstlichen Reichtum wollte sie gelten lassen. Aber er sollte nicht in Geschäften erworben werden, er sollte längst vorhanden sein! Unlogik des Weibes! Als ob die Pittis und die Medicis bedenklich gewesen wären in der Wahl ihrer Mittel, sich zu bereichern! Sie aber, Francis, fiel aus allen Himmeln, wenn er an sein Geschäft, an den Gewinn dachte. – Tat er nicht, was er seiner jungen Frau an den Augen absehen konnte? Umgab er sie nicht mit allem, was freigebigste Zärtlichkeit nur ersinnen konnte? Liebte er sie denn nicht mit der ganzen Wärme seines Wesens – treu und rückhaltlos, wahrhaft, und zu jedem Opfer bereit? Aber eines Tages würde sie den Vorwurf zurücknehmen, den sie ihm da gemacht, den sie vielleicht nur zufällig nicht früher ausgesprochen hatte. Eines Tages würde er ihr fürstlichen, »königlichen« Reichtum zu Füßen legen können – das sei seine Antwort.

Heute begnügte er sich, zu sagen:

»Es ist kühl geworden; Du hast Dich offenbar erkältet.«

Wieder lächelte Francis, wie vorher. Aber sie entgegnete nichts. Sie zog nur den Crêpe-Shawl, der ihr um die Schultern lag, herab, als wollte sie andeuten, daß ihre »Erkältung« ganz anderen Ursprung habe. Wirklich – er verstand sie nicht! – – –

In Berlin gab es für jeden von ihnen einen großen Pflichtenkreis. Er, der Konsul, stürzte sich mit gesteigerter Leidenschaftlichkeit ins Geschäft. Der jungen Frau fiel die Repräsentation des im großartigsten Stile angelegten Haushalts zu. Es ist ja jetzt modern geworden, während des Sommers daheim zu bleiben. Ueberall entdecken die Großstädter, wie herrlich schön sie es in allernächster Nähe haben, Kunst und Industriefleiß schaffen dürre Fichtenbestände zu entzückenden Villenvierteln um, und die reichen Leute besinnen sich endlich darauf, daß es kein besseres Hotel gibt, als das »zum eigenen Hause«.

So brachte also schon der bevorstehende Sommer lebhaftes Gesellschaftstreiben in die Villa Gerold im Grunewald. Dabei wollte es nun der jungen Frau scheinen, als käme sie auf eine neue Nebenabsicht ihres Mannes, die bei der Wahl seiner Gattin mit ins Gewicht gefallen sein mochte. Er, der sich bis dahin ganz ausschließlich in kommerziellen Kreisen bewegt und zweifellos dort auch wohl gefühlt hatte, er griff jetzt mit auffälligem Eifer nach jeder Möglichkeit, die verwandtschaftlichen Beziehungen seiner Frau auszunutzen – zunächst in dem Sinne, daß er alle diese Aristokraten und ihren Anhang in sein Haus zog. Ehe noch der Herbst ins Land gekommen, war die Villa Gerold ein Zentrum gewisser hochkonservativer Adelskreise geworden, und mehr und mehr zog sich die Kaufmannswelt zurück.

Francis dachte zu gut von der Intelligenz ihres Mannes: aus Eitelkeit umgab er sich gewiß nicht mit Leuten, die ihm innerlich fern standen. Andererseits hatte sie ganz unverblümt erklärt, daß ihr persönlich an dem häufigen Besuche dieser Generale und Geheimräte, dieser Diplomaten und konservativen Reichsboten herzlich wenig gelegen sei. Ihr fehle die politische Ader. Sie erreichte mit ihrer Beschwerde nur, daß der Konsul seine Gesellschaft mit einigen Künstlern und Gelehrten aufputzte, während der immer mehr anwachsende Kern dieses Kreises sich aus der Feudalwelt verstärkte. –

Dabei fehlte es merkwürdigerweise an Damen. Vielleicht war es nur Zufall, daß die meisten bei Gerold verkehrenden Herren ihre Damen gar nicht in Berlin hatten – es waren meist Großgrundbesitzer, die nur zu vorübergehendem Aufenthalt hierhergekommen – vielleicht auch hatten diese äußerlich geselligen Abende doch mehr einen geschäftlichen Charakter, so daß man die Frauen besser daheim ließ. Noch ein drittes war möglich: man nahm den Generalkonsul, ungeachtet seines Reichtums und seiner Stellung, nicht für gesellschaftlich voll ... Gerold hatte freilich versucht, seine junge Gattin auch in die vornehmen Kaufmannskreise einzuführen. Aber sie konnte dort den rechten Anschluß nicht finden. Sie hatte den Eindruck, als betrachte man sie wie einen Eindringling, der überdies einen der glänzendsten und begehrtesten Heiratskandidaten dem ursprünglichen Boden entfremdet hatte. Sie selbst aber hatte vor ihrer Verheiratung so ziemlich außer allem Verkehr gestanden. War man zu Lebzeiten ihres Vaters infolge der beschränkten Mittel auf einen verhältnismäßig kleinen und bescheidenen Kreis angewiesen, so hatte auch dieser sich nach dem jähen, unerwarteten und für viele unklar gebliebenen Tode des Majors völlig gelichtet. In dem ganzen Trauerjahr sah Francis sich fast ausschließlich auf sich selbst angewiesen. Aber auch später blieb sie so gut wie vereinsamt. Freilich, bei gewissen Gelegenheiten, wie sie sich zum Beispiel aus den Beziehungen Egberts ergaben, beeilte man sich, das schöne und begabte Mädchen heranzuziehen. Aber sie wußte sehr gut: man wollte nur Staat mit ihr machen. Irgend ein persönliches Band verknüpfte sie mit niemandem. Und das war jetzt fast noch schlimmer geworden. Gerold, sonst die Gefügigkeit selbst, hatte es bestimmt abgelehnt, Besuche bei den Offiziersfamilien abzustatten, mit denen Francis noch immer einen, wenn auch sehr gelockerten Zusammenhang empfand. Er sei nicht mehr jung genug, um einen ihm durchaus fremden und unsympathischen Umgangston zu erlernen. Militärische Angelegenheiten, die Geheimnisse der Rangliste, Ordensverleihungen und dergleichen interessierten ihn absolut nicht – wie er denn auch nicht voraussetzen könne, daß der Oberstleutnant von X und der Generalmajor von Z nun plötzlich Anteil nehmen sollten an Dingen, die sein Leben erfüllten. So ungefähr hatte er ihr ruhig und sachlich geantwortet, als sie ihn für ihre ehemaligen Bekanntschaften zu gewinnen versuchte.

Das Ergebnis war natürlich ein Gefühl trostloser Vereinsamung. Noch standen die Gatten so miteinander, daß Francis ganz offen darüber reden durfte. Und er war weit entfernt davon, sie nicht zu verstehen.

»Du mußt Geduld haben, mein Schatz – vielleicht nur noch kurze Zeit! Es wird anders werden, sobald ich mich ganz von den Geschäften zurückziehen, nur noch Dir allein leben kann. Dazu aber ist mehr nötig, als ich bis jetzt besitze – widersprich mir nicht, Kind – ich weiß genau, was ich Dir schuldig bin!«

Vergeblich bezwang sie sich, zeigte ihm eine glückliche Miene, um ihn glauben zu machen, daß sie leichten Herzens auf alles verzichte, so lange sie nur ihn ganz beherrsche. Sie vermochte ihn nicht zu täuschen. Nicht eher würde volle Zufriedenheit in diese Ehe kommen, als bis er keinen anderen Gedanken mehr zu hegen brauchte, als den an den Ritterdienst für seine Frau. Sie schien ihm mehr als je wie für einen Thron geboren. Und wenn schon nicht einen Thron, so wollte er ein Vermögen erwerben, groß genug, um sein Haus auch ohne alle geschäftliche Beziehung zu einem Mittelpunkt der Gesellschaft zu machen, die eine Francis nach ihrem Wert zu würdigen wußte. Gerold war nichts weniger als ein Projektenmacher. Er rechnete mit ganz bestimmten Umständen, Tatsachen, Zahlen. Für seine Frau mußte irgendwo ein neuer Kreis geschaffen werden – ein neugeschichtliches Fürstentum, wie er scherzend sagte. Denn hier stand sie gewissermaßen auf der Grenzscheide zweier Gesellschaftsschichten, von denen keine ihr willig dienstbar werden wollte. Um aber dieses Neuland zu begründen, mußte er sein Vermögen nahezu verdoppeln. Er dachte wie die Pariser **épiciers**, wenn auch in ganz anderem Maßstabe: »An dem Tage, an dem ich so und so viel besitzen werde, schließe ich meine Bude, um als Rentner zu leben.« Da er aber inzwischen vierzig Jahre alt geworden, hieß es, sich beeilen. Und keine Schwäche, keine Rücksicht auf die heimlichen Seufzer seiner jungen Gattin durften ihn zurückhalten. –

Gestern abend war es wieder überaus lebhaft zugegangen in der Villa Gerold. Aber wieder war es eigentlich eine Herrengesellschaft gewesen, der Frau Francis die Honneurs zu machen hatte. Was an Frauen da war – ein paar weibliche Sporthabituées, Frau und Tochter des Grafen von der Goltz, der von seiner bevorstehenden Uebersiedlung nach Berlin sprach, dann eine aristokratische Modemalerin, der man hohe Beziehungen nachsagte, und endlich Frau von Wilmowski, angeblich die Besitzerin enormer Waldungen in Kurland – lauter Damen, die es nicht sehr genau zu nehmen schienen mit den gesellschaftlichen Formen, die übrigens auch durch das Sommerliche der Veranstaltung ein wenig gelockert waren. So zu sagen Füllsel waren einige der Freunde und Kameraden Egberts, der bei diesen Arrangements eine große Rolle spielte.

Einige der jüngeren Herren, darunter auch ein sehr interessanter Rittmeister, hielten es für ihre Pflicht, der Frau des Hauses den Hof zu machen. Aber merkwürdig, Frau Francis hatte keinen Sinn für den Flirt. Sie gab sich in liebenswürdigster Weise Mühe, den Rittmeister an die junge Komtesse Goltz zu verlieren; sie blieb gegenüber der etwas abgestandenen Bewunderung des berühmten Herrenreiters von Kleist mehr als kühl; sie hatte für den Landrat von Reegow nur dasselbe Lächeln, wie für den ihr heute erst vorgestellten Leutnant Grafen Schulenburg. Ihr Gatte aber, das erkannte sie an diesem Nachmittag mit erschrecklicher Deutlichkeit, war für sie nicht vorhanden, sobald sich einmal diese Leute um ihn geschart hatten.

Sie hatte sich der russischen Waldbesitzerin annehmen müssen und promenierte mit ihr durch das Palmenhaus, als sie hinter einer mächtigen Farrengruppe den Namen ihres Vaters nennen hörte.

»Ja – wenn der Major von Engern das erlebt hätte!« sagte jemand mit einem sonderbar sarkastischen Ausdruck. Und er erhielt zur Antwort:

»Dann würde er's nicht nötig gehabt haben, seine Waffen selbst zu putzen…«

»Und dann wäre der dumme Revolver auch nicht losgegangen!«

Francis fühlte ihr Herz stocken und dann wieder in wilden Sprüngen schlagen. Es war nicht zum ersten Male, daß sie solchen Verdacht äußern hörte. Immer wieder aber empörte sich ihr Innerstes gegen eine so schändliche Verleumdung. O – sie hatten ihn alle nicht gekannt, diesen edlen, *unberührten*, unanfechtbaren Mann! Und sie würden es auch nicht wagen, so von ihm zu reden, hätten sie sich nicht sicher gefühlt, hier, im Hause des Generalkonsuls! Das war nicht der Mann, die Ehre des Toten zu wahren. Freilich, Egbert war es noch viel weniger – er, der nicht Ehre genug hatte, um seine Pflicht an jenem unglücklichen Mädchen zu tun.

Wohin sie blickte, sah die junge, stolze Frau sich verlassen. Ohne rechtes Verständnis für die Ziele ihres Mannes, empfand sie es wie eine persönliche Beleidigung, daß er »noch andere Götter« hatte neben ihr. Und schließlich glaubte sie zu erkennen, daß sie nur in dieses Haus geführt worden war, um einen bequemen Vorwand abzugeben für seinen feudalen Verkehr. Sie fand, es sei eine rein geschäftliche Taktik, die Gerold verfolgte. Intelligent und schnell erfassend, wie sie war, konnte ihr ja mancherlei unmöglich verborgen bleiben.

Das Bankhaus Gerold, mit einigen anderen zu gleichen Zwecken verbündet, befaßte sich seit einiger Zeit vielfach mit gewissen Transaktionen, die ihm früher immer nur von einer jeweiligen Zwangslage aufgenötigt werden konnten. Hatte ehedem das solide, vornehme Bankgeschäft Gerold Gelder leihweise auf irgend eine Realität hergegeben, und kam die Zinszahlung ins Stocken, so machte man allenfalls den Versuch, die Finanzlage des Schuldners zu sanieren, schlug das fehl, so beeilte man sich, die zinskranken Hypotheken oder Verschreibungen so schnell wie möglich, wenn auch mit Verlust, abzustoßen. Was etwa mehr geschah, meinte der alte Gerold, griff schon weit über den Rahmen des Bankgeschäfts hinaus. Und er lehnte es grundsätzlich und beharrlich ab, einen von ihm beliehenen Grundbesitz im Zwangsverkauf zu erstehen. Diese noblen Geschäftsprinzipien waren nun einer anderen Auffassung gewichen. Man betrachtete die Beleihungen nur noch als ein Mittel, um in den billigen Besitz ganzer Grundkomplexe zu kommen, die dann wieder durch Tausch oder Zerlegung weiter verwertet wurden.

Francis hatte fast wider ihren Willen von einigen recht drastischen Fällen dieser Art Kenntnis bekommen. Schon innerlich entzweit mit ihrem Gatten, war sie nur zu sehr geneigt, sein Verfahren unwürdig, verdammenswert zu finden. Es war – so sah sie die Dinge an – sein Geschäft, sein Beruf geworden, den alten Erbadel von Haus und Hof, von Grund und Boden zu vertreiben. Dagegen lehnte sich die Aristokratin in ihr zornsprühend auf. Ihr besseres Empfinden war ohne nähere Prüfung mit denen, die von ihrem Manne und seinesgleichen entwurzelt wurden.

Aber noch war ihr ein Rest von Objektivität geblieben, noch gingen diese Dinge sie nicht eigentlich persönlich an. Eines Tages aber fand sie, daß auch ihr Bruder Egbert mit verstrickt war in die Fangnetze der Güterwucherer. Zwar, sie hatte keinerlei Sympathie für ihren Bruder, der ja auch nicht in der Gefahr stand, etwas zu verlieren. Bisher aber hatte sie geglaubt, Gerold verkehre mit Egbert nur aus Rücksicht auf dessen Familie, und sie fühlte sich ihrem Gatten verpflichtet, weil er ihrer alten Mutter neuen Gram um den Sohn ersparte. Denn Egbert steckte von neuem in Schulden, wie nie zuvor, und zu wiederholten Malen hatte Francis mit namhaften Beträgen ausgeholfen. Es durfte ihm nichts geschehen, so lange Mama noch lebte. Freilich schien alles, was man für ihn tat, wie in einen Sumpf geworfen. Ein ruchloser Geist hatte sich Egberts bemächtigt, er hauste nicht wie ein Narr, sondern wie einer, der sich zu Grunde richten will.

Seit einiger Zeit hatte die Situation sich insofern geändert, als der Hauptmann sich nicht mehr an seine Schwester wandte, wenn ihm die Not an den Kragen ging. Sehr bald ergab sich, aus welcher Quelle der Herr Bruder jetzt schöpfte: der Konsul selbst war sein bereitwilliger Bankier geworden. Und wiederum kam Francis mit jener wunderbaren Definitionsgabe, die wir weit häufiger bei klugen Frauen, als bei viel klügeren Männern finden, der Sache auf den Grund. Der Hauptmann von Engern war für das Bankkonsortium das geworden, was man in Spielerkreisen einen »Schlepper« nennt.

Wenn auch Francis natürlicherweise diesen Ausdruck und seine Bedeutung nicht kannte, so begriff sie doch, daß der Bruder sich dazu hergab, dem Konsul Leute zuzuführen, die dringend Geld nötig hatten, auch, wenn dieses Geld schwere Opfer kosten sollte.

So standen die Dinge, als ein Zufall volle Klarheit für Francis brachte. Ihr war ein Zeitungsartikel, »Moderne Raubritter« überschrieben, zu Gesicht gekommen, und schon die ersten Zeilen des brillant geschriebenen Feuilletons erregten in ihr die Vermutung, daß es sich um einen Angriff auf den Generalkonsul handelte. Zwar war kein Name genannt, auch kein allzu deutlicher Hinweis gegeben, aber eine ganze Reihe von Einzelheiten, die auf Gerold zutrafen, ließen kaum noch einen Zweifel aufkommen.

Man warf ihm und den mit ihm vereinigten Geldleuten nichts Geringeres vor, als daß sie in der schändlichsten Weise Wucher trieben, dabei ganze Geschlechter zu Grunde richteten und in absehbarer Zeit eine geradezu den Staat bedrohende Verschiebung der Besitzverhältnisse zu ihren Gunsten herbeizuführen am Werke wären. Eben jetzt – darin gipfelte der Aufsatz – sei man dabei, einen Reichsunmittelbaren »auszuschlachten«, wie der kunsttechnische Ausdruck laute. Das schon geknebelte Opfer sei nicht einmal der Urheber der Bedrängnis, aus der ihm die Wucherer »helfen« sollten. Er sei vielmehr durch seinen einzigen, über alle Begriffe leichtsinnigen Sohn zu Grunde gerichtet worden, den er gleichwohl fallen zu lassen nicht das Herz hatte. Der junge Erbprinz habe im Verlauf von kaum fünf Jahren Millionen vergeudet Unsummen, die überdies durch sinnlose Zinsen dermaßen angeschwollen, daß der gesamte Besitz des Vaters, käme er unter den Hammer, kaum Deckung bieten würde. An diesem fürstlichen Besitz aber hinge die Existenz Tausender von Familienvätern. Der Fürst betrieb Bergwerke, Glashütten, Erzgießereien und andere große industrielle Unternehmungen. Er war seinen Leuten ein humaner Brotherr gewesen, hatte auch ihren geistigen Bedürfnissen Rechnung getragen und tatsächlich eine zufriedene, blühende Bevölkerung auf seinen weit ausgedehnten Gemarkungen vereinigt. All dies schwebe nun in dringendster Gefahr. Gelänge es dem übermächtigen Bunde moderner Raubritter, den Fürsten X zu Boden zu schlagen, so kämen naturgemäß auch die Werke und Betriebe unter wucherische Verwaltung. Dann aber würde man es erleben, wie demnächst aus einem der gesegnetsten Teile des Vaterlandes ein förmlicher Exodus sich entwickeln würde. Vielleicht sei es noch Zeit, von oben her einzuschreiten gegen diesen schmachvollen Mißbrauch finanzieller Ueberlegenheit, der nur allzusehr jenem Mißbrauch gleiche, dessen sich im Mittelalter das Raubrittertum gegenüber dem wehrlosen Handel schuldig gemacht. Der Rädelsführer der modernen Raubritter, so etwa schloß der Aufsatz, erscheine um so erbärmlicher, als er erst kürzlich sein Haus mit einer Tochter des vornehmsten Adels geschmückt habe. Er wird ihr nun, von ihrem eigenen Bruder als Spürhund unterstützt, die Skalpe ihrer Standesgenossen zu Füßen legen.

Die letzten Sätze des augenscheinlich von gut unterrichteter Seite herrührenden Aufsatzes benahm Francis jeden Rest von Zweifel: von ihrem Mann war die Rede – von ihm, der ihr einst ein Liebesgeständnis zu machen vermeinte, indem er ihr versicherte, daß er in ihrem Dienst auch unehrlichen Geschäften nicht ausweichen würde. Und ihr Bruder – es trieb ihr die Schamröte ins Gesicht – ihr Bruder war wirklich sein Spießgeselle!

Francis war ganz und gar nicht die Natur, die Dinge gehen zu lassen, wie sie gehen wollten. Ihr Innerstes kochte vor Erregung, sie schämte sich ihres Namens, schämte sich des Ueberflusses, in dem sie lebte. Ein flammender Zorn gegen ihren Gatten stieg in ihr auf, ein zu allem fähiger Haß. Die Erinnerung an jede Liebkosung, die sie von diesem Manne ertragen, flößte ihr Abscheu und Reue ein. Es mußte zum Aeußersten kommen zwischen ihnen.

Aber sie wollte mit bestimmten Tatsachen vor ihn hintreten, nicht mit Vermutungen, auch wenn sie noch so begründet erschienen.

Sie nahm das Zeitungsblatt und fuhr zu ihrem Bruder. Der Hauptmann wohnte nicht mehr, wie vordem, bei seiner Mutter; er lebte auf großem Fuße. Es war ein glücklicher Zufall, daß Francis ihn zu Hause traf.

Ohne ihm Zeit zum Fragen zu lassen, ohne anscheinend sein Erstaunen über diesen ungewöhnlichen Besuch zu bemerken, kam sie sofort zur Sache.

»Hast Du diesen Artikel gelesen, Egbert? Und weißt Du, auf wen er gemünzt ist?« Die Zeitung flatterte in ihrer bebenden Hand.

Mit einem flüchtigen Blick streifte der Hauptmann das Blatt. Dann griff er nach seiner Zigarette.

»Du erlaubst doch...?« Zwei, drei kräftige Züge tat er, dann hatte er sich seinen Standpunkt zurecht gelegt. Er mußte sich auf den Cyniker hinausspielen. Alles eingestehen und überdies die ganze Geschichte harmlos und natürlich finden. Allerdings würde Francis ihn nur noch mehr als bisher verachten, wie sie offenbar den in jenem Artikel gebrandmarkten »Rädelsführer«, ihren Gatten, verachtete. Aber er, Egbert, konnte nicht mehr zurück. Er war ja in der Tat ein Schildknappe der modernen Raubritter geworden. Und er wußte am besten, wie das gekommen.

»Du solltest Dich nicht um solche Geschichten kümmern,« begann er, »solltest froh sein...«

»Ich brauche Deinen Rat nicht,« fuhr sie ihm heftig in die Rede. »Willst Du mir antworten oder nicht? Hast Du noch Ehrgefühl im Leibe, oder hast Du Dir's abkaufen lassen?«

»Man ist sehr aufgeregt, wie ich mit Bedauern sehe,« sagte Egbert lässig. »Aber wenn Frauen in Rage sind, tut man gut, ihnen nachzugeben. Zumal, wenn man, wie in unserem Falle, auch ihre guten Seiten kennen zu lernen vielfach Gelegenheit hatte ... Also – Du wünschest zu wissen ...?«

»Von wem das Feuilleton hier spricht!«

»Der Hauptsache nach doch wohl von dem Fürsten Rothenstein. Ich glaube kaum, mich zu irren.«

Francis war aufgesprungen bei der Nennung dieses Namens. Hoch aufgerichtet, flammenden Blickes stand sie vor ihrem Bruder, die Weib gewordene Anklage.

»Von demselben Fürsten Rothenstein, dessen Sohn, der liederliche Erbprinz, Dich seiner besonderen Freundschaft würdigt?«

»Ganz recht,« gab er mit einem malitiösen Lächeln zu. Er ahnte noch nicht, bis zu welchem Grade sie die ganze Sachlage bereits durchschaute.

»Dann bist Du es,« rief sie mit schneidender Stimme, »der den Fürsten und mit ihm Tausende von rechtschaffenen Menschen an diese – an diese Wucherer ausgeliefert hat! Und dann bist Du ein Schuft!«

Dieses Wort brachte den Herrn Hauptmann auf die Beine.

»Du bist von Sinnen, Francis! Ich räume Dir hier das Feld, wenn Du es nicht vorziehst...«

Sie wandte sich zur Tür, hatte schon den Griff erfaßt, dann machte sie noch einmal Kehrt und trat dicht vor ihren Bruder hin.

»Egbert,« rief sie, und ihre Stimme hatte etwas Feierliches, Beschwörendes – »Egbert, raffe Dich auf! Erinnere Dich Deines Namens, Deines Vaters! Geh hin und warne den Fürsten – es ist Deine Pflicht und Deine Rettung zugleich!«

»Zu spät, meine liebe Francis – zu spät! Es tut mir jetzt um Deinetwillen leid. Aber glaubst Du denn, daß die Zeitungen von der Geschichte wüßten, wenn sie nicht längst in allen wesentlichen Punkten perfekt, das heißt: unabwendbar wäre? Und dann – sei doch vernünftig! Was kümmert denn Dich die ganze Sache? Fass' sie doch von einer anderen Seite auf: fordere von Deinem Manne das Brillantkollier, das seit einigen Tagen in einem Schaufenster Unter den Linden liegt und das die Kleinigkeit von vierhunderttausend Mark kosten soll – dann rettest Du doch etwas für den Adel, zu dessen Schutzgöttin Du Dich hier aufwirfst, und hast das persönliche Vergnügen an dem Schmuck noch obenein...«

Sie mußte sich von ihm abwenden – so nahe war sie daran, ihn anzuspeien. Jetzt riß sie mit einer raschen Bewegung etwas von der Wand und stand noch einmal dem Bruder Aug' in Auge gegenüber.

»Du hast recht,« sagte sie mit dem Ausdruck unsäglicher Verachtung, »mir das Kollier und Dir – das hier!« sie drückte ihm den Revolver in die Hand.

Er aber packte mit einer fast brutalen Heftigkeit ihre Hand und hielt sie fest.

»Du möchtest Dir einen großen »Abgang« schaffen,« höhnte er, »möchtest, daß ich mich jetzt niederknalle, weil Du mich zum Tode verurteilt hast! Ei sieh doch – wer hat denn Dich zu einer Richterin gemacht! Zu einer Instanz, die über Tod und Leben verfügt? Meinst Du im Ernst, Deine sogenannte Moral allein genüge, um Dich so hoch über mich zu stellen? Dann irrst Du, dann tappst Du tief im Finstern...« Er umklammerte noch immer ihre Hand, obwohl er sah, wie Francis im Schmerz die Zähne zusammenbiß. »Du willst richten?« fuhr er fort, und es klang wie eine Drohung. Zu lange schon trug er diesen Groll mit sich herum, er fand beinahe nicht so schnell Worte, wie sie ihm die zornerfüllten Gedanken auf die Lippen drängten. »Du willst richten? Ja – wie steht es denn mit Dir selbst? Weißt Du denn nicht, daß Du es gewesen bist, die den letzten Rest von Gutheit in mir erstickt hat? Soll ich Dir die Stunde angeben, in der ich vollends ein schlechter Mensch geworden bin? Durch Dich allein? Das war an jenem Nachmittage, an dem Du es für notwendig erachtet hast, noch Moabit zu gehen, in die Paulstraße, in die armselige Stube eines Mädchens, das Dich nicht gerufen!« Er unterbrach sich, um Atem zu schöpfen.

»Nun? Und für wen tat ich das?« schob sie ein, überrascht, überrumpelt von diesem jähen Ausbruch. »Bin ich meinetwegen diesen widerwärtigen Weg gegangen?«

»Nur Deinetwegen! Nur, um Dir Gewißheit zu schaffen über Dinge, die in letzter Reihe lediglich Dich selbst betrafen! Niemals hätte man Dich in der Paulstraße zu sehen bekommen, wenn Du nicht einen gewissen Zusammenhang zwischen mir und Gerold vermutet hättest!«

»Und wenn das richtig wäre – gibt es Dir ein Recht gegen mich?« Er lachte höhnisch auf.

»Ich brauche kein Recht gegen Dich! Was bist Du mir? Weshalb überhaupt steh' ich Dir Rede – Dir, die mir die Seele jenes armen Mädchens genommen hat!«

Francis begann zu verstehen, was ihr bis dahin ein unlösbares Rätsel gewesen.

»Wie Du zu mir kommst als Richterin,« fuhr Egbert in immer mehr sich steigerndem Groll fort, »so hast Du auch bei ihr, bei jener, die mir so hoch steht wie Du selbst, nur Deines Amtes gewaltet. Nicht wie eine Frau zur andern hast Du in Deiner starren, lächerlichen Ueberhebung zu ihr gesprochen – auch nicht voll Mitleid, wie es meiner Schwester geziemt hätte. Denn ich war es, der dort Unglück angestiftet. Aber ich war – Du wußtest es! – ich war auch bereit, mein ganzes Leben einzusetzen, um es wieder gut zu machen. Du aber mußt vor ihr gestanden haben, wie – wie eine Engern!« Wieder stieß er ein höhnisches Gelächter aus. »Das heißt: wie Du die Engern siehst – als Tugendwächter und Ehrenspiegel! »Um der Schande halber«, hast Du zu sagen den Mut gefunden – um der Schande halber mußtest nun auch Du Dich opfern! Einfältige Närrin, Du! Du meinst, weil Du es nicht begreifst, wie ein Mensch abirren kann, wie Jugend und heißes Blut auch einmal über das geschriebene oder überlieferte Gesetz hinweg setzen – weil einer Engern das unmöglich wäre, deshalb dürftest Du es sein, die nach dem ersten Stein griffe! Aber nicht wie eine Engern, nicht wie eine innerlich Adelige bist Du der Aermsten erschienen, die Du »um der Schande halber« retten wolltest, sondern wie eine moderne Transformation des mittelalterlichen Büttels, der die Gefallenen auf offenem Markte stäupte ... Und willst Du wissen, welche Wirkung Du gemacht hast in der Erfüllung Deiner erhabenen Mission? Daß die Gepeitschte mir noch in derselben Stunde mit fester Handschrift schrieb, sie wollte mich nicht wiedersehen! Und so fest ihre Schrift, so unbeugsam hat sich ihr Wille erwiesen. Wie ein Ehrloser stehe ich vor dem Mädchen da, das lieber ihr Kreuz auf sich nahm, als Gnadengaben aus Deinen Händen zu empfangen ... Nein, meine stolze, schöne Schwester – um zu richten, muß man die Dinge in ihrem inneren Zusammenhange erkennen, nicht mit der Elle der Konvention messen, wie Du es dort getan hast. Und deshalb erschreckt mich Deine theatralische Entrüstung auch in diesem Falle nicht. Ich weiß, was ich tue. Ich habe ein Ziel vor Augen. Möglich, daß ich nicht auf dem richtigen Wege bin zu diesem Ziele. Aber Du, die sich doch auch nur verkauft hat ...«

Mit einer äußersten Kraftanstrengung riß Francis sich von ihm los. Todesbleich, mit sprühenden Augen, an allen Nerven bebend, stand sie vor ihm.

»Gut, daß dieses Wort einmal gefallen ist,« rief sie in einem halblauten, schneidenden Tone. »Dir hat es längst auf den Lippen geschwebt, und auch mich selber hat es schon bedrückt! – Verkauft! Ja – so muß es Dir erscheinen, und so magst Du weiter glauben! Du würdest ja lachen, wenn ich Dir sagte, ich wünschte, mein Mann würde in dieser Stunde bettelarm, damit ich ihm beweisen könnte, was mir sein Geld wert ist ... Aber in jener andern Sache hast Du recht: ich nehme nichts zurück! Ich habe nicht geheuchelt, als ich vor dem Mädchen stand! Ich habe ihr gesagt, daß Du sie retten würdest, und daß ich der Preis für ihre Rettung sei. Das mag Dir hart erscheinen, und ihr klang es wohl gar grausam. Aber es war die Wahrheit! Und höher als die Wahrheit steht mir nichts auf der Welt, wie unserem Vater nichts auf der Welt höher stand, als die Ehre!«

»Phrasen! Redensarten!« höhnte er. »Lass' doch den Vater! Beschwöre sein Bild nicht immer so feierlich herauf – es könnte Dir einmal im Lichte der Wahrheit erscheinen!«

Sie taumelte zurück. Die Antwort erstarb ihr auf den blutleeren Lippen. Nur ein Blick unsäglicher Verachtung streifte ihn, der an dem einzigen rüttelte, was ihr noch heilig war. Dann wandte sie sich, hoch aufgerichtet wie eine Engern, zum Gehen.

Er lachte hinter ihr her, noch bevor sie die Tür erreicht hatte:

»Schreite Du nur wie eine Siegerin hinaus – wie eine Richterin, die mich und alle, die da straucheln konnten, in ew'gen Bann getan. Stückwerk ist Dein Richten, Du Närrin, und Dein Spruch verhallt, eh' Du es ahnst. Es gibt noch eine höhere Instanz!«

Unten wartete der Wagen. Der Kutscher traute seinen Ohren nicht, als die Gnädige befahl, sie zur Voßstraße, zum Kontor des Generalkonsuls, zu fahren. Es war seines Wissens das erste Mal, daß sie ihn dort aufsuchte.

Wirklich, auch das Personal erkannte sie nicht. Sie mußte erst betonen: Ich wünsche meinen Mann, den Generalkonsul, zu sprechen, ehe man sie ungemeldet eintreten ließ.

Gerold lag zurückgelehnt in seinem Schreibsessel, sehr vertieft in eine Zeitung – wie Francis sofort erkannte, die »Morgenpost«. Er hatte weder die mit Tuch beschlagene Tür gehen gehört, noch wurde er Francis' leichten Tritt auf dem Teppich gewahr. Jetzt schlug er das Blatt lebhaft auf den Tisch. –

»Zu dumm!« rief er aus, »warum kommt solch ein Narr nicht lieber zu mir, bevor er so ungereimtes Zeug schreibt? Zu dumm!«

Plötzlich aber hellte seine ärgerliche Miene sich auf. Ahnte er die Nähe seiner Frau? Spürte er den feinen Duft, der von ihr ausging? Er drehte sich mit jugendlicher Elastizität auf seinem Stuhle, dann sprang er freudig auf und eilte ihr strahlenden Gesichts entgegen, um sie an sich zu ziehen. Aber er gab diese Absicht auf, als er unter dem Schleier den starren, finsteren, entschlossenen Ausdruck ihres Gesichts erkannte. Ihn überlief es kalt und heiß.

»Was ist geschehen, Francis? Wie siehst Du aus? Vor allem setz' Dich, leg' ein wenig ab...«

Er zog einen Sessel herbei und drückte sie mit sanfter Gewalt hinein.

»Wie Du mich erschreckst! Und Du weißt gar nicht, welch' närrische Freude ich im ersten Augenblick hatte, Dich hier zu sehen. Ich hab es mir immer einmal gewünscht ... Nun aber – o – es muß Dir etwas Ungeheuerliches zugestoßen sein! Aber sprich Dich nur aus! Du weißt ja, es gibt nicht vieles, was ich Deinetwillen nicht zu tun bereit wäre.«

In alledem war keine Spur von Gemachtheit, kein Hauch von Uebertreibung. Er war ihr wirklich mit Leib und Seele ergeben. Und auch nicht die leiseste Ahnung sagte ihm, weshalb sie ihn zum ersten Male hier aufsuchte.

Francis fühlte das, aber sie sah gerade jetzt aufs neue, daß in ihr und ihm himmelweit verschiedene Lebensauffassungen einander gegenüberstanden, zwei einander feindliche Strömungen. Da gab es kein Paktieren, kein Zusammenkommen mehr. Nicht minder begriff sie, daß er vielleicht so hatte werden müssen, wie er ihr nun erschien. Eine höhere Erkenntnis war ihr in diesem Augenblick gekommen: Wir haben alle die Fehler unserer Vorzüge.

Und nichts mehr von Haß war in ihrer Seele. Nur eine kalte, nüchterne Entschiedenheit, die es ihr fast leicht machte, zu handeln, wie sie sich vorgenommen.

»Ich habe Dir eigentlich nicht mehr viel zu sagen,« begann sie ruhiger, als sie es für möglich gehalten, »ich kenne sogar Deine Antwort im voraus ... Die modernen Dramatiker haben unrecht, wenn sie den Monolog prinzipiell verdammen. Wir halten noch heute Selbstgespräche – genau so, wie Hamlet und Wallenstein es taten...«

Verwundert hörte er diese merkwürdige Einleitung. Hielt er etwa Selbstgespräche? Plauderte er im Schlafe aus, was er wachend nicht sagen würde?

»Ich habe gehört,« fuhr sie fort, »wie Du Dich vorhin mit dem Verfasser jenes Artikels auseinandersetztest« – sie wies auf die »Morgenpost« – »und wegen dieses Artikels bin ich hier.«

Noch immer starrte er sie verständnislos an. Was kümmerte sie das lächerliche Zeitungsgewäsch?

»Wegen dieses Artikels bist Du hier?« fragte er kopfschüttelnd. »Seit wann kümmerst Du Dich um Geschäfte?«

»Ich sehe, Du kannst Dich nicht zurecht finden,« kam sie ihm entgegen. »So bitte ich Dich denn, mir auf einige Fragen zu antworten. Willst Du?«

»Natürlich will ich. Ich wüßte nichts, was ich Dir im Ernst zu verschweigen hätte.«

Entschlossen ging sie gerade auf ihr Ziel los. Sie sah ihm voll ins Gesicht, jede Zuckung darin scharf beachtend:

»Du bist es, der in diesem Aufsatz angegriffen wird – ist das so?«

»In erster Reihe meint der Phrasendrescher freilich mich; doch könnte es noch manch einen außer mir angehen – wenn es überhaupt ernst zu nehmen wäre.«

»Du nimmst es also nicht ernst?« Und als er beinahe lächelnd verneinte, fuhr sie fort: »Aber Du stehst im Begriff, den Fürsten Rothenstein zu Grunde zu richten?«

»Weshalb so starke Ausdrücke! Ich stehe im Begriff, mit dem Fürsten ein Geschäft abzuschließen.«

»Ein Geschäft, das ihn zum Bettler machen wird!«

»Auch eine furchtbare Uebertreibung,« erklärte der Konsul. »Ich finde, meine liebe Francis, daß Du Dich da auf ein Gebiet begibst, das Du – fast möchte ich sagen: glücklicherweise! – ganz und gar nicht beherrschest. Du mußt vor allem wissen, daß sich all' den zornigen Argumenten, mit denen der Feuilletonist da seine Sache führt, sehr vernünftige und sehr gewichtige Gegengründe entgegenstellen lassen. Der Fürst ist tief verschuldet – aber doch nur, weil ihm die Rücksicht auf einen ungeratenen Sohn höher stand, als die Existenz all' seiner Untergebnen! Den Fürsten zwingt auch nichts, als der eigene Vorteil. Läßt er die Dinge an sich herankommen, bricht der Konkurs über sein Vermögen herein, so kann es allerdings sein, daß er bettelarm seinen Stammsitz verlassen muß. Wenn er sich also entschloß, diese Verträge hier zu unterzeichnen« – Gerold wies auf einige Dokumente hin, die vor ihm lagen – »so hat er das getan, weil ihm nun auch *nach* dem Verkauf seiner Liegenschaften noch ein sehr ansehnliches, standesgemäßes Einkommen zugesichert wurde. Und was nun gar die Expatriierung der von ihm beschäftigten Leute betrifft, so ist das geradezu dummes Zeug! Der Federheld weiß nicht, oder will es nicht wissen, daß den künftigen Besitzern all' der großen Betriebe des Fürsten außerordentlich viel daran gelegen sein muß, sich die Zufriedenheit der Arbeiter zu erhalten, ja, sie nach Möglichkeit zu steigern. Das fordern heutzutage die sozialen Verhältnisse mit gebieterischer Notwendigkeit. Andererseits ist auch die Zeit einer patriarchalischen Verwaltung vorüber. Die moderne National-Oekonomie kennt bessere Wege, den Arbeitgeber und Arbeitnehmer miteinander in Frieden leben zu lassen, als man sie vor hundert, ja, noch vor dreißig Jahren einschlug. Und das wird schließlich einleuchten, daß kapitalsmächtige Eigentümer in jeder Beziehung höheren Ansprüchen genügen können, als ein Mann, dem die Schulden über den Kopf gewachsen sind.«

Francis hörte wohl alle diese verständigen und in ruhigem, überzeugendem Tone vorgebrachten Worte, aber sie schienen doch nur wie aus weiter Ferne an ihr Ohr zu gelangen. Sie hatte nicht einen Augenblick bezweifelt, daß ein Mann von der Bildung und Schlagfertigkeit des Konsuls keine Mühe haben würde, seinen Standpunkt zu verteidigen. Aber auch wenn ein Gott herniedergestiegen wäre, um ihres Mannes Sache vor ihr zu führen, er hätte nicht mehr Eindruck erzielen können, als die wohlgesetzte, leidenschaftslose Erörterung Gerolds. In ihren Augen gab es hier nur eines: Der Fürst war in einer Zwangslage, und ihr Gatte nützte dieses Unglück eines andern für sich aus! Darüber kam sie nicht hinweg. Mit einem Zeichen der Ungeduld fragte sie weiter:

»Ist es also richtig, daß alle Besitzungen des Fürsten auf Dich und Deine Genossen übergehen sollen?«

»Im wesentlichen, ja. Doch, wie gesagt…«

Sie unterbrach ihn heftiger, als ihr bewußt war:

»Unnütze Worte! Ich frage Dich: Bist Du bereit, diese Papiere jetzt hier vor meinen Augen zu vernichten – von dem »Geschäft«, wie Du es nennst, ein für allemal zurückzutreten – oder nicht?«

Er maß sie mit einem eigentümlich ängstlichen Blick – als finge er nachgerade an, ihre volle Zurechnungsfähigkeit zu bezweifeln. Mit mühsamem Lächeln entgegnete er:

»Du weißt wohl nicht, liebste Francis, um was es sich handelt? Für mich allein um eine runde Million. Hast Du einen Begriff von einer Million?«

»Und wenn es sich um zehn Millionen handelte,« flammte sie auf, »Du dürftest Deine Hand nicht danach ausstrecken!«

»Ich dürfte nicht? Ja, – weißt Du denn nicht, daß wir davon leben, unser Geld umzusetzen? Daß Geld eine werbende Kraft ist – ähnlich so, wie der Dampf und die Elektrizität wirkende, schaffende Kräfte sind! Und wer ihrer bedarf, nun, der muß sie bezahlen – leuchtet Dir das nicht ein?« –

»Dein Gleichnis hinkt! Nein – es trifft überhaupt nicht zu. Der Wert jener treibenden Kräfte, mit denen Du das Geld in eine Linie rücken willst, ergibt sich aus ihren Erzeugungskosten. Das Geld dagegen...«

»Auch das Geld hat einen Marktwert, der sich durch Angebot und Nachfrage regelt. Könnte der Fürst die verhältnismäßig sehr große Summe, deren er bedarf, von andern billiger bekommen, er käme nicht zu mir.«

»Das ist die Theorie des Wuchers,« gab sie scharf zurück. –

Zornesröte stieg ihm ins Gesicht. Möglichst unauffällig preßte er die linke Hand gegen sein stürmisch pochendes Herz, schöpfte tief Atem und sagte, sich mühsam bezwingend:

»Ich sehe wohl, man hat Dir geflissentlich jenen albernen Artikel in die Hände gespielt. Der hat Deine, in solchen Dingen ohnehin unklaren Begriffe völlig verwirrt. Nur eins verstehe ich nicht: weshalb Du Dich so warm gerade des Fürsten annimmst. Kennst Du denn den Fürsten?«

Sie verneinte.

»Oder...?« Was für ein entsetzlicher Gedanke stieg da in ihm auf, einem gierigen, züngelnden Ungeheuer vergleichbar, das sich aus dem Dunkel emporreckte, ihm die Brust einschnürte, ihm den Atem versetzte! Es drohte, ihn zu ersticken – er schwankte, mußte sich schwer auf den Tisch stützen und brachte sekundenlang keinen Laut hervor.

Sie sah ihn mit sich kämpfen. Aber sie schrieb seine Erschütterung einzig und allein ihren Vorhaltungen zu. Er mochte wohl fühlen, daß sie, Francis, für ihn auf dem Spiele stand. Und seine Geldgier rang mit seiner heißen, leidenschaftlichen Liebe. Vielleicht, so begann sie leise zu hoffen, vielleicht konnte sie ihn überwinden.

Gerold hatte sich wieder in der Gewalt. Schon die Tatsache, daß sie gar nicht zu ahnen schien, was ihn augenblicklich bewegte, wirkte beruhigend auf ihn. So konnte er jetzt mit nur noch leicht bebender Stimme fragen:

»Kennst Du den Erbprinzen?«

Sie blickte zu ihm auf, als verstände sie ihn nicht. Dann aber, ganz plötzlich, fiel es wie ein Lichtstrahl in ihre Seele: der Mann da vor ihr litt jetzt um ihretwillen – er litt, weil er sie liebte. Sie hob den Schleier, den sie vorher nur ein wenig gelüftet hatte, völlig, und sah ihren Gatten aus den tiefen, schönen blaugrauen Augen an, daß es ihn wie ein glückseliger Taumel überkam. Und doch fühlte er eine Art von Schwindel.

»Ich habe nie ein Wort mit dem Prinzen gewechselt,« sagte sie einfach und überzeugend, »habe ihn nur ganz flüchtig ein und das andere Mal gesehen. Aber ich glaube nach alledem, was ich über ihn weiß, daß es um inn nicht schade wäre.« –

»Ich danke Dir,« brachte er mühevoll hervor. Er hätte sich selbst verachten können, daß ihn auch nur einen Moment lang solch lächerlicher Verdacht beschäftigen konnte. – »Sieh, meine liebe Francis,« hob er nach einer Pause wieder an, »ich hätte wohl schon früher erkennen sollen, daß es eigentlich eine schöne, eine liebenswürdige Regung ist, was Dich heute zu mir führt. Du fühlst mit Deinen Standesgenossen – wer wollte dagegen etwas einwenden? Aber solltest Du nicht zugleich auch einsehen können, daß für mich solches Mitgefühl für den untergehenden Adel geradezu unnatürlich wäre? Was habe ich und meinesgleichen je Gutes empfangen von diesem Adel? Welche Berührungspunkte haben wir selbst heute, in dem Zeitalter der Nivellierung, mit dem ererbten Adel? Er erfreut sich nach wie vor ungezählter, ungemessener Vorrechte im

Staat, in der Gesellschaft, auf allen Gebieten des öffentlichen Lebens. Was auch der begabteste, tüchtigste, strebsamste Bürgerliche immer erst mühevoll erkämpfen muß, der »Geborene«, der Sohn einer alten Familie, der Träger eines stolzen Namens, bringt es, sozusagen, mit auf die Welt: die Berechtigung, etwas werden zu dürfen! Und alle seine Vorrechte haben keine andere Begründung, als daß seine Vorfahren – vielleicht! – einmal irgendwelche Verdienste aufzuweisen hatten. Das rechnet man *uns* heute an. Es ist gewissermaßen, als müßten wir, die Bürger unserer Zeit, alle jene Wechsel einlösen, welche die Regierenden vergangener Jahrhunderte einst ihren Gehilfen und Günstlingen ausgestellt haben. Und es sollte doch umgekehrt sein. *Wir* sind es, die alte Schuldforderungen zu stellen hätten an die Abkömmlinge jener Raubgesellen, die einst unsern Voreltern auflauerten, sie bis aus das Hemd ausplünderten, sie an Leib und Leben bedrohten! Aber wir brauchen gar nicht so weit zu gehen. Die Waffen, mit denen der Kampf ums Leben geführt wird, haben im Laufe der Zeiten gewechselt. Vor fünfhundert Jahren noch war es das Schwert, das sozusagen in allen Zweifeln die Entscheidung hatte – oder fassen wir es anders: die *rohe Gewalt* war in jenen Tagen Herrscherin über jedermann. Heute gewinnt der *menschliche Geist* in jeder Stunde Schlachten, für die kein Ritterschwert stark genug gewesen wäre. Und wenn ich Dir so weit entgegenkomme, daß ich die Waffen Deiner Vorfahren, als ihrer Zeit entsprechend, gelten lasse, so nehme ich das gleiche für mich und meine Zeit in Anspruch. Lass' mich also meinen Kampf führen, wie ich es verstehe, wie ich's für recht halte. Willst Du mir aber,« fuhr er in weicherem Tone fort, »willst Du mir Gelegenheit geben, diese Stunde, in der Du zum ersten Male hier erschienen, festzuhalten, so erfreue mich mit einem *andern* Wunsch – er koste, was er wolle!« Und er griff nach ihrer Hand.

Da war es, das Brillantkollier, von dem schon Egbert gesprochen hatte – sie fühlte, wie es sich eisig um ihren Hals legte. Nein und tausendmal nein! Sie konnte man nicht »verkaufen«!

»Du kennst meine Wünsche,« sagte sie streng und hart, sich von ihm losmachend. »Ich versuche es gar nicht, Dich zu widerlegen. Nur darfst Du deshalb nicht glauben, Du habest mich überzeugt. Für mich ist und bleibt es unredlicher Gewinn, nach dem Du strebst. Deine Forderungen werden, wie Du selbst sagst, einem Wehrlosen gestellt. Den Preis eines so ungleichen Kampfes will ich nicht mit Dir teilen. Entweder Du verzichtest auf dieses und auf alle ähnlichen Geschäfte, oder ich – ich kann Dein Haus nicht mehr betreten. Das ist alles, was ich noch zu sagen hatte.«

Ihre Worte klangen nicht wie eine Drohung – eher glichen sie einem aus warmem Herzen kommenden, eindringlichen Mahnrufe. Er hätte es hören müssen, daß ihr in tiefster Seele bange war vor seiner Entscheidung und daß sie gleichwohl wie von unentrinnbarem Zwange sich getrieben sah, ihn vor diese Entscheidung zu stellen. Aber er hörte nur das eine: daß sie ihm hochmütig all' seine Liebe vor die Füße warf. Sie, die er aus sorgenvoller, gerade in ihren Kreisen doppelt schwer zu tragender Armut emporgehoben hatte in eine Welt der Freiheit, des schönen Lebensgenusses. Er hatte sie geehrt wie eine Königin. Wie eine zehrende Sucht nagte an ihm, was sie einst scherzend begehrt hatte: ein fürstliches Vermögen! Für sie wollte er Millionen auf Millionen häufen, für sie allein. Er hatte ihr und nur ihr gelebt, denn er wußte von keinem anderen Weibe, seit er sie kannte. Bis auf die blasse Erinnerung waren sie ihm entschwunden, die vorher seinen Weg gekreuzt hatten. Die einen, die den reichen Mann liebten – wie erbärmlich erschienen sie ihm neben Francis! Und die andern, die er haben konnte, weil es nun einmal die Bestimmung des Weibes, einem Manne zu gehören – o – wie tief standen sie unter der stolzen, auf ihr Eigentum pochenden Frau, die sein geworden war aus freier Entschließung. Aber je höher er ihren Wert schätzte, um so heißer war sein Wunsch, ihrer nun endlich einmal Herr zu werden. War das in dieser Stunde nicht möglich, so war's vielleicht für immer zu spät. Zwar ihn marterte ein furchtbarer, stechender Schmerz im Kopfe, er fieberte. Aber er durfte jetzt keiner Schwäche nachgeben. Begriff sie denn nicht, für wen er seinen Reichtum zu mehren trachtete? Und lag nicht in jedem kühnen Zuge, den er unternahm, eine Huldigung für sie? Das mußte, mußte sie empfinden, und das verpflichtete sie wiederum zu Dank. Er hatte ihn nie begehrt, aber sie war ihm Dank schuldig schon allein dafür, daß er sie erkannt hatte. Erkannt und wie eine Heilige verehrt! Und nun genügte eine sentimentale Grille, daß sie im Ernst an Trennung denken konnte.

Er war jetzt mit sich klar. Nicht mehr zu bitten hatte er und sich zu verteidigen: er wollte der Undankbaren den Herrn zeigen. Nicht den rohen, brutalen Gewaltherrscher, sondern den geistig überlegenen, der auch das Beste, das Stärkste in sich, seine aufrichtige Liebe für diese Frau, zu meistern imstande war, wenn seine Begriffe von Mannesehre es forderten.

»Ich muß annehmen,« sagte er nach langem, bedrückendem Schweigen, daß der Gedanke, mich zu verlassen, Dir nicht neu ist. Du hast ihn augenscheinlich reiflich erwogen, und es bedurfte nur eines passenden Anlasses, um ihn ins Werk zu setzen ... Wenn im Mittelalter den Fürsten und Bischöfen das Schuldkonto, daß sie bei ihren Geldjuden stehen hatten, allzusehr anschwoll, machten sie kurzen Prozeß: sie konfiszierten das Vermögen des Juden und waren noch besonders gnädig, wenn sie nicht gar den armen Teufel aufhängen oder vierteilen ließen. So bezahlten Deine Vorfahren in früheren Tagen ihre Schulden! Wenn Ihr *heute* in unsre Schuld geratet – und Du bist meine Schuldnerin, seit ich Dich kenne – dann erinnert Ihr Euch plötzlich Eurer Abkunft, dann leugnet Ihr die Gemeinschaft mit uns und zerreißt den Schuldschein, den man Euch präsentiert! ... Fürchte nicht, daß ich Dich zurückhalte – ich rühre Dich nicht an! Geh' – wenn Du nicht bleiben willst. Und falls Du meiner bedarfst – Du hast auch fernerhin Kredit bei mir.«

Noch nie in seinem Leben hatte der Generalkonsul sich so sehr verrechnet wie heute. Die Wirkung seiner Worte, seiner ganzen stolzen Haltung war genau entgegengesetzt der, die er erhofft, ersehnt hatte. Vielleicht hätte diese Frau, die durchaus nicht blind war für seine Gaben, seinem Temperament eine Ausschreitung verziehen – vielleicht hätte ein jäher Ausbruch seines Zornes, seiner Kraft sie schwanken gemacht in ihrer stolzen Unnahbarkeit. Ja, es war nicht unwahrscheinlich, daß sie ihm dankbar gewesen wäre für einen friedlichen Ausgleich, den sein Scharfsinn gefunden hätte; denn sie fühlte deutlich, daß sie zu weit gegangen war, daß sie sich verrannt hatte. Aber er wagte es, sie mit ihren eigenen Waffen zu bekämpfen. Er stellte ihrem ererbten, von Gottes Gnaden überkommenen Stolz den Hochmut des reichen Mannes entgegen, – erinnerte sie an ihre Armut – das war ein schwerer Mißgriff gewesen. Und zu alledem –: man kann eine Frau nicht tiefer kränken, als wenn man ihrer nicht bedarf...

»Du hast auch weiterhin Kredit!« wiederholte er mit merkwürdig schwerer Zunge. Ihm war, als senke ein dunkler Schleier sich auf ihn herab. In seinen Schläfen pochte und hämmerte es, als gälte es alle die Pforten zuzunageln, durch die ihm das tobende Blut zu Kopfe strömte. Schwer stützte er sich mit beiden Händen auf seinen Tisch.

»Halte mich immerhin für Deine Schuldnerin,« sagte Francis mit erzwungener Ruhe. »Ich werde es nicht einen Augenblick länger sein, als bis ich *Dich* frei weiß von Schuld. Ihr – Du und mein Bruder! – Ihr sollt mir meinen Glauben an das, was recht ist, nicht nehmen! – Dein Wagen hält vor der Tür; verfüge darüber. Und – lebe wohl!«

Nur mit Aufwand der letzten Willenskraft hatte er sich überwunden, sie nicht aufzuhalten, ihr nicht nachzustürzen. Ein Mann, dem man sagt, er werde in der nächsten Sekunde erblindet sein, kann nicht entsetzter, verzweifelter dem letzten Lichtschimmer nachstieren, wie Gerold ihr nachblickte, seinem Lichte, seiner Sonne, seinem besseren Selbst. Noch hatte sich kaum der Duft verflüchtigt, den sie hier zurückgelassen, als er, wie ein zu Tode Getroffener, die Arme hoch in die Luft warf, um dann seiner ganzen Länge nach auf dem Teppich zusammenzubrechen.

So fand ihn sein Prokurist, der kam, um die vollzogenen Dokumente in der Fürstlich Rothensteinschen Angelegenheit aus dem Kabinett seines Chefs zu holen. –

*

Bewußtlos war Gerold an jenem Nachmittag in seine Wohnung geschafft worden. Der Arzt, den man ins Kontor gerufen, hatte einen Schlaganfall konstatiert und der von Anfang an Besorgnis erregende Zustand ging in ein schweres Nervenfieber über.

Francis hatte gerade einen Boten an ihre Zofe geschickt und um einen Koffer mit Wäsche und einfachen Kleidern ersucht – sie müsse auf kurze Zeit verreisen – als man den Kranken brachte. Das verständige Mädchen bedachte sich nicht lange und fuhr mit dem Boten dahin, wo man den Koffer erwartete. Sie mußte ihrer Herrin melden, was geschehen war. Und eine Stunde später trat die junge Frau an das Lager ihres Gatten. Er hatte nicht erfahren, daß sie mit ihrem Fortgehen Ernst gemacht – er wußte nichts davon, daß sie zurückgekommen. Der Tod verschattete seinen Blick. –

Eben kam eine barmherzige Schwester, die der Hausarzt hierher beordert. Francis entließ sie bis auf weiteres. Ihre Pflicht war es, dem Kranken ihre Pflege zu widmen.

Und sie saß an seinem Lager tage-, wochenlang, nur in wenigen Nachtstunden sich halbe Ruhe gönnend. Es war ihr eine Wohltat, ganz und gar in ihrer Aufgabe aufzugehen. In dem plötzlich so still gewordenen Hause schien sie sich jetzt zum ersten Male ganz heimisch zu fühlen, weil sie hier notwendig war.

Es tat ihr wehe und wohl zugleich, wenn der Kranke in seinen Fieberträumen nach ihr rief. Kein anderer Name kam über seine immer trockenen Lippen. Aber nach ihr sehnte sich seine halbwache Seele, für sie hatte er die zärtlichsten Koseworte. Dann trat sie hinter das Kopfende des Lagers und legte ihre kühle, leichte Hand auf seine Stirn. Langsam beruhigten sich seine verzerrten Züge und sein heißer Blick winkte ihr, die er nicht sah, rührenden Dank zu. Ein andermal wieder, wenn er wie ein Kind nach ihr schrie, setzte sie sich im Nebenzimmer an den Flügel und spielte ein Notturno von Chopin oder eine Beethovensche Sonate. Das wirkte Wunder auf seinen Zustand. Immer leiser wurden seine Klagerufe, bis sie ganz verstummten. Aber er war nicht etwa eingeschlafen, sondern er starrte mit großen Augen auf jene halboffene Portiere, hinter der Francis spielte. Es schien dann, als ob er mit den Augen hörte. Nicht die Musik selbst schien er zu vernehmen, sondern etwas, das aus ihr sprach, nur zu ihm sprach. Und er fuhr erschreckt zusammen, wenn das Stück zu Ende war.

Wenn je in ihrem Leben, so hatte Francis jetzt Muße, über sich und ihre Lage nachzudenken. Sie verhehlte sich keineswegs, daß sie die Schuld an Gerolds Zustand trug. Aber wenn auch der Leidende sie aufrichtig dauerte – Reue über ihre Haltung empfand sie nicht. Sie hatte nur eines zu bereuen: daß sie mit ihrer Lebensauffassung die Frau dieses Mannes hatte werden können. Dabei unterschätzte sie durchaus nicht seinen Wert. Er hob sich unter tausenden seiner Art heraus, nicht allein durch Bildung und Veranlagung, sondern auch durch sein Taktgefühl, durch eine gewisse stolz-bescheidene Art, wie er seinen Reichtum, seine Stellung, seine Gattin nahm. Aber dieser Mann hatte andere Ehr- und Rechtlichkeitsbegriffe wie sie – darüber kam sie nicht hinweg. Mit dem Recht, an das sie glaubte, gab es keinen Kompromiß. Entweder hielt man es hoch und heilig und folgte ihm blindlings, wie der Soldat seiner Fahne, oder man verdiente nicht, ein Bürger dieses Rechtsstaates zu sein.

Nur in der ersten Zeit nach der Erkrankung waren Nachfragen und Besucher dagewesen. Jetzt, nach kaum drei Wochen, schien der Mann vergessen, der in seinen Kreisen eine allererste Stellung eingenommen hatte. Nun erst zeigte sich so ganz, wie seine vielfachen und glänzenden Beziehungen im Grunde doch nur rein geschäftliche gewesen. Verwandte Gerolds schien es nicht zu geben und die »Freunde« blieben aus, seit man mit ihm kein Geld mehr verdienen konnte. Und in dieser Welt hatte er gelebt – in ihr würde er sich wieder wohl fühlen, wenn er die Krankheit überwände.

Aber eines Tages meldete sich doch jemand, der ihren Pessimismus Lügen strafen sollte – jemand, den sie am allerwenigsten erwartet hätte: Egbert. Er wußte, wie es mit Gerold stand. Nur mit ihr wollte er sprechen. Und auch das war in zwei Minuten getan.

»Ich war beim Fürsten Rothenstein – habe ihn vor den Leuten gewarnt, die nun an Deines Mannes Stelle getreten sind … Du darfst nicht glauben, daß ich das umsonst getan habe. Nein, dazu steckte ich schon zu tief drin! Ich sagte dem Fürsten die Wahrheit – sagte ihm auch, daß ich um meinen Abschied eingekommen bin, weil Du mich einen Schuft geheißen hast … Und er hat mich an einen seiner Freunde empfohlen, an den Grafen Kinsky, der ein großes Gestüt in Böhmen besitzt. Dorthin reise ich ab, sobald der blaue Brief kommt. Das war es, was ich Dir sagen wollte.«

Sie streckte ihm die Hand hin und sagte einfach:

»Ich werde es Dir danken, Egbert.«

Nachmittags, als der Kranke eben eingeschlafen war, verschwand Francis auf eine Stunde. Sie war in Moabit gewesen und kam sichtlich zufrieden zurück. Sie war Egbert nichts schuldig geblieben. –

Man hatte den Kranken auf Anordnung des Arztes in sein prächtiges, eigenartiges Arbeitszimmer gebracht, das Raum genug bot, um das Bett aufzustellen. Hierher lachte die Morgensonne, hierher drang auch bei offenem Fenster nicht der Staub von den viel befahrenen Wegen der Grunewaldkolonie. Und noch ein Grund mochte den Arzt geleitet haben. Gerold würde, so hoffte er, hier eher zu vollem Bewußtsein kommen. Denn dieses Zimmer war ein Unikum in seiner Art: es war so recht Gerolds eigenste Schöpfung. Nach Zeichnungen des Architekten der Villa, eines excentrischen Künstlers, der dem Westen Berlins seinen persönlichen Stempel aufgedrückt, hatte Gerold sich eine Zimmerausstattung herstellen lassen, die immer wieder volle Bewunderung erregte.

Tapeten und Möbel, die letztern in ihren Holz- und Polsterteilen, waren in zartestem Reseda gehalten, das sich von einem kostbaren seeblauen Teppich wunderbar abhob. Dem Stile nach einem etwa bäuerlichen Rokoko sich nähernd, zeigte das Mobiliar noch in jedem Stück soviel Eigenart, so viel individuellen Formenreiz, daß dem kranken Manne, sobald sich nur die ersten Spuren von Erkenntnis meldeten, sehr bald das volle Bewußtsein kommen mußte. Zwei Wände waren fast in ihrer ganzen Ausdehnung von einem schön gegliederten Bibliothekaufbau eingenommen. Unglaublich leichte, lichtgrüne Seidenvorhänge verdeckten eine ausgewählte Büchersammlung. Ein Teil dieses ingeniös erfundenen, gewaltigen Eckschrankes war für die Aufbewahrung von Bildern und Mappen eingerichtet. Große, in ihrem hellen, harten Lack wie Spiegelflächen glänzende Platten bargen bewegliche Mappen derart, daß deren Fächer sich auftaten, sobald man die Platte mittelst eines leichten Federdruckes nach außen fallen ließ. Vor jedem der Flügelbauten dieser Bibliothek gab es bequeme Sitzarrangements, runde, lichtgrün glänzende Tischchen mit großen tiefen Polstersesseln. Würdig des Bücherschrankes war der billardgroße Schreibtisch, der mit seiner Schmalseite den mächtigen Pfeiler zwischen zwei Fenstern füllte. Hinter dem Schreibenden wiederum ein kleiner, um seine Mittelaxe drehbarer Bücherbehälter für Nachschlagewerke und mit einer besonderen Abteilung für Zeitungen. Vor sich hatte der hier Arbeitende einen zierlichen, kleine Kassetten tragenden Aufbau, der in seiner Mitte von einer großen, ovalen, venetianischen Scheibe durchbrochen wurde. Nach drüben hin schloß sich an den Schreibtisch eine breite Polsterbank, der an der Wand eine zweite, gleichartige gegenüberstand: das Eisenbahn-Coupé nannte der Konsul diesen reizenden Winkel, in dem manches Millionengeschäft zum Abschluß gekommen war. Außer dem großen Rundtisch inmitten des Raumes gab es auch sonst noch Tische, so einen im Eisenbahn-Coupé, der zugleich einen inhaltreichen Zigarrenschrank abgab. Ein kleines Büffet, wie man es neuerdings in englischen Herrenzimmern findet, eine verlockend schwellende Ottomane, über der ein herrlicher Böcklin hing.

Drüben, vor der Bibliothek, stand jetzt Gerolds Bett, und hier, am Schreibtische, saß zumeist Francis, lesend, sinnend, bis der Kranke ihrer bedurfte.

Außer den Besuchen ihrer Mutter, empfing die junge Frau nur noch den Arzt, der ihr täglich wiederholte, daß sie sich selbst zu Grunde richten würde, wenn sie nicht wenigstens einen Teil der Krankenpflege abtrete. Sie lächelte nur dazu. Das war eine gute Vorschule für die Zukunft, was der Medizinalrat für eine Gefahr hielt. Er konnte ja nicht wissen, wie dringend sie solcher Schule bedurfte für ihr künftiges Leben. Um so besser wußte sie es: sie würde gehen, sobald Gerold außer Gefahr wäre. Und da ihre Mutter diesem, ihrem Entschluß kein Verständnis entgegenbrachte, hatte Francis sich brieflich nach England gewandt, an eine dort reich verheiratete Schulfreundin. Sie war fest entschlossen, eine Stellung anzunehmen, sich ganz und gar auf eigene Füße zu stellen.

Freilich, es gab Stunden, in denen sie schwankend wurde. Vielleicht, so regte sich die Hoffnung in ihr, vielleicht würde Gerold, auch wenn er völlig genesen, nicht wieder zu seinen Geschäften zurückkehren. Und dann, dessen war sie gewiß, würden sie einander finden. Mit Entsetzen ertappte sie sich manchmal bei dem heimlichen Wunsche, Gerold möge irgendwie in die Möglichkeit versetzt werden, wieder Geschäfte zu betreiben. Ach, sie würde ihm Führerin und Stütze sein. Dann wieder verabscheute sie sich selbst.

Eines Abends saß sie wieder in Gerolds großem, bequemem Schreibsessel, als sie auffahrend bemerkte, daß die Standuhr schwieg, ihr kräftiger Pendelschlag war nun schon seit Wochen das einzige Geräusch in diesem Raum. Man mußte vergessen haben, sie aufzuziehen. Aber dort in einer der kleinen Laden lag Gerolds Chronometer, den Francis liebevoll im Gange hielt. Sie nahm die schwere Uhr heraus, um sie vor sich hinzulegen, damit der Kranke zu rechter Zeit Medizin bekomme. Und hierbei fiel ihr Blick auf ein Bündel kleiner Schlüssel, ähnlich jenem, der in der Uhrlade steckte – also wohl die Schlüssel zu den andern Kästchen und Schränkchen im Schreibtisch. Halb Neugier, halb Langeweile ließen sie die Schlüssel probieren. Gewiß, sie schlossen die merkwürdigen Schübe und Türchen. Aber es fand sich nichts von Interesse darin. Wohlgeordnete Briefsammlungen, ein Konvolut alter Familienbilder, eine Mappe, mit Schul- und Universitätserinnerungen – nichts, was die junge Frau verweilen machte. Schon gab sie es auf, irgend etwas Besonderes zu finden – sie wußte es ja, daß Gerold keine Geheimnisse vor ihr hatte. Da im letzten Augenblick hatte sie, ohne es zu wissen, ein kleines Kästchen geöffnet, dessen Federverschluß sie wohl berührt haben mochte. Nur ein einziges kleines Briefchen lag auf dem Boden, herausleuchtend aus der Dunkelheit. Unwillkürlich blickte Francis hinüber zu dem Kranken, der sich in seinem unruhigen Halbschlummer hin- und herwarf.

Sie erhob sich, rückte ihm die Kissen zurück, trocknete ihm die Stirn und zerstäubte ein flüssiges Aroma, daß er einatmen sollte. Nun beruhigte er sich, streckte sich aus, murmelte ihren Namen, wie immer, wenn er ihre Nähe ahnte. Der Anfall war vorüber; jetzt würde der Kranke eine Stunde oder länger Ruhe haben.

Und Francis kehrte zu dem Schreibtisch zurück. Das Geheimschränkchen stand noch offen, der Brief schimmerte heraus. Mit einem unerklärlich ängstlichen Vorgefühl neigte Francis sich näher herab und sah nun, daß das Couvert verschlossen war, versiegelt; die Siegelseite lag nach oben. Jetzt griff sie energisch zu und – fast hätte sie aufgeschrieen – erkannte das Wappen ihres Vaters. Es gab keinen Zweifel: das war jenes achteckige Siegel von seinem großen schönen Ringe, einem uralten Erbstück der Engern. Schon halb gelähmt vor Schreck, drehte sie das Briefchen um und las in den großen energischen Schriftzügen ihres Vaters: »An den Verlobten meiner Tochter.« Darunter seine schöne, stolze Unterschrift und – entsetzlich – das Datum seines Sterbetages.

Die Glieder versagten ihr den Dienst, sie sank nahezu leblos in Gerolds Schreibsessel. Sekundenlang lehnte sie dort, in sich zusammengebrochen, vor sich hinstarrend, unbeweglich – keines Gedankens fähig. Als sich die bleischweren Augenlider wieder hoben und ihr entgeisterter Blick auf das Briefchen fiel, das da auf der resedafarbenen Tuchplatte lag, erschauerte sie von neuem. Aus einer andern Welt kam dieser Brief an der Schwelle des Todes geschrieben und mit fester Hand versiegelt. Sie überwand das Grauen und las zum zweiten Male. Rätselhaft! Unfaßbar! An wen hatte der Vater gedacht, als er in seiner letzten Stunde diese Adresse schrieb? Und wenn er am Tage seines Todes eine so zwiefach geheimnisvolle Botschaft abzusenden hatte – wußte er dann nicht schon, daß er sterben musste? So war es also doch kein Unglücksfall gewesen, was da mit dem Revolver geschehen? Eine furchtbare Erkenntnis drängte die andre. Ja, er war in den Tod gegangen in vollem Bewußtsein – im Bewusstsein seiner heiligsten Pflicht sogar, denn seine letzten Gedanken hatten ihr, Francis, gehört. Und der Brief enthielt Dinge, die sie entweder niemals oder doch nicht vor ihrer Verlobung hätte erfahren sollen, also gewiß ernste, schwer zu tragende Dinge, denen sie allein nicht gewachsen gewesen wäre. Wie aber – der Gedanke stürmte erst jetzt auf sie ein – wie kam diese Todesbotschaft in Gerolds Besitz? Damals, so lange der Vater lebte, kannte Francis den Konsul nicht und auch er war ihr wohl noch nie begegnet. Unmöglich, daß der Vater an *ihn* gedacht hatte, als er an den »Verlobten seiner Tochter« schrieb. Aber ihr bohrender Verstand wühlte sich hinein in dieses unheimliche Mysterium – sie kam der Wahrheit ganz nahe: an seinen *Bankier* war dieser Brief gelangt, weil der künftige Verlobte, wer immer es auch sein würde, mit dem Hause C. F. Gerold in irgendwelchen Verkehr treten mußte. – Ganz gewiß, so war es. Blieb nur noch eines ungelöst – vielleicht das Allermerkwürdigste.

Nun befand sich Ernst Albert Gerold im Besitze eines Briefes, der an Francis' Verlobten gerichtet war … Wie war es nun zu erklären, daß er diesen Brief nicht geöffnet, nicht in der Stunde gelesen hatte, da niemand auf Erden außer ihm einen Anspruch erheben konnte auf den Brief? Und wieder gab es nur eine Antwort: Gerold wußte, was das Schreiben enthielt. Tatsachen, von denen der Vater geglaubt hatte, sie würden verschwiegen bleiben, bis dieser Brief sie offenbarte, waren nun doch an den Tag gekommen und das geheimnisvolle Kuvert hatte nichts mehr zu enthüllen. Wenn aber diese kühne Gedankenfolge richtig war, dann – dann war sie es, Francis, für die Gerold den Brief unentsiegelt aufbewahrte! Entweder als Trost wollte er ihr das Vermächtnis ihres Vaters reichen, wenn ihm die Stunde dafür gekommen schien, oder – auch das war möglich – als Waffe wollte er es gegen sie benützen, wenn sie ihm je unrecht täte!

Und die Frau, die so logisch zu schließen imstande war – eine Ausnahme unter vielen Tausenden – stand auch der Frage, was sie jetzt zu tun habe, wie ein großer Mensch gegenüber. Gewiß, sie sah das stolze Postament, auf dem ihr der Vater stand, wanken; sah das Licht, das sein teures Haupt umstrahlt hatte, von düsterem Gewölk bedroht; aber gerade deshalb wollte sie eine Engern bleiben, so wie er wohl bis zur letzten Stunde sich treu geblieben wäre, wenn nicht höhere Gewalten ihn bezwungen hätten …

Mit einem zärtlichen, liebevollen Blick umfaßte sie noch einmal das letzte, was der Vater für sie zurückgelassen hatte, dann legte sie den Brief in das Schränkchen und ließ die kleine Tür zurückfallen. Nun erst wurde sie gewahr, daß sie diese Tür nicht wieder öffnen konnte.

In diesem Augenblick fuhr der Kranke heftig auf und gab jenen furchtbaren Schmerzenslaut von sich, der einen neuen Angriff des Fiebers anzukündigen pflegte. Mit Gewalt entriß Francis sich ihrer Stimmung und eilte an Gerolds Lager. Der ärztlichen Verordnung gemäß, schob sie dem Leidenden zunächst das Thermometer unter die Schulter, weil bei einem gewissen Temperaturgrad unmittelbare Gefahr einträte. Dann rief sie den Diener, ließ die Eisblasen erneuern, tauschte vorsichtig die Bettdecke gegen eine leichtere um und flößte endlich dem röchelnden Manne ein kühlendes Getränk ein. Nun sah sie, daß das Thermometer auf mehr als neununddreißig Grad stand. Sie stürzte zum Telephon, um den, glücklicherweise ganz nahe von hier wohnenden, Medizinalrat zu rufen. In den kaum zehn Minuten, bis der Arzt erschien, war das Fieber schnell gestiegen. Der Kranke schlug wild um sich, sein Atem kochte, seine Lippen waren trocken und bläulich. Der Arzt erkannte sofort, daß die Krise eingetreten und rief einen Kollegen herbei. Der jungen Frau gab er in schonender, aber durchaus klarer Form Aufschluß über den bedrohlichen Zustand des Kranken. Die nächsten Stunden würden die Entscheidung bringen. Es sei nicht unmöglich, daß Gerolds ursprünglich kräftige Natur diesem letzten Ansturm der Krankheit standzuhalten vermöge; aber man müsse auf das Schlimmste gefaßt sein. Keineswegs würde er, der Arzt, dulden, daß Francis hier im Krankenzimmer bleibe, wo sie absolut nichts helfen könne. Er bestand darauf, daß sie den schönen, milden Herbstabend zu einer Ausfahrt benütze und sich dann zurückziehe, bis er ihr Nachricht geben würde.

Francis fügte sich seinen Weisungen ohne Widerspruch. Eine innere Stimme sagte ihr, daß Gerold siegen würde in diesem Kampfe um sein Leben. Sie war nicht eigentlich, was man eine gläubige Natur nennt, aber sie glaubte an das Recht. Und deshalb fühlte sie, daß Gerold nicht von ihr gehen konnte, bevor nicht alles zwischen ihnen klar geworden.

Sie war längst zurück von ihrer Ausfahrt, hatte auch die Mutter, die sie durch eine Rohrpostnachricht hergebeten, schon wieder zum Bahnhofe Halensee begleitet und saß nun schon stundenlang in ihrem kleinen, englischen Salon und horchte hinaus. Zweimal hatte der Medizinalrat ihr kurze Nachricht zukommen lassen – jetzt kam er selbst und ermahnte sie, stark zu sein: es sei eine Verschlimmerung eingetreten. Und wieder eine Stunde später – es war lange nach Mitternacht – schickte er seinen jüngeren Kollegen: Die Krisis war überstanden. Der Kranke in tiefen, ruhigen Schlaf gesunken.

Francis schritt an der Seite des jungen Arztes hinüber in das Reseda-Zimmer und lauschte dort eine Minute lang den regelmäßigen, leichten Atemzügen ihres Gatten. Dann erst begab sie sich zur Ruhe. –

Gerold schlief noch immer, als Francis am Morgen bei ihm eintrat. Ein stiller, friedlicher Ausdruck lag auf seinen Zügen. Bisweilen schien ein leises Lächeln darüber hinzugleiten. Dann bewegte sich seine rechte Hand, als ob sie eine andere Hand suche. Und Francis legte ihre kühlen, schlanken Fingerspitzen in seine Rechte, die sie mit sanftem Drucke schloß. Aber noch hielt der Schlaf ihn fest umfangen, und er sollte unter keinen Umständen geweckt werden.

So nahm Francis wieder den gewohnten Platz am Schreibtische ein, wo sie auch die immer spärlicher werdende Privatkorrespondenz zu finden pflegte. Da war heute in erster Reihe eine Nachricht von der Freundin in England. Wenn es ihr, Francis, noch immer Ernst wäre, so böte sich gerade jetzt eine passende Gelegenheit: eine englische Familie in Brighton suche eine junge deutsche Dame, die sich bei Erziehung der Kinder nützlich machen wollte. Doch müsse der Antritt bald erfolgen.

War es ihr denn noch Ernst? Sonderbar, sie konnte sich diese Frage nicht beantworten. Sie wußte, daß sie ein Leben an Gerolds Seite, wie sie es bisher geführt, unter gar keinen Umständen fortsetzen wollte. Aber eben ihr unerschütterlicher Glaube an etwas, das man die poetische Gerechtigkeit des Lebens nennen könnte, ließ sie mit einer Art hellseherischer Klarheit erwarten, daß ihr Mann jetzt gefeit sei gegen jede geschäftliche »Anfechtung«. Und dann – natürlich, – dann würde sie bleiben!

Nun fiel ihr ein an Ernst Albert Gerold gerichtetes Schreiben in dem bekannten, länglichen Gerichtsformat auf. Es war an die Privatadresse gelangt, betraf also eine rein persönliche Angelegenheit. Sie durfte es unbedenklich öffnen.

Gerold wurde aufgefordert, »zu seiner Vernehmung« an einem festgesetzten, nahen Tage, vormittags neuneinhalb vor dem Untersuchungsrichter Landgerichtsrat Dennhorst zu erscheinen. Vermutlich eine Zeugenaussage, die man von ihm verlangte. Freilich, der Schlußsatz der Vorladung lautete beinahe brutal: »Im Falle Ihres Ausbleibens wird Ihre zwangsweise Vorführung erfolgen.« Aber dieser Passus war *gedruckt* in dem Formular – er war wohl nur auszustreichen vergessen worden.

Immerhin mußte der Kranke, der unmöglich innerhalb dreier Tage soweit hergestellt sein konnte, um sich zu einem Termin zu begeben, bei dem Richter entschuldigt werden. Der Medizinalrat hatte heute nacht gesagt, daß Gerold noch für lange Zeit der äußersten Schonung bedürfe und daß er, sobald dies irgend angängig, in ein milderes Klima überführt werden müsse.

Francis beschloß, noch heute den Richter aufzusuchen. Inzwischen war der Arzt gekommen, fand den andauernden Schlaf des Kranken sehr befriedigend und riet der jungen Frau, die blaß und leidend aussah, von neuem zu einer Ausfahrt. Es sei durchaus nicht wünschenswert, daß ihr Gatte sie gleich beim Erwachen sähe; das könne ihn mehr aufregen, als man riskieren dürfe. –

Als Francis noch an demselben Vormittag dem Landgerichtsrat Dennhorst ihre Karte hineinschickte, wurde sie sofort vorgelassen, obwohl der Untersuchungsrichter nicht allein war. Sie prallte zurück, als sie mitten in seinem Zimmer einen zerlumpten, wüst und frech ausschauenden Burschen stehen sah, der mit den gefesselten Händen grobe Stücke von einem Kuchen zum Munde führte, den eine alte Frau ihm mitgebracht.

Der Landgerichtsrat stand neben dem Paare.

»Verdienen tut er's nicht, der Lümmel,« sagte er zu der alten Frau, »daß ich ihm erlaube, zu essen, auch nicht, daß Sie ihm etwas bringen! Sie haben's anderwärts nötiger. Und er ist ein ganz verstockter Geselle, der nicht mit der Wahrheit heraus will, obwohl ich ihn schlagend überführt habe. An mindestens fünf schweren Diebstählen ist der Bengel beteiligt – es ist ihm nachgewiesen! – und er leugnet mit frecher Stirn! Sie sollten ihm zu Herzen reden, daß er endlich gesteht!«

»Jotte doch,« wimmerte das alte Frauchen, »lassen Sie ihn man erst essen, dann wird er ja woll jut tun! Ach, mein liebes Herrchen! Was ist das vor'n Elend! Ich habe man bloß noch den einen – die andern sind alle weg. Und er hat auch immer fleißig jearbeitet und hat jeden Jroschen zu Hause jebracht bis diesen Sommer – da ist er mir mit einmal ausjekratzt!«

»Jawohl,« grollte der Richter, »in den Rehbergen hat er sich herumgetrieben mit noch ein paar solcher Strolche. Und von da aus haben sie ihre Diebeszüge unternommen! Schäme Dich,« wandte er sich an den Untersuchungsgefangenen, »Deine Mutter scheint eine so brave Frau – sag' doch endlich einmal die Wahrheit! Du kommst ja ins Zuchthaus, wenn Du so frech alles abstreitest!«

»Det wird wohl nischt werden,« meinte der Bursche, mit beiden Backen kauend, »mit det Zuchthaus wer'n Sie sich wohl schneiden – ick bin noch keene achtzehn!«

»Nee, das ist wahr, Herr Richter,« unterstützte ihn die Mutter, »er wird erst diesen November achtzehn!«

Und der junge Mensch fiel wieder ein:

»Bleffen lass' ick mir nich! Und pfeifen tu ick auch nich – das lassen Sie sich man jesagt sein!«

Die Mutter wollte ihm eben einen riesigen Apfel reichen, aber der Untersuchungsrichter trat ärgerlich dazwischen:

»Fort mit dem unverschämten Burschen – fort!«

Ein Gerichtsdiener nahm den Häftling beim Arm und führte ihn hinaus, indessen die alte Frau, ihm folgend, immer wiederholte:

»Jotte doch, er wird ja wieder jut tun, wenn ich ihn erst wieder bei mir habe...«

»Jawohl – in fünf Jahren!« meinte der Richter. Er wandte sich zuerst zu einem jungen Referendar, der eben mit einer aufgeputzten, geschminkten jungen Dame ein Protokoll aufnahm.

»'s ist zwar kein Wort wahr, das sie spricht, aber nehmen Sie's nur auf, Herr Kollege.«

Dann erst schien er Francis zu bemerken, der ganz unheimlich zu Mute geworden war in dieser Umgebung. Er wies ihr artig Platz an und fragte nach ihrem Begehr.

»Ja,« sagte er, nachdem sie ihm die Vorladung gezeigt und von Gerolds Krankheit gesprochen hatte, »ja, das genügt in diesem Falle leider nicht, um ihn zu entschuldigen. Es wird vielmehr nötig sein, daß ein bei Gericht beglaubigter Arzt, ein Gerichtsphysikus, bestätigt, Herr Gerold sei zur Zeit unfähig, hier zu erscheinen. Sobald er aber überhaupt das Haus verlassen kann, hat er sich hier einzufinden.«

Schon dieser ganze Ton ließ einen furchtbaren Verdacht in der jungen Frau aufsteigen. Mit *Zeugen* konnte man unmöglich so umgehen! Man konnte doch niemandem zumuten, seine Gesundheit aufs Spiel zu setzen, weil irgendwo sein Zeugnis erwünscht war.

»Verzeihen Sie, Herr Rat, mein Mann soll, sobald er transportfähig ist, sofort nach Meran gebracht werden.«

»Dann wird ihm wohl ein Steckbrief auf dem Fuße folgen,« erwiderte trocken der Untersuchungsrichter.

»Ein – ein – Steckbrief?« Sie brachte das entsetzliche Wort kaum über die Lippen.

»Natürlich!« bestätigte der Rat, der schon wieder hinüberhorchte nach jener Vernehmung, sich auch bereits ein neues Aktenstück zurecht gelegt hatte. »Ich nehme an, Sie wissen, um was es sich handelt, meine Dame – spricht doch ganz Berlin davon! Gegen Ihren Gatten ist die Voruntersuchung wegen schwerer Delikte beantragt: er wird des Wuchers, des Betruges, der Erpressung beschuldigt...« Der Landgerichtsrat hielt plötzlich in seiner geschäftsmäßigen Aufzählung inne: er sah, daß die junge Dame totenblaß geworden, daß sie schwankte und daß sie von ihrem Stuhl herabzusinken drohte. Eben war auch der junge Referendar aufgesprungen und eilte ihr zu Hilfe.

»Das ist nicht bald so schlimm,« tröstete die Geschminkte. »Die Herren nehmen hier immer den Mund ein bißchen voll – die muß man kennen!«

Aber Francis hörte weder diesen gutgemeinten Zuspruch, noch wußte sie davon, daß man sie ohnmächtig in das Zimmer des Kastellans gebracht und einen Arzt herbeigerufen hatte. Sie kam erst wieder völlig zu sich, als man sie behutsam in ihrem Wagen untergebracht.

Hier erst, in der frischen Herbstluft, gewannen die Dinge um sie her wieder feste Gestalt. Und nicht minder bestimmte Form nahmen auch ihre Entschlüsse an. Jetzt wußte sie Antwort auf die Frage der Freundin in England, ob es ihr Ernst sei…

Zu Hause angelangt, hörte sie, daß Gerold inzwischen wach gewesen sei, daß er nach ihr gefragt habe. Man hatte ihn beruhigt, ihn umgebettet und gestärkt; jetzt schlief er wieder.

Ohne auch nur dem leisesten Bedenken Raum zu geben, traf Francis ihre Anstalten. Sie ließ einiges an Wäsche, einfachen Kleidern einpacken, nahm den bescheidenen Schmuck an sich, den sie als junges Mädchen besessen, auch eine kleine Summe Geldes, die sie als ihr persönliches Eigentum betrachten durfte. Während ihr Koffer fertig gepackt wurde, schrieb sie an Gerolds ständigen Rechtsanwalt, sandte ihm die Vorladung ein und ersuchte ihn, sich sofort mit einem Gerichtsphysikus in Verbindung zu setzen, damit Gerold rechtzeitig und formgemäß entschuldigt werde. Es sei zwecklos, sogar vielleicht gefährlich, den Generalkonsul jetzt wissen zu lassen, um was es sich handle. Sie setze das Vertrauen in seinen Sachwalter, daß er es weder an der gebotenen Vorsicht, noch an der nötigen Energie und Hingabe werde fehlen lassen. –

Nachdem sie so alles getan hatte, was sie für ihre Pflicht hielt, ließ sie sich die überaus verläßliche, schon seit Jahren in Gerolds Diensten stehende Haushälterin kommen, um ihr zu sagen, daß sie noch in dieser Stunde verreisen müsse. Sie legte ihr an's Herz, sich um den Kranken zu kümmern; sie selbst sei krank, bedürfe der Erholung und werde längere Zeit ausbleiben.

Ohne noch einen Blick zurückzuwerfen in das Reseda-Zimmer, schritt sie fest und aufrecht aus dem Hause, bestieg die bestellte Droschke und ließ sich zum Bahnhof Charlottenburg fahren. –

Als Gerold am Nachmittage erwachte, erkannte er zum ersten Male seine Umgebung mit vollem Bewußtsein. Wieder galt sein erster Ruf der Frau, die er liebte und die seine suchenden Augen immer irgendwo hervortreten zu sehen glaubten. Bis er die Wahrheit, die furchtbare Wahrheit erkannte: Francis hatte ihn verlassen. Sie war wirklich damals gegangen, so mußte er glauben. Aber diese Erkenntnis führte keinen Rückfall in seiner Krankheit herbei. Es war im Gegenteil eher, als fühlte er neue Kraft durch seine Glieder strömen. Er würde ihrer bedürfen! –

*

Was sich sonst während Gerolds langer Krankheit zugetragen, ist schnell zusammengefaßt. Das Fürstlich Rothensteinsche Geschäft war dringlich gewesen, es duldete keinen Aufschub. Es waren ja auch alle Formalitäten erfüllt, die Unterschriften aller Beteiligten erfolgt. Nur die Zahlungsanweisungen und die Uebernahme der von dem Fürsten abzutretenden Besitzobjekte standen noch aus.

Wäre der Generalkonsul an jenem Tage, da Francis ihn verließ, noch einmal zum vollen Bewußtsein gelangt – wer will sagen, ob er nicht unverhältnismäßig große Opfer gebracht haben würde, um aus dem Kaufkonsortium ausscheiden zu dürfen. Seine rechtlichen Vertreter aber hatten hierzu keinerlei Anlaß; sie wußten im Gegenteil, daß der Konsul seit Monaten an dem Zustandekommen der Abmachungen unablässig gearbeitet hatte, daß er sich am Ziel seiner Wünsche sah, als der Syndikus des Konsortiums ihm die, bis auf seine, Gerolds, Unterschrift rechtsgiltigen Dokumente unterbreitete. Nun fand man auch diese, vom Notar beglaubigte Gegenzeichnung des Chefs auf seinem Schreibtisch vor. Man konnte gar nichts anderes tun, als das Geschäft in allen Teilen aufrecht erhalten. Trotzdem fand eine gewisse Verschiebung statt.

Was unter den bisherigen Umständen in den Händen eines gentilen, großdenkenden Kaufmannes verblieben wäre, die eigentliche Geldmanipulation, das übertrug sich nun infolge von Gerolds schwerer Erkrankung auf einen seiner Sozien – zufällig auf einen Mann von unsauberer, kleinlicher, beutegieriger Gesinnung. In genauer Kenntnis von des Fürsten brennender Notlage schob der mit den Auszahlungen beauftragte Teilhaber allerlei angeblich noch zu regelnde Nebenfragen vor, um den Fürsten in immer ärgere Verlegenheit zu drängen, um immer neue Zugeständnisse von ihm herauszupressen. Und je nachgiebiger sich der völlig in die Enge getriebene Fürst zeigte, um so heißhungriger lechzte jener nach immer weiterem Gewinn.

Bis eines Tages der Henkel brach. Andere Finanzleute, an die der Fürst in seiner Not herantreten mußte, bekamen Kenntnis von dem schmutzigen Treiben jenes Blutsaugers. Dabei mag ihnen die Lust gekommen sein, die ganze Transaktion selbst zu unternehmen – gleichviel, sie trieben den Fürsten zum Aeußersten.

Noch ehe der Generalkonsul auch nur das Bewußtsein wieder erlangt hatte, war eine Anzeige wegen Wuchers, Betruges gegen ihn und seine Teilhaber erstattet und die Nichtigkeit der abgeschlossenen Verträge beantragt worden. Die drei mit Gerold verbündeten Bankiers wurden in Untersuchungshaft gezogen. Ihn selbst, den Generalkonsul, mußte man seines Zustandes wegen »bis auf weiteres« in Freiheit belassen. Doch hatte er eine enorme Summe als Bürgschaft hinterlegen müssen. Auch wurde sein Haus polizeilich überwacht und ein von der Staatsanwaltschaft bestellter Arzt hatte täglich über den Stand der Krankheit zu berichten. –

Und wieder gab es ein großes Erstaunen in gewissen Berliner Kreisen. Noch nicht einmal ein volles Jahr hindurch hatte der neuvermählte Generalkonsul mit seiner jungen Gattin, geborenen von Kirchenmaus, man wäre versucht, zu sagen: Hof gehalten in der Grunewald-Villa, da war plötzlich eine schlimme Wendung eingetreten.

Im November schon stand die herrliche Besitzung Gerolds einsam und verlassen da. Die junge Frau war, so hieß es, zu Verwandten nach England gereist. Der langsam von seiner schweren Krankheit genesende Generalkonsul bezog ein Junggesellenheim nahe seinem Kontor in der Stadt.

Eine Zeitlang zerbrach man sich den Kopf über den sonderbaren »stillen Skandal«, wisperte man und flüsterte man – erfand allerlei pikante Geschichten, in denen, je nachdem, ein Dritter oder eine Dritte eine geheimnisvolle Rolle spielte. Bis dann endlich jene furchtbare Katastrophe über den Generalkonsul hereinbrach, die in der Berliner **haute finance** wie ein Menetekel wirkte und alles Geschwätz zum Schweigen brachte.

Der Untersuchungsrichter hatte nicht so ganz unrecht gehabt, als er meinte, ganz Berlin spräche von dem bevorstehenden Prozeß. Damals aber wußte »ganz Berlin« nur von einer großartigen Bewucherung, deren Opfer der Fürst Rothenstein hätte werden sollen. Als Beschuldigter aber wurde in den Zeitungen noch niemand bei vollem Namen genannt. Auch war von einer ganzen Wucherergruppe die Rede, und da man von Gerolds monatelanger Krankheit wußte, war er nur von wenigen Eingeweihten mit dem kommenden Sensationsprozeß in Verbindung gebracht worden. –

Ob und wie weit aber es einen Zusammenhang gab zwischen dem Schiffbruch der Geroldschen Ehe und demjenigen seiner geschäftlichen Herrlichkeit, das hat außer den beiden Hauptbeteiligten kein Mensch je erfahren.

Inzwischen war Gerold schon so weit wieder hergestellt, daß er das Furchtbare seiner Lage in vollem Umfange erkannte. Er litt unbeschreiblich unter der Selbstanklage, seiner Frau nicht nachgegeben zu haben.

Von ihr selbst sah und hörte er nichts. Er wußte längst, daß sie über sieben Wochen an seinem Krankenlager zugebracht und in all' dieser Zeit fast niemanden empfangen hatte, als seine Aerzte. Dann war sie, beinahe, wie sie ging und stand, aus dieser Ehegemeinschaft ausgeschieden. Und er, Gerold, hatte nicht einmal das Recht, ihre Handlungsweise zu verurteilen.

Er war zu sehr gewöhnt, mit Tatsachen zu rechnen, sich ihnen bedingungslos unterzuordnen. Und es war eine leider nur zu greifbare Tatsache, daß man ihn in den Anklagezustand gesetzt hatte. Ein Mann, der *das* heraufbeschwört, so sagte er sich, ein Mann, der seine Frau ohne zwingende Notwendigkeit den grauenvollen Möglichkeiten seiner Verurteilung aussetzt, der hat sich seines Rechtes auf sie begeben. Und um gleichsam diesem Gefühl seiner Schuld praktischen Ausdruck zu geben, zugleich aber auch seine Gattin für alle Zukunft sicher zu stellen, verschrieb er der Frau Francis Gerold, geborenen von Engern, vor Notar und Zeugen zunächst die Grunewald-Villa samt ihrer gesamten Einrichtung, ließ auch die grundbücherlichen Eintragungen ordnungsgemäß vornehmen und deponierte bei der Reichsbank eine namhafte Summe auf den Namen seiner Frau. Er wußte Frau von Engern zu bestimmen, daß sie hinauszog in den Grunewald, um das Eigentum ihrer Tochter zu verwalten. An sie, an Frau von Engern, waren auch die

Zinsen von Francis Vermögen zahlbar gemacht worden, damit die alte Dame nicht in Sorgen geriete wegen der kostspieligen Erhaltung der Villa.

Da thronte denn Frau von Engern wie eine wirkliche Schloßfrau. Sie hatte freilich den Personalbestand sehr vermindert: nur so viel Dienerschaft behielt sie, um das Besitztum in Ordnung halten zu können. Hoffte sie doch von ganzem Herzen, daß Francis »zu Verstand kommen« und heimkehren werde. Dann wollte sie ihres Amtes ehrenvoll gewaltet haben.

Aber Francis rührte sich nicht, sie schien wie verschollen. Jeden Tag fragte Gerold nach, ob noch immer keine Nachricht von ihr gekommen. Sie wollte tot sein für ihn, hatte endgiltig mit ihm abgerechnet.

Natürlich versuchte er trotzdem alles Erdenkliche, um ihren Aufenthalt zu erfahren, wenn auch nur, um ihr zu Hilfe zu kommen. Aber es ergab sich nichts, als daß sie sich nach London gewandt hatte. Ihr Bruder, ihre Mutter, niemand hatte Nachricht über sie. Frau von Engern kannte zu allem Unglück nicht einmal mehr den Namen von Francis ehemaliger Schulfreundin, sonst wäre es möglich gewesen, diese irgendwie aufzufinden. Die alte Frau hatte sich schon bei der ersten Andeutung ihrer Tochter, Gerolds Haus verlassen zu wollen, so empört, so fassungslos zornig geäußert, daß Francis nie wieder darauf zurückgekommen war. Und diese sinnlose Flucht hatte die Mutter getroffen wie ein mörderischer Ueberfall. Ihre ganze Sympathie war mit dem verlassenen Manne. – – –

Die Untersuchung gegen Gerold zog sich nahezu ein Jahr hin, was zum Teil allerdings durch seinen Zustand sich erklärte. Es war auf seinen dringenden Wunsch geschehen, daß man ihn aus der Grunewald-Villa in die Stadt gebracht hatte. Er konnte es nicht ertragen, sich in den Räumen zu sehen, die Francis mit ihm geteilt hatte.

Aber auch von der Stadtwohnung aus durfte er noch nicht zu den Verhören sich begeben, bevor er nicht völlig genesen war.

Endlich, nach Monaten, hatte er die erste Ausfahrt machen dürfen. Er suchte den gerade in Berlin anwesenden Fürsten Rothenstein auf, um sich ihm zur Verfügung zu stellen. Der Fürst wußte sehr wohl, daß seine Angelegenheiten damals eine andere Behandlung erfahren haben würden, wären sie in den Händen des Generalkonsuls verblieben. Er hatte dieser seiner Ueberzeugung auch vor dem Untersuchungsrichter Ausdruck gegeben.

Daß nun Gerold kam, ihm seine Hilfe anbot, bestärkte den Fürsten nur in seiner guten Meinung. Da es des Konsuls feste Absicht war, sich völlig von den Geschäften zurückzuziehen, wurden nahezu alle seine Mittel flüssig, und er konnte dem Fürsten, dem damals nur eine teilweise Regelung seiner Verpflichtungen möglich geworden, mit billigem, auf Jahre hinaus festzulegendem Gelde dienlich sein.

Das alles mußte seine, Gerolds, Sache bei Gericht außerordentlich verbessern. Der berühmteste Anwalt des Berliner Barreaus würde ihm zur Seite stehen, und dieser rechnete mit voller Bestimmtheit auf eine Freisprechung, weil alle unlauteren Manipulationen ohne Gerolds Vorwissen, während dessen schwerer Krankheit geschehen waren.

Mit den Horoskopen am Wetterhimmel der Gerichte ist es eine eigene Sache; sie sind fast so unzuverlässig, wie andere Wetterprophezeiungen. Der sensationelle Prozeß Gerold brachte merkwürdige Ueberraschungen. Vor allem hatte sich der am schwersten Belastete, jener Sozius Gerolds, der den Fürsten auszurauben versuchte, in der Nacht vor der Hauptverhandlung in seiner Isolierzelle erhängt. Ihn erwartete eine mehrjährige Gefängnisstrafe, wie er sich sagen mußte; so hatte er sich selbst gerichtet.

Damit aber veränderte sich plötzlich das gesamte Bild des Prozesses. Der ganze kunstvolle Bau der seit vielen Monaten vorbereiteten Anklage stürzte gewissermaßen zusammen, denn dieser Bau war auf einen Hauptbeschuldigten gestellt, neben dem die Mitangeklagten kaum noch in Betracht gekommen wären. Der Staatsanwalt hatte noch gestern in privatem Gespräch zu Gerolds Verteidiger sich dahin geäußert, daß er es für seine vornehmste Aufgabe halte, den Bankier Hanno schwerer Bestrafung entgegenzuführen. Den übrigen Beteiligten wolle er alle erdenkliche Rücksicht entgegenbringen. Nun aber lag Hanno auf der Bahre. Ein gewaltiger Untersuchungs- und Anklageapparat war in Bewegung gesetzt worden. Seit Monaten schrieben die Zeitungen über den erwarteten Prozeß, der hoffentlich eine neue Wuchergesetzgebung zur Folge haben würde. Wie heißt es doch im »Tell«? »Es rast der See – er will sein Opfer haben!« –

Nach dreitägiger Verhandlung wurden die drei überlebenden Angeklagten zu Gefängnisstrafen von zwei Jahren, fünfviertel Jahren und neun Monaten verurteilt. Gerold, der am glimpflichsten davon gekommen war – der Fürst hatte ihn glänzend entlastet – beließ man unter Einbehaltung seiner Kaution auf freiem Fuße, während die beiden Mitschuldigen auf Antrag des Staatsanwalts sogleich in Haft genommen wurden.

Noch hoffte Gerold, das Reichsgericht würde einem Revisionsantrage Folge geben. Er erlebte es auch, daß der Reichsanwalt in langem Plaidoyer die Aufhebung des Urteils, soweit es Gerold betraf, beantragte. Aber der Senat war anderer Meinung: er bestätigte das erstgerichtliche Urteil. Und von Grauen geschüttelt, sah der ehemalige Generalkonsul – er hatte sein Amt natürlich längst niedergelegt – daß er dem Gefängnis nicht entgehen würde.

Als er mit dem berühmten Anwalt die große Freitreppe vor dem Reichsgericht herunterstieg, schwer auf einen Stock gestützt, weil sein rechter Fuß ihn nicht trug, war es zu Ende mit der heldenhaften Fassung, die er während des ganzen Verfahrens bewahrt hatte. Er brach in Tränen aus.

Erschüttert nahm der Advokat den Arm seines Klienten und grüßte so mit Ostentation den eben sie überholenden Senatspräsidenten. Wie zwei gute Freunde schritten der Verteidiger und der Verurteilte der inneren Stadt zu. –

Er war ein Lebenskünstler, dieser geniale Advokat, der heute eine so verblüffende Niederlage erlitten hatte. Man muß auch einmal eine Schlacht verlieren können!

»Wollen Sie mich nun einmal ruhig anhören, lieber Konsul – Pardon! – lieber Herr Gerold?« Und als keine Antwort erfolgte: »Meine amtlichen Funktionen sind zu Ende – jetzt möchte ich eine Viertelstunde als Mensch mit Ihnen plaudern. Das ist nur bei einer Flasche Pommery möglich. Da will ich Ihnen sagen, was *ich* täte, wenn ich in Ihrer Haut steckte. Kommen Sie, lieber Freund – ich weiß hier ein still-verschwiegenes Vereinswinkelchen, wo ich schon so manchen Sieg gefeiert habe. Wir wollen auch heute eine Siegesfeier begehen – wir trinken auf die stolze Kraft des Menschen, den auch das grausamste Schicksal nicht völlig zu unterjochen vermag ... Dazu lade ich Sie ein. Von den fünfundzwanzigtausend Mark Honorar, die Sie mir gezahlt haben, darf ich mir solchen Luxus schon gestatten.«

Beinahe lächelte der Konsul, so wohl tat ihm die ganze Form dieses Trostes; und wenige Minuten später saßen sie in einem heimlichen, altdeutschen Gemach, das um diese Stunde nur von den Geistern des Weins bewohnt schien.

Man hatte still das erste Glas getrunken. Dann begann der Anwalt:

»Daß Sie nur recht klar sehen, mein werter Freund, Sie sind sowohl nach dem Wortlaut, als nach dem tiefsten Sinne des Gesetzes schuldig!«

Erstaunt, fast unwillig blickte Gerold auf, der Advokat erriet seine Gedanken:

»Sie sind empört über solche Doppelzüngigkeit? Sie können es nicht begreifen, wie ich in der Hauptverhandlung und selbst noch heute hier, mit aller Wärme für Ihre Freisprechung plaidieren konnte, während ich Sie doch für schuldig halte?«

»Nun – ist das etwa nicht befremdend?«

»Nur auf den ersten Blick, mein Lieber. Unsre Rechtspflege begnügt sich nicht damit, daß jemand schuldig ist – auch noch nicht damit, daß ihm dies bewiesen wird. Nein, noch ein drittes ist notwendig, um ihn zu verurteilen: er muß auch das Bewußtsein strafbaren Handelns gehabt haben. Und dies letztere durfte ich für Sie in Abrede stellen. Sie waren nicht der Meinung, den Fürsten zu schädigen! Sie waren eher vom Gegenteil überzeugt.«

»So ist es, Herr Rechtsanwalt, genau so!«

»Hätten wir jenen Hanno zur Stelle gehabt,« fuhr der Anwalt fort, so wäre es mir wahrscheinlich auch gelungen, den Gerichtshof zu meiner Auffassung zu bekehren. Nun aber fehlte der ärgste Uebeltäter. Und man hielt sich an die übrigen; natürlich auch an den, ohne welchen dieses ganze, hart aus der Grenze des Zulässigen stehende Geschäft mit dem Fürsten niemals zu stande gekommen wäre. Dabei mußte man es Ihnen anrechnen, daß Sie in der Auswahl Ihrer

Teilhaber nicht mit der nötigen Vorsicht zu Werke gegangen sind. Herr Hanno war nicht der Mann, ein an sich schon nicht unbedenkliches Geschäft einwandsfrei durchzuführen. Und Sie waren es schließlich, der die ganze Transaktion geleitet, der auch einen Hanno zur Teilhaberschaft berufen hat. Ergo mein Verehrter, im Sinne des Gesetzes durfte – ich will nicht sagen: mußte man Sie verurteilen.«

Der Advokat schwieg und füllte von neuem die Gläser. Er fand es nur in der Ordnung, daß auch Gerold in Schweigen verharrte. Des Anwalts Worte hatten auf ihn gewirkt; zum ersten Male war ihm sein »Fall« in objektiver Beleuchtung vorgeführt worden. Und was weder die reine aus dem Gefühl entsprungene Aufwallung Francis, noch die ganz einseitig gefärbte, tendenziöse Darstellung des öffentlichen Anklägers zu stande gebracht hatte: den Konsul von seiner Schuld zu überzeugen, das hatte der Verteidiger soeben mit schlichten Worten erreicht – ein wirklicher Anwalt des Rechts. –

Sie stießen nicht mit den Gläsern an. Ueber den Tisch hinweg reichte der Exkonsul dem Advokaten die Rechte und drückte mit Wärme die Hand, die ihm den Weg gewiesen. Und in gänzlich verändertem Tone begann der Anwalt von neuem:

»Aber ich wollte Ihnen nicht das allein sagen, sondern noch mancherlei, das Ihnen vielleicht noch wertvoller werden kann. Wie ich mich verhalten würde, wenn ich an Ihrer Stelle stände – das möchte ich vor allem Sie wissen lassen.« Er tat einen tiefen Zug aus der breiten, perlenden Schale. »Das Gefängnis, mein lieber Freund, ist etwas Furchtbares, etwas Grauenhaftes. Freilich, der Verkommene, der ohnehin Ausgestoßene wird sich verhältnismäßig zurecht finden, wird sich bald im Gefängnis heimisch und wohl fühlen. Wenn er auch wieder in der Freiheit ab und zu einmal gut leben und über die Schnur hauen konnte – so regelmäßig und so reichlich hat er nie zu essen gehabt. Und kein Pennenwirt mahnt ihn um Schlafgeld, und so sauber wie hier hat er sich nur selten einmal halten können. Die Arbeit – nun, die ist nur im Zuchthause drückend. In den Staatsgefängnissen ist es Spielerei, und wer halbwegs Bescheid weiß, kann sich in vielen Fällen drücken. Solch ein Mensch ist mit seinesgleichen zusammen – es kommt ihm gar nicht darauf an, auch im Gefängnis einen Diebstahl zu begehen, wenn er sich dadurch in den Besitz verbotener Genüsse setzen kann und Wege hierzu findet er, aller Aufsicht zum Trotze. Er wird übrigens auch von dem subalternen Aufsichtspersonal nicht schlecht behandelt, weil er die Hausordnung kennt, den Unterbeamten keine Schwierigkeiten bereitet. Wenn das von dem Strolch, dem Gewohnheitsverbrecher gilt, so ist auch von der Mehrzahl der Dutzendmenschen Aehnliches zu sagen. Sie, die eine leichtfertige Verschuldung, eine Tat der Leidenschaft oder der Gewinnsucht ins Gefängnis gebracht, finden sich bald damit ab, daß sie nun einmal verurteilt sind und »stillhalten« müssen. Um so gräßlicher empfindet der höher Veranlagte den martervollen, tausendfach peinigenden Zwang der persönlichen Unfreiheit. Ueber die grobe, einförmige Kost, über das harte Lager, über zahllose kleine und schmerzhafte Entbehrungen führt ihn freilich sein philosophisch geschulter Geist sehr bald hinweg. Es dauert gar nicht lange, so hat er sich erinnert, daß das Essen nur eine physische Notwendigkeit, daß man sich nur recht müde zu machen braucht, um auf noch schlechterem Lager ganz gut zu schlafen und daß es im Grunde – Ueberflüssiges ist, was er zu entbehren meinte. Aber für den – lassen sie mich das Wort gebrauchen – für den *Adels*menschen bergen die Mauern seiner Zelle noch tausend andere Qualen, enthält die Luft des Gefängnisses noch weitere tausend giftiger Pfeile, die ihn treffen und tief verwunden, wie sehr er sich auch mit stolzem Gleichmut gepanzert glaubt. Nicht eine Minute lang Herr seiner selbst sein dürfen, immer der Beobachtung, der Zurechtweisung ausgesetzt sein, mit seiner Beschäftigung, Kleidung, Haltung, mit seiner Lektüre und seinem Verkehr mit der Außenwelt von andern, meist subalternen Personen abhängig sein – nur noch stumm denken dürfen und sich *das* nicht einmal anmerken lassen – darin, mein lieber Freund, gipfelt das Martyrium der Gefängnisstrafe für den gebildeten Mann. Ich stehe nicht an, zu behaupten, daß er hundertfach so schwer leidet, als der gewohnheitsmäßige Gast des Gefängnisses – daß ihm schweres Unrecht geschieht, wenn seine Verfehlungen mit gleichem Maße gemessen werden, wie die des berufsmäßigen oder gewalttätigen Rechtsbrechers. Man darf mir auch nicht mit dem beliebten Einwand kommen, daß die Verantwortlichkeit des

Gebildeten größer sei, als die des geistig Armen. Genau das Gegenteil trifft zu. Denn dieser über alles Maß erhöhten Verantwortlichkeit stehen ausgleichend die anspruchsvolleren, klippenreicheren, komplizierteren Lebensverhältnisse des Gesellschaftsmenschen gegenüber. In welche Versuchung kann denn der einfache Mensch geraten? Seinen Werkgenossen das Geldtäschchen zu stehlen, seinen Brotherrn oder Hauswirt zu betrügen, einen Widersacher niederzuschlagen, oder aus Rache oder Begierde falsch zu schwören. Das ist so ziemlich das Alpha und das Omega seines Sündenregisters. Wie ganz anders der Kulturmensch, der sich eigentlich nur zwischen Fallstricken und Fußeisen bewegt, dessen ganzes Leben ein endloser Eiertanz, ein unaufhörliches Hinweggleiten über Sumpf und Felsgeklüft, über reißende Wasser und gähnende Abgründe ist … Das klingt wie Uebertreibung, aber glauben Sie mir: gerade von meinem Platze aus kann man sehen, wie wahr es ist. Was will die verschwindend kleine Zahl von bescheidenen Beamten und Angestellten, die sich willig nach der Decke strecken, was will sie gegenüber der ungeheuren Mehrzahl derer bedeuten, die mit dem Strome schwimmen müssen, denen tausend traurig-lächerliche Notwendigkeiten das Verzichten, das Entsagen unmöglich machen und die doch wieder auf Schritt und Tritt Leuten begegnen, die nicht mehr sind, die nicht mehr können, als sie, und die doch ans Entsagen und Verzichten nie gedacht haben! Nehmen Sie dazu die tausendfältige, verlockende Gelegenheit, die der moderne Geschäftsverkehr jedem bietet, der nicht ganz in sich gefestigt ist – nehmen Sie endlich unsern leidigen Ueberfluß an Gesetzmacherei, der sich zumeist über die Städter, über die ohnehin Unvorsichtigeren, ergießt, und Sie werden mir zugeben: wir alle, Sie und ich und zahllose unseresgleichen, wir sollten uns eigentlich wundern, daß wir nicht schon längst »bestraft« sind. Deshalb eben sollte die Gefängnisstrafe für den Gebildeten und ganz besonders für denjenigen, den nicht ehrlose Absichten auf die Anklagebank gebracht, eine andere sein, als die für den notorischen Lumpen, für den gewerbsmäßigen Dieb und Gauner. Das ist aber ganz und gar nicht der Fall. Unsere Gefängnisvorstände sind stolz darauf, »gleiches Recht für alle« walten zu lassen. »Der Räuber, der sich der Hausordnung fügt,« sagte mir einmal einer der hervorragendsten Strafhausleiter, »ist mir lieber, als der Redakteur oder Lehrer, der auch im Gefängnisse noch mehr sein will als jener.« Hier haben Sie Ueberreste barbarischer Anschauungen … Kommende Geschlechter werden das erkennen. Sie werden dieses ganze Strafverfahren über den Haufen werfen, – diese ganze fürchterlich mißbrauchte Gefängnisfuchtel. *Lange* Gefängnisstrafen haben überhaupt nur von einem einzigen Gesichtspunkte aus Berechtigung: wenn man dadurch den Gestraften unschädlich machen will für die menschliche Gesellschaft. Ist aber dies notwendig, so wäre Deportierung zweifellos das wirksamste Mittel. Wo indessen nur eine Ahndung stattfinden soll, da genügen kurze, strenge Strafen zweifellos. Weil eben die Menschennatur sich in alles fügen lernt, und auch der Gutgewöhnte nach zwei, drei Monaten nicht mehr eigentlich leidet oder entbehrt – so weit es sich nicht um Dinge handelt, die er meines Erachtens zu unrecht erduldet. Und wer mir gar von der *bessernden* Wirkung der Gefängnisstrafen spricht, dem lache ich ins Gesicht. Eine wirkliche Verbrechernatur ist noch nie »gebessert« worden; den anderen, den leichtfertigen, jähzornigen, charakterschwachen Menschen sollte man besser aus den Gefängnissen fernzuhalten suchen, weil er dort erst erlernt, was er noch nicht weiß. Ich behaupte, daß im Gefängnis mehr Menschen moralisch zu Grunde gehen, als moralisch Vernichtete dorthin eingeliefert werden … Aber ich halte Ihnen da einen Vortrag, als sollten Sie mich in den Reichstag wählen. Und ich wollte doch nichts anderes, als Ihnen klar machen, was Ihnen bevorsteht!«

»Sie wollen mehr, Herr Doktor,« entgegnete Gerold, »Sie wollten mir nahelegen, mich der Strafe zu entziehen.«

»Als Mensch – nicht als Anwalt,« replizierte der Advokat. »Wir sind unter uns, da darf ich rückhaltlos reden. Sie haben, wie man so sagt, nicht Kind, nicht Kegel …« verzeihen Sie – habe ich da einen wunden Punkt berührt? Das würde ich aufrichtig bedauern.«

»Nein, nein,« gab Gerold gepreßt zurück, »ich stehe ganz vereinsamt da.«

»Nun also – übertragen Sie einem vertrauenswürdigen Manne die Abwicklung Ihrer Geschäfte, lassen Sie in aller Stille zu Gelde machen, was Sie besitzen und – ziehen Sie gen Süden, was überdies Ihrer herabgekommenen Konstitution nur dienlich sein kann.

Man wird Sie zum Strafantritt auffordern – das kann übrigens schon von heute ab geschehen, da das Urteil Rechtskraft erlangt hat. Dann wird man, da Sie sich nicht stellen, einen Steckbrief gegen Sie erlassen – gewiß, auch der Gedanke ist entsetzlich! – aber glauben Sie mir: die Zeitungsnotizen vor und während und nach der Verhandlung waren nicht minder kompromittierend! In wenigen Tagen ist der, übrigens nur an die Behörden des Inlands gerichtete Steckbrief vergessen, und dort unten, im sonnigen Süden weiß kein Mensch davon, kümmert sich niemand darum!«

»Wird man denn nicht meine Auslieferung verlangen, wo immer ich mich auch niederlasse?«

»Das dürfte ohne besondere Veranlassung schwerlich geschehen,« beschied ihn der Anwalt, »da es zu einer Schädigung nicht gekommen ist. Man wird Ihre Kaution als dem Staate verfallen erklären, wird sich in Höhe der Prozeßkosten an Ihrem Besitz schadlos halten – vielleicht auch in Jahr und Tag einmal den Steckbrief erneuern, um die Strafvollstreckung nicht verjähren zu lassen – im übrigen, verlassen Sie sich darauf, werden Sie unbehelligt bleiben, so lange Sie den deutschen Behörden nicht geradezu in die Arme laufen!«

Gerold saß in tiefes Sinnen versunken. »Sie haben nicht Kind und Kegel,« diese Worte vor allem klangen ihm nach. Wirklich, er stand allein auf der Welt. Niemandem würde er dienen, wenn er jetzt die über ihn verhängte Strafe anträte. Niemandem, als dem Begriff des Rechtes. Er hatte keine Freunde mehr, um derentwillen er seine Rechnung beim Staate hätte begleichen sollen, keinen Verwandten, der vielleicht durch den Steckbrief schmerzlich berührt werden konnte. Einzig und allein sie kam in Frage, Francis, die zusammenzucken würde, wie unter einem Peitschenhiebe, wenn sie erführe, daß er vogelfrei geworden. Aber war Francis nicht tot für ihn? War sie ihm nicht entglitten, wie in eine andre Welt? Alle seine Nachfragen und Nachforschungen waren ohne Ergebnis geblieben. Sie mußte unter anderem Namen irgendwo im Dunkel leben. Und ganz plötzlich verknüpfte sich ihm der Gedanke an seine Flucht mit der Möglichkeit, sie ausfindig zu machen. Er ließ hier nichts im Stiche. Seine Geschäfte widerten ihn an. Seinen früheren Verkehr mußte er ohnehin verloren geben; und er tat es leichten Herzens. Noch immer war er ein sehr wohlhabender Mann. Wie, wenn er sich auf die Reise begab, nicht allein, um sich der Strafe zu entziehen, sondern noch viel mehr, um Francis zu suchen? Um ihr, wenn er sie gefunden, zu sagen: »Sieh, ich trete mit reinen Händen vor Dich hin, geläutert durch schmerzliche Erfahrung, gestraft durch schweres Leid!« Würde sie nicht heute anders urteilen, als damals, wo immerhin der Schein laut gegen ihn sprach? Ihn überkam auf einmal etwas wie frohe Zuversicht. Auch an Francis konnte die Zeit nicht spurlos vorübergegangen sein. Da sie seine Hilfe nicht in Anspruch genommen und von anderer Seite schwerlich irgend etwas zu hoffen hatte, stolz, streng, und unnahbar, wie sie war, mußte sie in hartem Kampfe gestanden haben und noch stehen. Heute würde sie anders über ihn denken, wie vor einem Jahre.

Er sah auf die Uhr und erhob sich.

»In einer Stunde passiert der Münchener Schnellzug Leipzig – wollen Sie mich zum Bahnhofe begleiten?«

»Mit Freuden! Ich beneide Sie – in allem Ernst! Wie wäre ein Mensch nicht zu beneiden, der sich ohne Schwierigkeiten einer furchtbaren, langwierigen Marter, einem neun Monate langen Leid zu entziehen vermag? Trinken wir auf Ihre glückliche Ankunft in – sagen wir in Rom, in Neapel, in Florenz!«

»Oder sagen wir: bei meiner Frau!«

Mit lebhafter Zustimmung erhob der Anwalt sein Glas. Und aus dem Aneinanderklingen der beiden feingeschliffenen Pokale glaubte Gerold es zu vernehmen, wie eine trostreiche Verheißung.

*

Gerold hatte zunächst kein anderes Programm, als dem Machtbereich der deutschen Justiz zu entkommen. Da er im übrigen der Schonung und Erholung noch dringend bedurfte, wollte er bis auf weiteres an einem der stilleren Plätze der Riviera bleiben, bis er sich stark genug fühlte, die Suche nach Francis aufzunehmen. Er reiste in einem Zuge bis Basel, von wo er an eine erprobte Persönlichkeit die erforderlichen Vollmachten und Weisungen zur Abwicklung aller seiner Geschäfte ergehen ließ. Gleichzeitig ließ er die kaum unterbrochenen Nachforschungen nach Francis' Verbleib vorsichtig wieder aufnehmen. Außer seinem Vertrauensmanne, dem langjährigen Prokuristen seines Hauses, hatte nur Frau von Engern Kenntnis von seinem Aufenthalt. Mit ihr wollte er in Verbindung bleiben, um sofort zu erfahren, wenn Francis ein Lebenszeichen gäbe.

Erst in Genua machte er einen längeren Aufenthalt. Aber gerade hier hatte er eine peinliche Begegnung. Als er eines Tages das Hotel de Ville verließ, stieß er, ohne ausweichen zu können, auf die Laroche, die eben in Monaco ausgeplündert worden war. Sie kannte seine ganze Geschichte, da sie schon seit einem halben Jahre von Amerika zurück war und Berliner Zeitungen mit großem Interesse gelesen hatte. Den ihr damals aufgezwungenen Gatten war sie glücklich los, wie sie sagte. Man hatte ihn drüben auf der Rennbahn auf höchst unsauberen Manipulationen ertappt und für Jahre hinaus unschädlich gemacht.

Gerade um jene Zeit waren die ersten Zeitungsnachrichten über den »Fall Gerold« besonders über die Flucht seiner Gattin zu Helene Laroche gelangt, und sie glaubte, ihren Weizen noch einmal blühen zu sehen. Sie war noch immer ein blendend schönes, elegantes Weib und hielt es für leicht, Gerold wieder einzufangen. Und unbedenklich trat sie die Reise nach Europa an. Ein echt weiblicher Instinkt riet ihr, zunächst nicht nach Berlin zu gehen. Dort war der Konsul von neuem zu gewinnen. Aber er war schwer krank gewesen, er würde nach dem Süden reisen, nach Nizza, bildete sie sich ein. Sie setzte sich in Nizza fest und suchte durch gute Freunde in Berlin herauszubekommen, ob und wann und wohin Gerold fliehen würde. Denn daß er nicht ins Gefängnis ginge, erschien ihr ausgemacht. Aber sie erfuhr nichts – rein nichts. Der Konsul war noch vor kaum einer Woche in Berlin gewesen. Die Behörden dort konnten ihn noch kaum vermißt haben, da das gegen ihn gefällte Urteil erst in diesen Tagen – nach der Reichsgerichtsverhandlung – Rechtskraft erlangt hatte und man ihn vorher nicht zum Antritt seiner Strafe hatte auffordern können.

So hatte auch sie, die Laroche, nichts von seiner Flucht erfahren können. In der langen Wartezeit waren ihre Mittel bis auf einen kleinen Rest aufgezehrt. Nun blieb ihr kein anderer Ausweg, als doch nach Berlin zu reisen, wenn sie Gerolds habhaft werden wollte. Sie hatte ihre Sachen zunächst bis Genua vorausgeschickt und in Monte Carlo Station gemacht, um, wenn möglich, sich finanziell etwas zu erholen. Aber sie hatte sogar das Reisegeld verspielt und befand sich in Genua eben auf dem Wege zu einem Pfandleiher, als sie – das Glück ist immer mit den Guten! – dem Generalkonsul Gerold in die Arme lief. Gewonnenes Spiel dachte sie und begrüßte ihn mit ihrem strahlendsten Lächeln.

»Niemand entgeht seinem Schicksal,« sagte sie, »auch wenn dies Schicksal noch so schön wäre!«

Er war entsetzt zurückgefahren, hatte es völlig übersehen, daß sie ihm beide Hände entgegenstreckte.

»Nun, Ernst – freust Du Dich weniger über den glücklichen Zufall als ich?«

Er mußte hier auf der lebhaften Straße alles vermeiden, was Aufsehen erregen konnte. So duldete er es, daß sie sich in seinen Arm hing. Kurz entschlossen machte er Kehrt und führte sie in den Speisesaal des Hotels, das er eben verlassen hatte.

Der Kellner brachte den bestellten Wein und ließ die beiden in dem um diese Stunde leeren Saal allein. Noch hatte Gerold nicht ein Wort gesprochen. Er machte auch nicht den Versuch, sie zu unterbrechen, als sie jetzt in ihrer lebhaften Weise hervorsprudelte, was sie seither alles erlebt hatte, und daß sie natürlich nur seinetwegen das herrliche Amerika verlassen hätte.

»Und Du sagst zu alledem gar nichts?« begann sie von neuem, nachdem sie vergeblich auf eine Antwort gewartet hatte. »Bist Du stumm geworden? Oder ist Dir der Schrecken, mich wiederzusehen, so sehr in die Glieder gefahren?«

Gerold ließ seinen Blick durch den menschenleeren Saal schweifen; dann sagte er ruhig und bestimmt:

»Ich befinde mich auf der Flucht...«

»Das weiß ich,« unterbrach sie ihn, »aber das tut doch nichts. Mit Dir fliehe ich, wohin Du willst.«

»Ich bin auf der Flucht,« wiederholte er unerschüttert, »und ich mußte damit rechnen, daß sich mir irgendwelche Hindernisse in den Weg stellen könnten. Da habe ich mir denn gestern hier, wo ich zum ersten Male einen Tag Aufenthalt nahm, dies hier gekauft« – er zog einen blitzenden Gegenstand aus der Tasche – »diesen Revolver...«

Ein halberstickter Schrei von ihrer Seite ließ ihn die Waffe wieder einstecken. Dann fuhr er ruhig fort:

»Ich habe mir's geschworen, daß ich mich in dem Augenblick erschieße, wo die Pläne, die ich habe, irgendwie durchkreuzt würden – gleichviel von wem« ... er betonte die letzten Worte. »Von Dir nehme ich gar nicht an, daß Du mir Schwierigkeiten machen willst –«

»Aber im Gegenteil, Ernst ...«

»Lass' mich ausreden! Ich bin auf der Suche nach meiner Frau. Du begreifst, daß wir uns in dieser Stunde zum letzten Male gesehen haben müssen. Du wirst mir sagen, wohin Du zu reisen wünschest – nach Paris, nach Wien, nach Berlin – gleichviel, ich werde Dich zum Zuge begleiten, und wenn ich Dich in dein durchgehenden Wagen weiß, werde ich Dich noch einmal für einige Zeit versorgen ...«

»Mein Gott, Ernst – hast Du denn vergessen ...«

»Ich habe augenblicklich nur an eines zu denken, daß ich mich noch heute einzuschiffen gedenke, nach – nach einem Hafen im Orient.«

»Genug,« unterbrach sie ihn heftig. »Ich habe nicht gefragt, wohin Du willst, mag es auch nicht wissen. Meinetwegen sollst Du nicht lügen! Sollst Dich auch meinetwegen nicht erschießen. Nur hätte ich gedacht, daß – daß ich Dir einmal etwas gewesen bin.«

»Gewiß,« sagte er, »aber inzwischen ist mir eine andere mehr geworden.«

»Nun, das muß ich bekennen, diese andre muß sehr viel mehr sein, als ich! Entweder sehr viel gescheiter, oder so gut, daß ich nicht wert bin, ihren Namen auszusprechen!«

»Du wirst diesen Namen niemals aussprechen,« versetzte er, sich erhebend. »Wohin willst Du reisen?«

»Empörend,« rief sie aus, indem sie sich vor dem großen Spiegel Hut und Schleier feststeckte. –

»Also – damit ich Dir ganz aus dem Wege komme – nach Paris.«

Gerold rief den Kellner, um nach dem Pariser Kurierzuge zu fragen.

»In einer Stunde und zwanzig Minuten, mein Herr!«

Er begleitete sie zum Bahnhofe und besorgte die Expedierung ihres dort lagernden Gepäcks. Es war inzwischen Lunchzeit geworden und sie nahmen gemeinsam eine Mahlzeit ein. Helene war sehr still geworden. Sie kokettierte nicht, lächelte nicht, nippte nur an dem Sektglase.

Jetzt hatte er einige größere Banknoten, fast seine ganze Barschaft, in ein Kuvert gesteckt und schob es ihr diskret hinüber, während eben das Zeichen zum Einsteigen ertönte. Er reichte ihr den Arm und geleitete sie bis zum Wagen, stieg auch noch für eine Minute mit ein. Beim zweiten Glockensignal ergriff sie seine Hand und zog ihn zu sich nieder, bis er die Tränen in ihren Augen sah.

»Ich beneide Deine Frau.« flüsterte sie, »ich würde sie beneiden, auch wenn Du plötzlich ein Bettler werden solltest!« Und sie preßte ihre heißen Lippen auf seine Hand.

Der Zug rollte davon, ohne daß Helene noch einmal zurückblickte. Sie hatte von der Vergangenheit nichts mehr zu hoffen.

Nachdenklich kehrte Gerold in die Stadt zurück. Nicht seine Frau – *er* war zu beneiden! Denn noch hoffte er, sie wiederzugewinnen.

Er beorderte telegraphisch eine größere Geldsendung nach Bordighera, wo er nun zu bleiben beabsichtigte. Hier konnte man ihn mit Helene gesehen haben. Auch fühlte er sich schwer angegriffen. Er brauchte linde, weiche Luft und Stille. Am nächsten Morgen brach er nach dem Palmenstädtchen auf.

Schon am dritten Tage war ein Wertpaket für ihn auf der Post. Er öffnete es gleich am Schalter – eine fieberhafte Besorgnis hatte ihn ergriffen. Das Paket enthielt außer den verlangten Banknoten und Wertpapieren einige Briefe, die in Berlin für ihn eingelaufen waren, und der erste dieser Briefe – wirklich – die Buchstaben auf der Adresse tanzten – das war Francis' Handschrift. Er hatte es seit Tagen gefühlt, daß das Band, welches sie miteinander verknüpfte, noch nicht zerrissen war. Und doch zitterte er jetzt vor Freude. Das Messerchen, mit dem er das aus England kommende Kuvert aufschneiden wollte, flog nur so hin und her. Er sah noch einmal nach der Adresse: der Poststempel zeigte London West. Und natürlich hatte sie nach Berlin geschrieben. Sie konnte ja von seiner Flucht noch nicht wissen.

Endlich war das Briefchen offen. Es enthielt nur wenige Zeilen:

> »Du weißt es ohnehin,« schrieb sie, »daß ich dem Verlauf Deines Prozesses in qualvoller Angst gefolgt bin. Seit heute ist auch die letzte Hoffnung geschwunden: ich lese nun in der Zeitung, daß das Reichsgericht Deine Einwände verworfen hat. So soll sich denn mein schmerzliches Gelübde voll erfüllen – ich soll Dich nicht wiedersehen, bevor Du nicht Deine Schuld gesühnt hast. Auch ich habe diese Strafe verdient. Am Gefängnistore wirst Du Deine reuige Francis finden!«

Er schrie laut auf – die Leute blieben stehen auf der schmalen Strasse, die mit dem stolzen Namen Corso Vittorio Emanuele prunkt. Aber was kümmerten ihn die Leute? Da war ein Brief von ihr, ein warmherziger Liebesgruß von der Stolzen, Unnahbaren, die seit länger als einem Jahre sich seinem sehnsüchtigen Verlangen entzog, die spurlos untergetaucht schien in dem großen Ozean der Menschheit. Und nun tauchte sie auf. Sie war mit ihm gewesen auf diesem ganzen, langen Leidenswege. Sie hatte für ihn gefühlt und gebangt – sie wollte zu ihm zurückkehren, wenn er seine Strafe verbüßt haben würde! Ein Jubel ohnegleichen erfüllte sein Inneres. Er stürmte den »Corso« entlang, hinaus zu den Klippen von Sankt Angelus, um mit sich und seinem Glück allein zu sein. In die tosende, hochaufschäumende Brandung hinein rief er Francis Namen, und immer wieder küßte er das kleine Briefchen, dessen Schriftzüge die hochaufspritzenden Fluten schon zu verwischen drohten.

Ja, wie arm ist doch auch ein reicher Mann! Die Hälfte seiner ganzen Habe hätte er jetzt hergeben mögen für den Zaubermantel aus dem Märchen! Zuerst nach England! Nach London West! Zu ihren Füssen sich ausweinen vor Glückseligkeit. Und dann ohne Zagen und Zaudern direkt hinein in die furchtbare unheimliche Gefängniszelle. O, Du blinder, gottvergessener Narr von einem Advokaten! Würde nicht jetzt die *Sonne* hineinscheinen in diese düstre Zelle? Und würde nicht jeder Tag, in ihr zugebracht, das Glück, das Leben, eine zweite Jugend ihm um einen Schritt näher bringen? O, Du verräterischer Rechtsverdreher, der mir die Freiheit so wundervoll erscheinen ließ, indem er mir mit grellen Zügen die Unfreiheit, das Gefängnis, ausmalte! Aber Du sollst Deinen Witz an mir vergeudet haben. Mich schreckt das Gefängnis nicht mehr, und läge es tief unter der Erde!...

Nun saß er in dem palmengeschmückten Garten des »Englischen Hofes«, umweht von dem schweren, süßen Duft der Heliotropen, die zu allen Fenstern hinaufrankten. Eine schmerzliche physische Ermattung war der Exaltation von vorher gefolgt. Er war noch immer Rekonvaleszent; der Prozeß, dann die Leipziger Verhandlung und schließlich diese sinnlos übereilte Flucht, auf der alles und jedes ihn zu verfolgen schien – dies Zusammengenommen hatte seine kaum beruhigten Nerven schwer erschüttert. Selbst der Freudenrausch, dem er sich vor einer Stunde hingegeben, ließ eine bittere Mahnung zurück. Er mußte noch für lange Zeit alles vermeiden, was ihn aufregen konnte. Gerade hatte der Arzt den Garten passiert und ihm dringend angeraten, sich zu schonen, nicht so weite Fußwege zu wagen bis hinaus nach Sankt Angelus.

Und er, Gerold, trug sich ernstlich mit dem Plane, abzureisen, seine Strafe anzutreten! Aber das ging jetzt wirklich nicht an; er würde sich nur zu Grunde richten, würde den Tag der Belohnung gar nicht erleben! Francis hatte offenbar gar keine Ahnung von seinem Gesundheitszustande. Sie mußte im Gegenteil aus seiner Anwesenheit bei der Berliner und bei der Leipziger

Verhandlung schließen, daß er vollends wieder hergestellt sei. Es war gar kein Zweifel, sie würde ihm nicht zugemutet haben, sich jetzt preiszugeben!

Wieder las er ihren Brief. Und jetzt erst fiel ihm auf, was er bis dahin unbegreiflicherweise übersehen hatte: es fehlte jeder Hinweis auf Francis Adresse. Nur der Poststempel gab London West an, sonst nichts. Und doch mußte er sich mit ihr in Verbindung setzen, mußte ihr begreiflich machen, daß er zunächst gar nicht anders handeln dürfe, als seine vollständige Genesung abzuwarten.

Er beschloß, sich telegraphisch und brieflich an Freunde und Vertraute in Berlin und London zu wenden, um Francis Aufenthalt zu erfahren. Es entsprach ganz und gar seiner Art, daß auf eine heiße, leidenschaftliche Aufwallung ruhiges, zielbewußtes Handeln folgte.

Nun erst warf er einen Blick auf die übrigen Briefschaften. Da war vor allem der Bericht seines Prokuristen. Die Geschäfte wickelten sich zumeist ohne Schwierigkeiten ab; es gab da wenig, was ihn noch interessieren konnte, bis er in dem Schreiben eines ihm fremden Anwalts zufällig auf den Namen Wilhelm Dietz stieß. Dieser schien mit der Zinszahlung für Frau von Engern im Rückstande geblieben zu sein und war gemahnt worden. An seiner Stelle antwortete der Rechtsanwalt:

»Ihre Zinsforderung an meinen Mandaten, den Möbelhändler Herrn Wilhelm Dietz, beruht offenbar auf Irrtum oder falscher Information. Von den zehntausend Mark, welche Herr von Engern in das Dietzsche Geschäft eingelegt hatte, sind siebentausend siebenhundertundfünfzig Mark in verschiedenen Posten an Herrn von Engern zurückgezahlt worden, wie Sie aus den beifolgend mitgeteilten Quittungsabschriften ersehen. Die Originale dieser Quittungen können Sie in meinem Bureau einsehen. Bezüglich der restierenden zweitausendzweihundertundfünfzig Mark hatte Herr von Engern die Bestimmung getroffen, daß sie in jährlichen Raten von je siebenhundertundfünfzig Mark an Sie gezahlt würden. Dies letztere sei drei Jahre hindurch geschehen, womit alle weiteren aus dem von Engern-Dietzschen Societätsvertrage sich ergebenden Pflichten des Herrn Dietz ihre Endschaft erreicht haben. Irgend ein Rechtsanspruch der von Engernschen Erben oder Rechtsnachfolger an meinen Mandanten besteht nicht mehr.«

Mit gemischten Empfindungen hatte Gerold diesen Brief gelesen. Daß die darin behaupteten Tatsachen richtig, schien er nicht einen Augenblick anzuzweifeln. Herr von Engern hatte also zweimal über die ihm zustehende Summe verfügt. Er hatte sie an das Bankhaus C. F. Gerold zediert und hatte nichtsdestoweniger später dreiviertel des Betrages selbst abgehoben. Er hatte den Bankier in dem festen Glauben gelassen, ein Guthaben von zehntausend Mark zu besitzen, und es war lediglich zufälligen Umständen zuzuschreiben, daß das Bankhaus nicht auf Grund der Zession Vorschüsse an die Witwe geleistet oder ihr den ganzen Betrag ausgefolgt hatte. – Mit andern Worten: Herr von Engern hatte planmäßig alles getan, um einen Betrug zu begehen; ganz abgesehen davon, daß er auch gegen die Seinen schwer sich vergangen hatte, indem er sie in der Ueberzeugung beließ, sie besäßen noch ein Kapital, das er längst ohne ihr Wissen verbraucht hatte.

So also sah es mit den Rechtlichkeitsbegriffen des Mannes aus, dessen Tochter von ihm, Gerold, nicht mehr und nicht weniger als »Sühne« verlangte! freilich, sie selber wußte ja nicht, wie haarscharf ihr eigener Vater die Grenze zwischen Recht und Unrecht gestreift hatte und wie es gewiß nicht an ihm gelegen, wenn außer seiner Familie niemand betrogen wurde. Ihr war der Vater eine Idealgestalt geblieben, und gewiß würde sie schon den Gedanken, daß er sich an einem doch eigentlich gar nicht »vornehmen« Geschäft beteiligt hatte, mit Entrüstung zurückgewiesen haben. Und jetzt erinnerte Gerold sich jenes geheimnisvollen Schreibens, das Herr von Engern am Tage seines Todes bei C. F. Gerold für den künftigen Verlobten seiner Tochter hinterlegt hatte. O, wenn er, Gerold, sich doch nicht hätte von unklaren Gefühlen leiten lassen – wenn er doch reale Dinge nüchtern beurteilt hätte! Er würde den Brief, der unzweifelhaft ein volles Geständnis enthielt, gelesen haben, würde gewappnet gewesen sein in jener Stunde, da Francis ihm ihre Moralgesetze hatte aufzwingen wollen! Aber das veränderte wieder das ganze Bild – der Major von Engern hatte für seine Verirrungen gebüßt, hatte sich selbst gerichtet ihretwegen.

Denn nun stand es unverrückbar fest, daß Engern nicht verunglückt war, daß er sich vielmehr selbst ein Ende bereitet hatte. Und mit allen diesen neu gewonnenen Gesichtspunkten, so schien es Gerold, wurde Francis wieder sein eigen. Sie mußte, sie würde erkennen, daß im gegebenen Augenblick jedermann, auch der beste, seinen eigenen Moralgesetzen folgt, seine eigene Auffassung vom Rechte über jene stellt, die der Staat und die Gesellschaft aufrecht zu erhalten genötigt sind. Sie mußte und würde begreifen, daß es über allen konventionellen Satzungen eine höhere Instanz gibt, die der persönlichen Ueberzeugung.

Gerold schrieb und depeschierte nach London und nach Berlin, setzte noch einmal alles in Bewegung. Eine Woche verging, bis alle Antworten eingelaufen waren. Niemand hatte auch nur eine Spur, auch nur den winzigsten Anhaltspunkt finden können. Und nun packte den gemarterten Mann der Drang, sich selbst auf die Suche zu begeben. Gegen die ausdrückliche Meinung seines Arztes trat er die Reise nach London an.

Mit seiner ganzen Energie, mit einem Scharfsinn, dem keine Möglichkeit entging, suchte und forschte er nach Francis. Aber weder die Polizei, noch seine mannigfachen privaten Beziehungen, noch endlich ein ausgezeichnetes Detektivinstitut brachten ihn einen Schritt weiter, Francis Brief war augenscheinlich während eines vorübergehenden Aufenthalts in der Riesenstadt zur Post gegeben worden, und die Absenderin wohnte irgendwo im Lande. Schließlich verfiel Gerold auf die eigentlich gar nicht so fern liegende Idee, seine Frau durch einen geschickt abgefaßten, ihn selbst vor andern nicht verratenden Zeitungsaufruf zu suchen. Das ist ja in England und Amerika gar nichts Seltenes. Und in der Tat, schon am dritten Tage, nachdem seine Anzeige in den »Times« erschienen, fand er in demselben Blatte eine Antwort.

»Forsche nicht nach mir. Halte Dich an meinen Brief und tue das Deine. Dann, aber auch nur dann halte ich mein Wort. Francis.«

Das war lächerlich und empörend zugleich. Er stürmte in die Annoncen-Expedition der »Times«, um vielleicht dort etwas über die Aufgeberin des Inserats zu erfahren. Man fand auch, gefügig gemacht durch reichliche Trinkgelder, das Manuskript der Anzeige heraus. Es war nicht von Francis Hand geschrieben, und der Expedient konnte sich nicht erinnern, wer es eingereicht hatte.

Gerold kam sich vor wie genarrt. Da jagte er nun seit Wochen durch das gewaltige London, setzte Himmel und Erde in Bewegung für eine Frau, die ihn augenscheinlich quälen wollte, die nichts für ihn empfand. Wäre gar keine Antwort erfolgt auf seinen Aufruf, er hätte sich damit trösten können, daß Francis nichts von seinen sehnsüchtigen Bemühungen erfahren hatte. Aber ihm zu antworten, ihn also hier, in ihrer Nähe zu wissen und sich gleichwohl in undurchdringliche Wolken zu hüllen, das war ihrer und seiner unwürdig. Solche Verranntheit erzeugt unsere einseitige Erziehung! »Du hast das oder das getan, das den Gesetzen widerspricht – vielleicht auch hast Du Dich dessen nur verdächtig gemacht – aber es genügt, um Dich rechtlos zu machen! Du mußt vor allen Dingen »sühnen – büßen« – dann vielleicht werde ich Dich wieder für meinesgleichen halten! –

Er hatte in seinem Aufruf angedeutet, daß er krank sei, einen kurzen Aufschub von ihr erbitte, dann aber sich ihrem Wunsche fügen werde. Nur möge sie es möglich machen, daß er ihr schreibe, ihr danke, mit ihr in Verkehr bleibe. Und darauf hatte sie nichts zu erwidern, als: »Tu’ mir den Willen!« Es war wirklich beinahe lächerlich. Er versuchte es mit einem zweiten »Eingesandt«, – Ohne jeden Erfolg.

London lag in diesen Oktobertagen unter dichtem Nebel; dazu kam, daß Gerold hier keinerlei rechten Anschluß fand; die **»Season«** begann erst viel später. Eine tiefe Verstimmung hatte sich seiner bemächtigt. Er war mit fast jugendlichem Enthusiasmus hierher geeilt, um nur ein Wort von den Lippen der Frau zu hören, die er noch immer liebte. Wie sie ihn jetzt behandelte, das war wohl dazu angetan, eine Reaktion in ihm herbeizuführen. Sie warf sich nicht nur zu seiner Richterin auf, nein, sie wollte auch Vollstreckerin der über ihn verhängten Strafe sein. Wenn es sich ihr um Recht und Unrecht handelte, war ihr längst Genüge geschehen. Den Fürsten hatte er, Gerold, weit über seine Pflicht hinaus entschädigt. Er hatte zudem seine gesellschaftliche Stellung eingebüßt, auch beträchtlichen Vermögensverlust erlitten, hatte Haus und Heim verloren, sein glänzendes Geschäft aufgelöst, sah seinen guten Namen mit unauslöschlichem Makel befleckt und war endlich ein flüchtiger, leidender Mann, dem man seine Zuneigung wirklich anders betätigen musste, als indem man ihm zurief: »Geh ins Gefängnis? Büße Deine Schuld.« Das war Pharisäertum, Augenverdreherei. Vom Standpunkte einer höheren Moral aus erscheint es gleichgiltig, in welcher Form ein Mensch Buße tut oder Sühne leistet. Ob nach dem Buchstaben des deutschen Strafgesetzbuches oder nach den gewichtigeren, weil unentrinnbaren Fügungen ewiger Mächte. Am allerwenigsten aber stand es einer »reuigen« Frau zu, ihm gewissermaßen aus ihrer Machtvollkommenheit heraus zum zweiten Male zu verurteilen. Worin denn äußerte sich ihre »Reue«? Daß sie, wenn er sich mit seinen staatlichen Pflichten abgefunden, wieder zu ihm zurückkehren wollte? Vielleicht aus beschränkter, kümmerlicher Abhängigkeit entkommen, um wieder seine Königin, seine Herrin zu sein? Nein, das war weder Reue über ihr eigenes Verhalten, noch ehrliche Teilnahme für ihn. Als Gnadenspenderin wollte sie ihm erscheinen, nachdem keinerlei Demütigung ihm erspart geblieben war.

Er ließ sie durch die Zeitung wissen, daß er, weil seine Gesundheit dies verlange, nach Nizza abreise und dort Nachricht von ihr zu erhalten hoffe.

Aber es vergingen Wochen, Monate, ein volles Jahr, ohne daß auch nur ein Wort von ihr zu ihm drang. Seine Bemühungen, sie ausfindig zu machen, hatte er nach einem neuen, vergeblichen Versuch endgiltig aufgegeben. In Berlin wußte man nichts von ihr. Egbert war längst nicht mehr Offizier, hatte eine Verwalterstelle irgendwo in Böhmen; ihm fehlte jede Gelegenheit, etwas über seine Schwester zu erfahren. Die Mutter aber hatte die letzten Zeilen von ihrer Tochter empfangen, nachdem sie, die alte Frau, in die Villa Gerold übersiedelt war. Das hieße, so hatte Francis geschrieben, die Handlungsweise Gerolds sanktionieren, sich sein Unrecht sogar zu nutze machen. Auch dieser Brief wies keine Adresse auf, führte auf keine Spur.

Wie glücklich wäre Frau von Engern jetzt gewesen, hätte ihre Tochter der Stimme der Vernunft Gehör geschenkt! Ein ganzes Leben hindurch hatte die aus einem verarmten Grafengeschlecht stammende Frau keinen höheren Wunsch gehabt, als in einem vornehmen, eigenen Heim die Herrin zu spielen, Dienerschaft und Equipage zu besitzen und sich zurückzuträumen in die Zeit, da die Bonins noch auf ihren Stammschlössern hausten. Das alles hatte ihr das Schicksal nun gebracht, aber sie konnte nicht froh werden, so lange ihre eigene Tochter irgendwo in schwerer Abhängigkeit lebte und in ihrem Starrsinn das Tun der Mutter verdammte. Und gar manches Mal sehnte Frau von Engern sich nach jenen Tagen, da sie nicht »Schloßherrin« gewesen, in ärmlichen Verhältnissen mit dem Pfennig gerechnet hatte, aber mit ihrem Kinde zusammen gewesen war. Wirklich, ihr edler Mann hatte das bessere Los gezogen.

In einer exklusiven amerikanischen Pension zu Nizza hatte Gerold dauernd Aufenthalt genommen. Ganz gegen alle Wahrscheinlichkeit hatte er dort einige echte, warme Musikfreunde kennen gelernt, mit denen er Kammermusik trieb. Ein ganzes Quintett hatte sich glücklich zusammengefunden. Das gab seinem Leben neuen Inhalt. Mit seiner Gesundheit ging es leidlich, nur sein rechtes Bein machte ihm vielfach zu schaffen.

Seit jenem Spätsommertage, an dem er Francis zum letzten Male gesehen, waren jetzt, im Januar, fast zweiundeinhalbes Jahr vergangen. Aber nach wie vor lebte ihr Bild in seiner Seele, und keine andere Frau hatte ihn seither interessiert.

Er hatte endgiltig verzichtet. Zweiundvierzig Jahre alt, durch seine Situation sowohl, wie nicht minder durch seine Neigungen vom gesellschaftlichen Verkehr fast ausgeschlossen, lebte er einförmig, aber nicht minder unbefriedigt dahin. Oftmals mußte er daran denken, wie ihm zu Leipzig der Anwalt die Schrecknisse des Gefängnisses geschildert hatte. Nun, er, Gerold, lebte in Freiheit, ohne jede Einschränkung, ohne Pflichten und Sorgen, und doch – wie oft beneidete er den Sträfling, an dem noch irgendwer in der Welt innigeren Anteil nahm. Er hatte nicht Freunde, noch Verwandte. Seit seiner Verheiratung hatte er nur *einen* Kultus getrieben, hatte er seine Frau vergöttert. Und als diese Huldgestalt ihn verließ und gleichzeitig seine gesellschaftliche Stellung zusammenbrach, blieb er allein, vereinsamt, wie man es in keiner Kerkerzelle mehr sein kann. Aber er hatte sich drein ergeben.

Eines Tages kamen die Mitglieder des Quintetts ihm mit einem abenteuerlichen Vorschlage. Ein hier hausender spleeniger Amerikaner, der mit seiner Dampfjacht von Boston hierhergekommen war und nun in den südlichen Gewässern zu kreuzen wünschte, hatte sie eingeladen, sich ihm anzuschließen. Seine Frau, seine Töchter und nicht zuletzt er selbst seien leidenschaftliche Musikfreunde. Sie hätten jüngst einmal das »Quintett« belauscht, als dieses in dem kleinen Musiksaal spielte. Natürlich wisse der Amerikaner, daß das »Quintett« für Geld nicht zu haben war, aber gerade das reizte ihn. Er böte den fünf Herren Gastfreundschaft auf seiner Jacht und sei bereit, sie wann, und von wo aus sie es verlangten, nach Nizza zurückzuschaffen.

Zuerst lachte Gerold über den eigenartigen Einfall; dann erschien er ihm wie ein Wink, sich noch einmal herauszureißen aus seiner dumpfen Resignation; und als schließlich Mr. Knox aus Boston persönlich antrat und zunächst bat, seine Jacht zu besichtigen, da war Gerolds ohnehin schwacher Widerstand besiegt. Das Quintett schiffte sich, der Jahreszeit entsprechend, mit Winterkleidern versehen, an Bord des »Mayflower« ein und es gab eine herrliche, in jeder Hinsicht lohnende Fahrt.

Ja, es schien fast, als sollte diese sonderbare Reise noch weitere Folgen für Gerold haben. Miss Kitty Knox, eine gelehrte Schönheit von etwa achtundzwanzig Jahren, begann sich lebhaft für den Pianisten des Quintetts, für Herrn Ernst Albert Gerold, zu interessieren. Ja, wer weiß, vielleicht hatte sie die Einladung veranlaßt. Man wußte, daß er ein unabhängiger, nach deutschen Begriffen noch immer reicher Mann sei. Schon das rückte ihn den Amerikanern näher, die im übrigen eine merkwürdige Neigung haben, sich an Deutsche von vornehmer Bildung anzuschließen. Wenn auch Mr. Knox es nicht gutheißen konnte, daß ein Mann von dem Wissen und der offenkundigen Welt- und Geschäftskenntnis Gerolds endgiltig ein Nichtstuer geworden war, so wäre doch dieser **German gentleman** ein Schwiegersohn ganz nach seinem Sinne gewesen. Hätte er ihn nur erst drüben in seiner Office in Boston, diesen Gerold mit seinem eleganten Englisch, mit diesem vollendeten Französisch. das *er* mit Miß Kitty parlierte – mit seinem auf das Große gerichteten Blick und alle der wertvollen Kenntnis des deutschen Geldmarktes – o, er sollte schon wieder Vergnügen daran finden, Geld zu verdienen – zu verdienen nach amerikanischen Abmessungen! Und dann, welchen Kummer hatte dem armen Knox diese unausstehlich überspannte Kitty gemacht. Sie wollte keinen Amerikaner – es sei denn, daß er keinen Whisky trinke, nicht zu Faustkämpfen gehe, keinem Klub angehöre und sich jeder Einmischung in die Politik enthalte. Den Teufel! Solche heiratbaren Amerikaner gab es nicht! Aber dieser **German gentleman** entsprach den verrückten Anforderungen Miß Kittys – da konnte man eine große Sorge los werden.

Gerold selbst war bisher nahezu unbeteiligt geblieben. Er studierte diese aus vier Personen bestehende Familie, die ebensoviel Dienerschaft um sich hatte, mit dem kühlen Interesse des Soziologen. Sie waren ihm Typen aus einer andern Welt. Die entzückend frische, aber nach unsern Begriffen bis zur Frechheit unweibliche Maud, die mit den Matrosen flirtete und sich doch wieder nichts vergab, die alte Mrs. Knox, die nur noch der Bibel, der Küche und ihren beiden Seidenspitzen lebte, nachdem sie erst eine Wäscherin, dann der Reihe nach Matrone auf einem New Yorker Polizeibureau, Inhaberin einer Garküche am Hafen. Farmersfrau im Far West gewesen, dann endlich eine Schiffsrhedersgattin in Boston geworden, diese Mrs. Knox selbst, eine der merkwürdigsten Mischungen von Narr und grundgescheitem Menschen, und endlich Miß Kitty, die geradezu außerhalb der Familie stand. Mit neunzehn Jahren hatte sie darauf bestanden, ihre Studien in Zürich zu vervollkommnen. Dann war sie einige Jahre auf Reisen gewesen. Immer allein, mit wissenschaftlichem Ernst nach Erkenntnis strebend, und dennoch eine Halbheit, weil ihr ganzes Wissen auf den Halbheiten amerikanischer Schulen beruhte. Was aber am meisten auffallen mußte an dieser durchaus nicht unhübschen, wenn auch schon ein wenig altjüngferlichen Person, war ihr gesundes Urteil über sich selbst und ihr Land. »Wir haben nur *eine* gute Schule in Amerika – das Leben!«

Solche Worte machten auf sie aufmerksam. Dazu kam, daß sie merkwürdig schnell aufzublühen, sich zu verjüngen schien in dem freien, ungezwungenen Verkehr mit Gerold. Er sah das mit stillem, allmählich sich steigerndem Behagen, weil er deutlich empfand, für wen sie sich mit neuen Reizen schmückte. Aber er war doch weit entfernt davon, Kitty zu lieben oder ihr auch nur den Hof zu machen. Vor allem war ja diese köstliche Fahrt an sich von so zauberischem Reiz, daß wohl zum größten Teile darauf seine bessere Stimmung zurückgeführt werden durfte. Und wiederum seine Stimmung wirkte auf Kitty zurück.

Man hatte zunächst Livorno angelaufen, einen Landausflug nach Pisa gemacht, Elba besucht und die Insel Korsika passiert. Landen mochte Mr. Knox nicht dort, weil seiner Meinung nach die » **Smartness**« amerikanischer Räuber nicht von der ihrer Berufsgenossen auf Korsika übertroffen werden konnte. Auch von Rom wollte der Querkopf anfangs nichts wissen. Erst der sehr bestimmt ausgesprochene Wunsch Kittys bewegte ihn, in Civitavecchia anzulegen, von wo aus die ganze Familie nebst Dienerschaft – das Quintett nicht zu vergessen – nach Rom zog. Kitty empfand sehr wohl das einigermaßen Lächerliche dieser Invasion und sie machte, kaum, daß man sich im Hotel zum Quirinal etabliert hatte, Gerold folgenden Vorschlag:

»Von heute ab bitte ich anzunehmen, ich wäre allein in Rom. Wenn mein Vater der übrigen Familie die ewige Stadt zeigen will – ich mag nicht dabei sein. Sollten aber Sie hier und da einmal Zeit finden, mich zu begleiten, so verspreche ich Ihnen, alle meine schlechten amerikanischen Gewohnheiten im Hotel zu lassen und nur meine ehrliche Begeisterung für die Kunst und die Absicht, etwas zu lernen, mitzunehmen.«

Diese freie unbefangene Art des Verkehrs hatte etwas Bestrickendes. All der lästige Zwang, der dem Deutschen im Umgange mit dem andern Geschlechte auferlegt ist, war aufgehoben, ohne daß auch nur ein störender Wunsch sich geltend gemacht hätte zwischen diesen beiden.

Gerold hatte Italien vor noch nicht vier Jahren in Gesellschaft Francis zum ersten Male gesehen. Aber wenn auch ihr Bild überall da auftauchte, wo er damals mit ihr gewesen, und wo nun das kühle, überlegende, manchesmal frappierend gescheite Gesicht einer Kitty neben ihm zu den Kunstschätzen Roms emporschaute, er hätte sich selbst belügen müssen, hätte er sagen wollen, daß die Tage jetzt ohne Genuß dahingingen.

Gewiß war ein tiefwurzelnder Unterschied zwischen den Tagen von damals und heute; fast so tief, wie der Unterschied zwischen Francis und Kitty. Die letztere wußte mehr über Rom, über die griechische und italienische Kunst, als Francis je auch nur angestrebt hatte zu erlernen. Sie hatte ein gedrängtes, aber nicht minder klares Bild von der Entwicklung der römischen Geschichte und sie zog interessante Parallelen zwischen der Republik der Triumvirn und jener des Herrn Rooseveld, der eben durch den plötzlichen Tod Mac Kinleys auf den Präsidentenstuhl gelangt war. Sie wußte, wo und wie, aus welchen Zeitströmungen und persönlichen Elementen heraus die Zeit der Renaissance geboren worden: sie hatte knappe, aber hinreichende Begriffe von der staufischen, romanischen, gotischen Architektur, wie sie schließlich auch die hervorragendsten Maler, Bildner und ihre Hauptwerke kannte. Und trotzdem sie solchermaßen gewappnet, wie ein deutscher Professor, vor die Kunstschatzkammer der Welt hintrat, fehlte ihr die Empfindung für das Wesen der Kunst, welche der ungleich unwissenderen Francis mit in die Wiege gegeben schien. Was Kitty sah, zerlegte ihr Geist gleichsam im Lichte dessen, was sie darüber gelesen, gehört, wohl auch gedacht hatte. Francis dagegen brachte das rechte *Gefühl* für die Schönheit mit. Sie genoß, ohne sich Rechenschaft ablegen zu können; das Schöne spiegelte sich in ihrer Seele. Ihre Urahnen schon hatten ein feineres Kunstverständnis besessen, als die Nachkommen des Mr. Knox selbst im dritten Geschlecht haben würden.

Aber wenn auch Kitty nicht eigentlich warm werden konnte, weder in der Sixtinischen Kapelle, noch im Angesicht des Forum, so bewies sie deshalb nicht weniger weiblichen Takt, als sie dem römischen Aufenthalt sehr bald ein Ende bereitete. Gerold war, wie sie trotz seiner Ritterlichkeit merkte, nicht bei der Sache; er konnte sich vielmehr gewisser Reminiszenzen nicht erwehren. So schiffte man sich nach kaum einer Woche wieder ein, um zunächst in Neapel kurze Rast zu machen. Der nächste Hafen, in dem die »Mayflower« anlegte, war der von Palermo, von wo aus Streifzüge durch Sizilien unternommen wurden. In Messina ging man wieder zu Schiffe, blieb zwei Tage in Syrakus, um dann, die Südspitze Italiens umschiffend, ins Adriatische Meer einzulaufen.

Sie waren einander merklich näher gekommen in diesen Wochen unaufhörlichen Beisammenseins. Auf der prächtigen Jacht schwiegen auch die Erinnerungen Gerolds und er fing leise an, sich mit der Zukunft zu beschäftigen.

Da weckte ihn Kitty eines Tages aus unbestimmten Träumen. Sie saßen unter dem weißen Sonnenzelt, als sie einmal ganz unvermittelt sagte:

»Erzählen Sie mir aus Ihrem Leben, Herr Gerold! Von der großen Liebe, die – ich weiß es – in Ihr Leben eingegriffen hat. Bitte, erzählen Sie!«

Und er erzählte ihr von seinem Leben, von seiner großen Liebe. In knappen Zügen, ohne sich zu schonen, gab er ein Bild der Vergangenheit bis zu jenem nebelfeuchten Tage, da er von London abgereist war.

»Sie haben nichts mehr von ihr gehört?«

»Nein. Und ich habe es aufgegeben, darauf zu hoffen.«

»Darf ich Ihnen sagen, was ich denke, Herr Gerold?«

»Ich hielt das für selbstverständlich.«

»Nun denn. Sie sind im Unrecht! Sie wußten, in welchen Anschauungen Ihre Frau aufgewachsen, in welchen Empfindungen sie gereift war. In meiner Heimat wäre ja ein Konflikt zwischen Mann und Frau aus solchen Gründen unmöglich, er würde lächerlich erscheinen. Aber das spricht nur für Ihre Frau, die eine Deutsche war, in einer Tradition erzogen, die ihr ins Blut übergegangen. *Wir* würden dem Manne unserer Neigung mit Gefahr des eigenen Lebens zur *Flucht* aus dem Gefängnis helfen, die deutsche Frau von solcher Herkunft will, daß er sich dem Gesetze beuge.«

»Es ist mir heute nicht mehr zweifelhaft, auf welcher von beiden Seiten sich mehr wahre Liebe, mehr echtes Mitempfinden zeigt,« versetzte Gerold. »Die schönste Waffe der Frau heißt Verzeihung.«

»Ich bin auch darin nicht Ihrer Meinung,« widersprach sie in ihrer bestimmten und doch nie verletzenden Weise. »Man drückt die Frau herab, wenn man von ihr verlangt, daß sie alles über sich ergehen lassen, immer nur verzeihen soll. Warum, wenn sie schon der schwächere Teil ist, warum nicht ihr ein größeres Maß von Verzeihung zuwenden, als man von ihr erwartet? Das heißt,« fügte sie mit einer reizenden Verlegenheit hinzu, »verstehen Sie mich nicht falsch: ich hätte Ihnen in Ihrem Falle gar nichts zu verzeihen gehabt, ich bin ja keine deutsche Aristokratin!«

Er ergriff ihre schöne, ein wenig große Hand und hauchte einen Kuß darauf.

Im Hafen von Fiume sollte die »Mayflower« einer gründlichen Reinigung unterzogen werden; auch einige Reparaturen waren notwendig und endlich waren Kohlen und Proviant einzunehmen für die Heimfahrt, an die Mr. Knox nunmehr ernstlich dachte.

In der Zwischenzeit wollte man in dem nahen Abbazia rasten. Das »Quintett« wollte dort noch einige Tage verweilen und dann über Triest nach Genua und Nizza reisen.

Abbazia schien Gerold ein überschätzter Modekurort. Es liegt ja ganz allerliebst an einen Bergrücken hingelagert, einem reizenden Spielzeuge gleich, das sich die Riesentochter aus den Alpen am Strande der Adria ausgebreitet hat. Aber was es sonst bietet, steht in gar keinem Verhältnis zu den hohen Preisen, die man dem Fremden dort abverlangt. Eine gutgepflegte Strandpromenade, die etwas künstlich mit exotischem Baum- und Blattwerk aufgeputzt ist und sich nach Westen wie nach Osten längs des Meeres fortsetzt, das ist so ziemlich alles. Freilich, elegante Hotels und gute Pensionen gibt es in Fülle, und das Café Quarnero, inmitten der Strandpromenade gelegen, ist immerhin ein hübscher Punkt. Aber **ce que la femme veut, Dieu le veut** – Frauen haben Abbazia in die Mode gebracht. Vielleicht war es zuerst eine Rothschild, denn den Rothschilds gehört in Wirklichkeit die einzige Bahnlinie, mittelst deren man Abbazia erreichen kann. –

Man schrieb Ende Februar – es war recht unangenehm kalt in dem »südlichen Luftkurort«, und der Pelz kam Gerold sehr zu statten.

Für Amerikaner, die die grandiosen Badeplätze um New York kennen, die regelmäßig in Longbranch oder in Newport verkehren, die einen Herbst an der **Sea-Side** von England zugebracht haben und denen es auch auf einen Ausflug nach dem paradiesischen Florida nicht ankommt, hat nicht einmal Nizza etwas Bestechendes. Dagegen ist ihnen die »Perle der österreichischen Riviera« geradezu eine Enttäuschung. Aber es ist ein hübscher Zug von dem vielgereisten Yankee, daß er sich durch solche Enttäuschungen die gute Laune nicht nehmen läßt. Er ist an den »Bluff« gewöhnt.

Die Familie Knox sowohl, wie das »Quintett« hatten sich im Hotel »Stefanie« einquartiert, einem jener internationalen Luxuspaläste, in denen jedermann sich wohl fühlen kann, komme er nun aus Irkusk oder aus Boston, und die Knox ließen sich's wohl sein. Man speiste gemeinschaftlich in dem großen, luftigen Saale, man gab dem vortrefflichen Lohnfuhrwerk täglich etwas zu verdienen und saß nachmittags auf der Terrasse vor dem »Quarnero«. Und Gerold war Kittys erklärter Ritter, ihr ständiger Begleiter.

Mr. Knox sah nicht ohne Bedauern, daß der Herr Gerold trotzdem ernstlich an die Heimkehr nach Nizza dachte. Er hatte inzwischen den »Fall Gerold«, das heißt: den Prozeß kennen gelernt und hatte laut dazu gelacht.

»Wenn wir solche Dinge vor Gericht bringen wollten,« meinte er, »hätten wir mehr Richter notwendig, als es in den Vereinigten Staaten Straßenbahnschaffner gibt! Teufel! Ist denn in Deutschland der Staat der Vormund erwachsener Menschen? » **Get your money's worth!**« heißt ein New Yorker Song – zu deutsch etwa: »Gib acht auf Dein Geld! Sieh', daß Du genug dafür bekommst.« Und das hätte Ihr Fürst auch tun müssen! – Soll ich Ihnen etwas sagen, mein lieber Gerold? Ich »kreuze« meinetwegen noch ein paar Wochen hier herum, kann ja auch einen Sprung nach Konstantinopel machen. Inzwischen brechen Sie in Nizza Ihr Zelt ab und nehmen Passage auf der »Mayflower« nach Boston! Damit Ihnen nur ja nicht etwa noch einmal der Gedanke kommt, sich den deutschen Behörden zu stellen! Wollen Sie? Es fährt sich nicht übel auf meinem Schiffe, schlagen Sie ein!«

»Ich danke Ihnen herzlich, mein verehrter Mr. Knox! Aber ich bin nicht mehr jung genug für solche Verpflanzung!«

»Herr Gerold weiß eben nicht, welche wunderbar verjüngende Kraft unser herrliches Land besitzt. Er kennt nur das Amerika der Yankees, nur den »**Uncle Sam**« und allenfalls die Auswüchse des Amerikanertums. Aber er weiß nicht, daß ein einziger, gewaltiger Zug durch dies ganze weite Land geht, eine flammende Gestaltungskraft. »Etwas werden!« schreit alles in Amerika – »etwas bedeuten!« – das sollte der Wappenspruch des Sternenbanners sein!«

Sie hatte in edler Begeisterung gesprochen, hingerissen von ihrem Gedankenfluge. Ihr ein wenig derbes, volles Gesicht gewann wirklich etwas wie Verklärtheit. Aber die praktische Natur in ihr hatte schon wieder gesiegt. Sie wandte sich jetzt direkt an Gerold:

»Der Vater hat recht – er meint es gut mit Ihnen und – vielleicht auch mit mir,« fügte sie zögernd hinzu. »Machen Sie einen dicken Strich unter Ihre Vergangenheit – nein – *durch* die Vergangenheit und kommen Sie mit uns! Sie werden es nicht bereuen!« Und sie sah ihm frei und offen ins Gesicht.

Es hatte weder etwas Unweibliches, noch erschien es irgendwie unzart oder aufdringlich, wie hier ein reifes Mädchen um den Mann warb, dem sie vertraute. Nicht einen Augenblick empfand Gerold etwas wie einen Verstoß gegen das Herkömmliche. Kitty sprach eben aus, was sie empfand, sie erschien ihm in diesem Augenblick schön, rein, vornehm und begehrenswert. Er senkte unwillkürlich den Blick.

Auf dem gedeckten Tische, zwischen Kitty und ihm, lag die Kurliste von Abbazia, aus deren Namenskolonnen ihm plötzlich ein Unfaßbares, Unheimliches entgegenstarrte. Wie von Geisterhand gerade in diesem Augenblick für ihn aufgezeichnet, fand er da einen Namen, der ihm alles Blut zu Herzen trieb. Er vergaß völlig, daß man eine Antwort von ihm erwartete, daß die Augen eines liebenden Mädchens auf ihn gerichtet waren. Wie jemand, der nicht fließend lesen kann, tastete er mit dem Finger auf die Zeile in der Liste, hob das Blatt näher zum Auge, zum Lichte, dann wieder sah er mit verlorenem Blick an Kitty vorüber. Und wirklich, neben der

Amerikanerin, deren Kopf ihm auf einmal viereckig und plump erschien, tauchte, zum Greifen deutlich, ein anderes, dunkelgelocktes Haupt auf, ein Gesicht von edelster Reinheit, ein ideal schönes Oval. Große, graublaue Augen mit einem seltsamen Stahlglanz blickten ihn tieftraurig an. Um den feinen Mund waren Schmerzenslinien leise eingegraben und an den langen, dunklen Wimpern hing es wie Tränentau. Aber es war schon wieder verschwunden. Nur eine Vision war es gewesen, herbeigezaubert durch jene Zeile in der Kurliste da...

Er raffte sich zusammen und las:

»Villa Habsburg: Gräfin Reventlow aus Kiel nebst Gesellschafterin, Fräulein Francis von Engern.«

Kalter Schweiß war ihm auf die Stirne getreten – es war unmännlich, wie er von diesem Namen, von jeder Erinnerung an sie, sich packen ließ. Schwer atmend erhob er sich, wollte sich entschuldigen. Aber Kitty stand schon neben ihm:

»Ist Ihnen nicht ganz wohl, Herr Gerold. Lassen Sie uns die Paar Schritte bis an die Brüstung tun, die frische Seeluft wird Wunder wirken.«

Kaum aber hatte sie ihn auf solche Art mit Anstand vom Tische entfernt, als sie flüsternd fortfuhr: »Sie ist hier, nicht wahr, mein armer Freund?«

»Ich habe ihren Namen in der Kurliste gefunden,« anwortete er dumpf.

Sie blieb neben ihm stehen; sie waren nun schon weit genug fort von der Gesellschaft, konnten hier nicht mehr gesehen werden. Kitty legte leise ihre Hand auf seinen Arm und sagte nur:

»Eilen Sie! Gehen Sie zu ihr! Ich wünschte, ich könnte für Sie beten.«

Er vergaß, wo sie waren. Mit einer stürmischen Bewegung riß er ihre Hände an sich und bedeckte sie mit heißen Küssen. Dann stürzte er westwärts, in der Richtung der nahen Villa Habsburg davon. –

Ja, die Gräfin Reventlow hatten hier gewohnt – bis vor zwei Tagen. Nun aber seien Ihro Gnaden abgereist, gewiß, mit dem gnädigen Fräulein. So beschied man ihn in der Villa Habsburg. Auf seine Frage, wohin sich die Gräfin begeben haben möge, wußte man nur zu antworten, daß sie Briefe, die etwa für sie ankämen, an die deutsche Botschaft in Wien beordert hatte. Aber sie wollte auf der Reise noch einen Besuch machen, irgendwo in der Nähe von Graz. Nur noch eine Frage hatte er, wie denn Fräulein von Engern aussehe. Er glaube sie zu kennen. Man beschrieb ihm – seine Frau. Blaß sei sie und zart! Aber schön und gewiß noch jung, wohl noch nicht fünfundzwanzig! So große, merkwürdige Augen habe sie und lange, schmale Hände. Das schwarze Kleid – sie ging immer schwarz – ließ sie so schlank erscheinen, daß sie neben der Frau Gräfin wie ein Kind aussah.

Freilich – sie war immer so ernst – es mußte wohl auch ein harter Dienst sein bei der dicken, kurzatmigen Frau Gräfin, die immer gleich fuchsrot wurde, wenn ihr etwas nicht recht war...

Ein reichliches Trinkgeld schnitt den weiteren Bericht ab. –

Nicht so schnell wie einst war er diesmal mit sich klar. Ihr nachreisen? Sie ausfindig machen, um dann vielleicht von neuem zu hören: »Büße Deine Schuld ab!« – Von neuem vor ihrem Angesichte sich verbannt setzen? Oder ihr schreiben? Ein Brief, an die deutsche Botschaft in Wien gerichtet, mußte sie ja treffen. Aber auch dieser Brief würde unbeantwortet bleiben. Und er, Gerold, entwürdigte sich, wenn er sich noch einmal von ihr abweisen ließ. Welch ein unbeugsamer Stolz lebte doch in dieser Frau, die nun seit Jahr und Tag in dienender, gewiß wenig erfreulicher Stellung sich befand, und doch nur ein Wort zu sagen brauchte, um über jede Not des Tages sich hinweggehoben zu sehen. Aber ihr Stolz war in der Tat auch »Wehr und Waffe« für sie.

Wie hätte es sonst geschehen können, daß ein Weib von so ausnehmend schöner Erscheinung nicht längst die Blicke eines anderen Mannes auf sich gelenkt hätte? Wäre dies der Fall gewesen – sie hatte es ja leicht, eine Scheidung von ihrem landesflüchtigen Gatten zu erzwingen. Nein, Miß Kitty urteilte ganz richtig, einer Francis war es ins Blut übergegangen, daß man sich dem Gesetz zu fügen habe. Sie ertrug lieber eine Art von Sklaventum, als daß sie sich entschlossen hätte, mit dem Justizflüchtling in Sorglosigkeit und Ueberfluß zu leben. Er würde auch jetzt nicht imstande sein, sie umzustimmen.

Gerold hätte von der Villa Habsburg aus auf kürzestem Wege über die Fahrstraße zum Hotel Stefanie gelangen können. Aber er empfand es wie einen Zwang, durch die Anlagen zurückzukehren.

Kitty sah ihn schon von weitem kommen, wie auch er sie bemerken mußte, die einzige unter zahllosen, höchst eleganten Damen, die verständig genug war, bei dieser fast winterlichen Kälte *nicht* den modernen, hochroten Sonnenschirm aufgespannt zu tragen. –

Auch sie wußte, daß er zunächst zu ihr zurückkommen würde.

Ungeniert hatte sie sich von ihren Leuten losgemacht und war ihm entgegengegangen.

»Sie haben Sie nicht angetroffen, mein armer Freund, sonst wären Sie noch nicht hier!«

Er berichtete, was er erfahren, immer von neuem gerührt von Kittys verständnisinniger Teilnahme, die doch wieder ein gut Stück Tapferkeit in sich schloß. Und auch, was ihm eben durch den Kopf gegangen war, ließ er sie wissen. Wie unschlüssig er sei und wie wenig Hoffnung er hege.

Miß Kitty hatte den Schritt zu einer Bank gelenkt, die von einer Seite her geschützt, von der anderen mit mildem Sonnenschein überströmt war.

Von ferne her drang die Kurmusik zu ihnen herüber; man spielte den Brautchor aus »Lohengrin«. Dicht vor ihnen murmelten geschwätzige Wellen den künstlich aufgeschichteten Felsstücken ihre Geheimnisse zu, warfen mit ihren weißen Schaumkrönlein nach den dunklen, braunen Gesellen und zogen sich dann neckisch wieder zurück.

Es war kurz vor der Dinerstunde, die Promenade fing an leer zu werden.

»Sie werden trotz Schicksalswink und Unschlüssigkeit noch heute abend nach Wien reisen, mein Freund,« erklärte sie mit ruhiger Sicherheit. »Täten Sie es nicht – lassen Sie uns einmal unbefangen prüfen, was dann geschähe. Sie würden, ich fühle es deutlich, mit uns gehen – mit mir! Und ich leugne es nicht: es würde mich beglücken. Aber ich habe zu tief in Ihre Seele geblickt. Da gibt es ein Allerheiligstes, in dem Ihre Francis thront. Das ist es vielleicht nicht zuletzt, was ich an Ihnen liebe. Ueber das Meer hinweg, in eine neue Ehe hinein würde Francis mit Ihnen sein, und eines Tages stände ihr Schatten zwischen uns beiden. Deshalb müssen Sie ein Ende machen. Gehen Sie nach Wien, setzen Sie alles daran, Ihre Frau zu sprechen. Entweder führt diese Aussprache dahin, daß sie Ihnen folgt und dann« – ihre Stimme begann zu stocken – »dann werden Sie mit ihr ein Glück finden, wie keine auf Erden es Ihnen geben kann – keine! Oder Sie unterliegen dem stärkeren Willen dieser Frau – gehen ins Gefängnis – erleben vielleicht auch dann noch schöne Tage, aber Sie werden sie mit einem Preis bezahlt haben, der mir zu hoch erschiene. Oder endlich, Sie können sich weder so noch so mit ihr verständigen, dann...

Hier brach sie völlig ab; dem mutigen Mädchen standen Tränen in den Augen.

Es war ganz still geworden rings umher. Die letzten Spaziergänger waren schon außer Sicht, die Musik war zu Ende, das Meer lag unbeweglich im Mittagsglanze da. Ein Schweigen, ein Stillstand im Treiben der Natur schien eingetreten, eine heilige Stille.

Da zog Gerold das starke, tapfere Mädchen leise an sich und seine Lippen berührten ihre Stirn.

»Ich reise,« sagte er weich, »aber ich tue es jetzt nur Ihretwegen, Kitty. Ich will den Geist zu bannen versuchen, der mich noch immer beherrscht. Unterliege ich ihm, dann wird die Erinnerung an diese Stunde uns beide trösten, mich und Sie. Sie sollen es erfahren, wie der Kampf verläuft. Bis dahin – tausend, tausend Dank. Sie verdienen es, geliebt zu werden!«

Er hatte noch einmal kräftig, mannhaft, gleichsam wie zu einem Gelöbnis, ihre Hand gedrückt, dann eilte er davon. –

Mr. Knox war schnell unterrichtet.

Falls Gerold nicht bis zur Abfahrt der »Mayflower« zurück wäre, sollten seine Sachen nach Nizza gesandt werden. Er nahm nur mit, was er jetzt bei sich führte.

»Und grüßen Sie mir Kitty!« bat Gerold noch einmal. –

» **I'll see you again!**« antwortete siegessicher der Amerikaner. – – –

Auf der deutschen Botschaft in Wien waren bereits einige Briefe für die Gräfin Reventlow, noch keiner für Fräulein von Engern eingetroffen, aber die Damen hatten sich noch nicht gemeldet.

Der Herr möge seine Adresse zurücklassen, damit man ihn verständigen könne, wenn die Gräfin käme.

Unbedenklich nannte Gerold sein Hotel.

Es war ihm noch nicht einen Augenblick in den Sinn gekommen, daß er sich schon in Abbazia auf österreichischem Boden befand; er hätte sich sonst gewiß erinnert, daß damals der Anwalt von einem Aufenthalt in Oesterreich abgeraten hatte.

Mit dem deutschen Reiche eng verbunden, hat die österreichische Monarchie mit jenem auch hinsichtlich der Justizpflege ein Sonderabkommen getroffen. Die Gerichte hüben und drüben verkehren direkt miteinander, ohne Vermittlung der auswärtigen Aemter, während es zwischen anderen, wenn auch befreundeten Staaten immer erst eines Eingreifens der höchsten politischen Behörden bedarf.

Ganz ausdrücklich hatte damals in Leipzig der Anwalt diese Sachlage erörtert.

Aber Gerolds gegenwärtige Verfassung war nicht danach, an so nebensächliche Dinge zu denken. Noch viel weniger war es ihm aufgefallen, daß im Bureau der Botschaft, während er seinen Namen nannte, ein Unterbeamter recht interessiert gefragt hatte: »*Ernst Albert* Gerold?«

Jahr und Tag waren vergangen, seit Gerold sich als Flüchtling fühlte.

Seither hatte er längst volle Sicherheit gewonnen, war überzeugt, daß ihm eine Gefahr nur von Berlin her drohen könnte, das heißt: wenn man von dort aus ein Verfolgungsverfahren einleitete. Und das war heute wirklich nicht mehr zu fürchten.

Er sprach dann auch zwei Tage später noch einmal bei der Botschaft vor – auch diesmal vergeblich.

Heute warf jener Unterbeamte nur ganz lässig hin: »Sie wohnen doch noch im Grand Hotel,« was Gerold ahnungslos bejahte.

Wiederum zwei Tage später brachten die Wiener Zeitungen die folgende Notiz:

»Die Honoratiorenzelle des Wiener Landesgerichts beherbergt seit gestern einen interessanten Gast: den ehemaligen englischen Generalkonsul zu Berlin, Ernst Albert Gerold. Man erinnert sich noch jenes aufsehenerregenden Wucherprozesses, der vor mehreren Jahren gegen ein Berliner Bank-Konsortium geführt wurde. Der Hauptbeschuldigte hatte sich am Tage vor der Verhandlung entleibt, während einer der Verurteilten, eben der Generalkonsul Gerold, sich der Strafvollstreckung durch Flucht entzog.

Vor einigen Tagen nun fand Gerold sich hier in der Kanzlei der deutschen Botschaft ein, um eine Auskunft zu erbitten. Der dort ständig anwesende Kriminalbeamte, der früher in Berlin stationiert war, erkannte den justizflüchtigen Gerold und veranlaßte die Berliner Staatsanwaltschaft telegraphisch, jenen hier verhaften zu lassen. Das ist gestern früh im Grand Hotel in aller Stille geschehen. Gerold sieht seiner Auslieferung entgegen.«

*

Der Wiener Abendzug war pünktlich, wie immer, um sieben Uhr achtunddreißig Minuten eingefahren.

Auf dem Bahnhofe herrschte selbst an diesem Märzabende jenes lebhafte Treiben, das man so häufig auch auf kleineren Stationen findet, wenn sie nahe der Landesgrenze liegen.

Hier, von dem preußischen Fabrikorte aus, zogen sich gar viele geschäftliche und private Fäden hinüber nach Oesterreich. Deshalb die verhältnismäßig große Zahl der Ankommenden.

Aber der Zug hielt sich hier nur drei Minuten auf; so beeilte sich jedermann, mit seinen Siebensachen den Bahnsteig und den Ausgang zu gewinnen.

Nur der österreichische Justizsoldat, der jetzt einem Wagenabteil dritter Klasse entstieg – mit gerolltem Mantel, das Gewehr umgehängt, das Sturmband dienstmäßig unter dem Kinn – nur er schien absichtlich bis zum letzten Augenblick gewartet zu haben.

Er wollte wohl das Volk sich verlaufen lassen, bevor er mit seinem Arrestanten auf der Bild-
fläche erschien.

Nun stand er stramm und aufrecht seitwärts der Wagentür, in der eben ein anscheinend
älterer Herr sichtbar wurde. Er war in einen kostbaren Pelz gehüllt, trug in der fein behand-
schuhten Rechten eine elegante Reisetasche, in der Linken einen silberbeschlagenen Stock aus
Ebenholz, die ganze Erscheinung die eines vornehmen Mannes, übrigens früh ergraut, denn die
Farben seines Gesichts, der ganze Habitus ließ nun, da die Gestalt in vollem Lichte erschien,
höchstens auf einen Vierziger schließen.

Er spähte besorgt umher; es war ihm offenbar peinlich, selbst nur von Fremden hier gesehen
zu werden.

Kaum hatte er den Fuß zur Erde gesetzt, ein wenig mühsam, wie nicht zu verkennen war,
als auch schon das Zeichen zur Abfahrt gegeben wurde.

Der Justizwachmann trat dicht neben ihn, Schulter an Schulter, und wies ihn dem Ausgange
zu.

Aber der Bahnsteig war noch immer nicht völlig frei; man mußte hier und da jemandem
ausweichen. Dann hielt der Hüter des Gesetzes es für unerläßlich, an den Pelzärmel des Gefangenen zu greifen, damit nur ja nichts sich zwischen ihn und jenen dränge.

Bei jeder solchen Berührung zuckte der Herr zusammen.

Man hatte es bisher wohl nie gewagt, ihm in so handgreiflicher Weise Schritt und Tritt
vorzuschreiben. Der Wachmann nahm wenig oder gar keine Notiz von den Empfindungen des
Arrestanten.

Er lenkte jetzt mit forschen, weit ausgreifenden Schritten in die Stadt ein, unbekümmert
darum, daß der Mann neben ihm nicht recht mitkonnte; der schleifte den rechten Fuß merkbar
nach, musste sich schwer auf den Stock in seiner Linken stützen und trug überdies ungewohnt
an seiner Handtasche. –

Der Soldat, wie gesagt, bemerkte das alles nicht. Ihn beschäftigte nur der eine Gedanke,
seinen Mann so bald als irgend möglich los zu werden, ihn abzuliefern; einesteils, weil er sich
der Verantwortlichkeit seines Auftrages sehr wohl bewußt war – andererseits aber, um je eher, je
lieber einen Gasthof aufzusuchen, um von der nahezu elfstündigen Fahrt ausruhen zu können.

Hatte er doch seit heute früh halb sieben Uhr den ihm anvertrauten Häftling nicht eine
Minute lang aus den Augen gelassen – »schließen« hatte er ihn nicht dürfen.

Er konnte sich nirgendwo Zeit lassen zu einer Mahlzeit, hatte sich begnügen müssen, hier
und da ein Paar Würstchen zu essen, hastig ein Gläschen Bier hinabzustürzen. Freilich, dem
»Transportaten«, wie es im österreichischen Amtsstile heißt, war es noch viel schlimmer er-
gangen.

Der arme Mann, der unfreiwillig in Gesellschaft des Titularfeldwebels reiste, hatte buchstäblich gehungert auf dieser Fahrt; ja, sein Wächter hatte ihm nicht einmal die Möglichkeit
gegeben, auch nur einen Schluck Wasser zu trinken.

Der Herr Feldwebel hielt sich eben haarscharf an seine Dienstvorschrift. Zweiundzwanzig
Kreuzer gibt die österreichische Justizverwaltung für die tägliche Beköstigung eines »Transportaten« her – gleichviel, ob es sich um einen zur Landesgrenze abzuschiebenden Vagabunden,
oder, wie in diesem Falle, um einen auf Kosten des deutschen Reiches auszuliefernden Misse-
täter höheren Stiles handelt.

Diese Summe hatte der Justizsoldat gewissenhaft verteilt, indem er für zwölf Kreuzer schwar-
zes Brot, für zehn Kreuzer ein möglichst grosses Stück Wurst kaufte und beides seinem Manne
heute früh ausfolgte.

Daß dieser es nicht über sich gewann, die schlecht aussehende, übelriechende Wurst zu essen,
daß er nur mühsam einige Bissen von dem trockenen Brot herunterwürgte – er hatte einige
Stricke davon *abreißen* müssen, denn sein Taschenmesser befand sich nebst vielem anderm, was
er bei sich führte, im Gewahrsam des Soldaten – das alles kümmerte den pflichtgetreuen Mann
der Justiz nicht. Ja, als jener ihn gegen Mittag inständig bat, doch von dem Gelde, das man
bei ihm vorgefunden und gleichfalls mit Beschlag belegt hatte, wenigstens irgend etwas zum

Trinken zu kaufen, wäre es auch nur ein Glas Wasser, da setzte der Mann der Obrigkeit eine überaus zornige Miene auf.

Wie man ihm zumuten könne, Geld anzugreifen, das ihm amtlich übergeben worden und das er bei Heller und Pfennig abzuliefern habe! Er verbäte sich derlei Ungehörigkeiten. Oder erwarte der »Transportat« etwa gar, daß er, der Feldwebel, dessen besondere Mühewaltung bei solch einer Eskorte mit ganzen fünfzig Kreuzern per Tag gelohnt wurde, aus seiner Tasche daraufzahle?

»Nein, das läge ihm ferne,« hatte der Arrestant versichert und dabei in schmerzlichster Resignation gelächelt.

Er, der nie anders als erster Klasse gereist war und im Speisewagen seine Mahlzeiten eingenommen hatte, der auf solch einer Fahrt mehr an Trinkgeldern auszugeben pflegte, als ein Justizfeldwebel während eines halben Monats verdiente, er dachte gewiß nicht daran, den armen Soldaten in Unkosten zu stürzen.

Allerdings, von der so oft gerühmten Herzensgüte des gemeinen Mannes, von der hilfsbereiten Gemütlichkeit der Oesterreicher, die fast sprichwörtlich geworden, mußte er heute einen traurigen Begriff bekommen haben.

Er war übrigens viel zu sehr mit sich selbst, mit dem, was ihm bevorstand, beschäftigt, als daß er gerecht hätte urteilen können.

Wer weiß, für einen armen Teufel von Vagabunden, den er zu transportieren hatte, würde der Feldwebel vielleicht mit Freuden einen erheblichen Teil seiner Diäten hergegeben haben; ja, solch einem Landstreicher hätte er wohl gar aus dem eigenen Glase zu trinken angeboten. Aber ein Millionär mit dem unbezahlbaren Nerzpelz, ein Nichtstuer, dessen Reisetasche schon ein kleines Vermögen kostet, an dem alles, sozusagen, nach Reichtum duftet und nach Luxus und Verschwendung – *der* mochte es nur einmal am eigenen Leibe erfahren, was es heißt: hungern und dursten und entbehren! –

»Wohin bringen Sie mich, wenn ich fragen darf?« wandte sich der Herr im Pelz bescheidensten Tones an seinen Begleiter.

»Zur preußischen Polizei-Verwaltung,« antwortete dieser barsch.

»Weshalb nicht zum Gericht oder ins Gefängnis?«

»Weil meine Ordre so lautet ... Aus dem Wege, Rangen!« herrschte er eine Schar von Kindern an, die sich um die Eskorte gesammelt hatte und sich neugierig an den Gefangenen drängte.

Der Feldwebel war zwar schon ein- und das anderemal in ähnlichem Dienste hier gewesen, aber er fand trotzdem nicht ohne weiteres nach dem etwas abseits gelegenen Polizeiamt.

Endlich hatte er sich ans Ziel gefragt. Vor einem alten, baufälligen Hause gebot er »Halt!«

»Hier hinein!« befahl er. Und er tappte, den andern am Aermel führend, durch den unbeleuchteten, schlecht gepflasterten Hausflur.

Vergeblich pochte er an verschiedene Türen; das Haus schien wie ausgestorben. Bis er endlich einen Lichtschimmer gewahrte, der hinten links aus einer Türspalte drang. Dorthin zerrte er seinen Mann, klopfte an und trat, jenen vor sich herschiebend, über ein Paar Stufen ein.

In dem sonst verlassenen Polizeiwachtzimmer saß ein Mann in Hemdsärmeln an einem verstaubten Pult und schrieb. –

Als jetzt der Oesterreicher militärisch salutierte und seine Meldung machte: »Transport aus Wien!« war jener schnell aufgesprungen und in den Waffenrock gefahren. Aber er blickte einigermaßen ratlos drein.

»Wünsch' guten Abend, Herr Kamerad,« sagte er, um Zeit zu gewinnen. »Also so weit her? Da sind Sie ja schon früh losgegangen ...«

»Hier die Papiere,« versetzte der Oesterreicher, »können Sie quittieren?«

»Das ist es ja eben, Herr Kamerad! Ich weiß nichts von Ihrem Transport, bin überhaupt noch ein bißchen grün im Dienst ...« Jetzt streifte der Blick des preußischen Polizisten den Mann im Pelz. »Wollen Sie sich nicht setzen, mein Herr?« Und er schob einen Stuhl herbei, den der Ermüdete dankend annahm.

»Sie müssen nämlich wissen, Herr Kamerad, wir schließen hier die Bude schon um sieben Uhr; ich hatte nur zufällig noch eine Kleinigkeit fertig zu machen. Der Herr Kommissar ist schon seit sechs Uhr fort … Vielleicht warten Sie ein paar Minuten – ich springe einmal hinüber in die Wohnung des Herrn Kommissar.«

Der Oesterreicher nahm zum Zeichen seines Einverständnisses das Käppi ab, hob auch den schweren, gerollten Mantel von der Schulter und nahm auf dem Stuhle vor dem Schreibpulte Platz, dem Arrestanten nahe genug, um ihn an jeder Bewegung hindern zu können.

Der kalte Tabaksqualm, der gleich einem grauen Schleier über dem Raume hing, mochte ihn anheimeln; genau so roch es in der Wachstube des Wiener Landesgerichtes.

Er zündete sich eine Zigarette an und machte sich's, immer den Gefangenen scharf im Auge behaltend, bequem.

Der aber dachte im Moment an nichts weniger, als an Flucht. Hunger – zehrender, nagender Hunger wühlte in ihm, und seine Lippen lechzten nach einem Trunk.

Der urbane Ton des preußischen Beamten hatte ihn ein wenig ermutigt. War er nur erst einmal »abgeliefert«, dann würde man ihm auch zu essen und zu trinken geben.

Aber es dauerte geraume Zeit, bis der Polizei-Sergeant wiederkam. Er hatte den Kommissar nicht getroffen, nicht in seiner Wohnung, sogar nicht einmal in seiner Stammkneipe.

Schließlich war er auf den guten Einfall gekommen, sich bei einem älteren Kollegen Rat zu holen. Man würde also den Herrn bis morgen früh im Polizeigewahrsam behalten und dann würde der Herr Kommissär das Weitere verfügen.

»Ganz recht,« erlaubte sich jetzt der Mann im Pelz zu bemerken, »nur möchte ich darauf aufmerksam machen, daß ich seit heute früh noch nichts gegessen habe.«

»Transportat ist vorschriftsmäßig beköstigt,« erklärte in bestimmtem, beinahe gereiztem Tone der Justizfeldwebel, und der wieder ratlose Polizeisergeant fügte hinzu: »Dann kann ich leider nicht helfen.«

Der Häftling biß krampfhaft die Zähne zusammen. Es war denn doch unerhört, wie man ihn behandelte. Was immer er auch »verbrochen« hatte – er war ein Mensch und befand sich in der Gewalt eines Kulturstaates – am Ende des zwanzigsten Jahrhunderts!

Aber er hatte genug Weltkenntnis, um sich zu sagen, daß diese beiden Subalternen nicht viel anders handeln konnten, als sie taten. Ein höher stehender Beamter würde die Dinge anders auffassen, würde den persönlichen Umständen Rechnung tragen. Im Polizeigewahrsam mußte es ja einen Höhergestellten geben.

Inzwischen hatte der Oesterreicher sich fertig gemacht.

»Also wer nimmt den Mann ab?« fragte er geschäftsmäßig. –

»Der Aufseher vom Stockhause,« erhielt er zum Bescheid. –

Den Häftling fror in seinem Nerzpelz, als das Wort »Stockhaus« – in Schlesien noch heute die übliche Bezeichnung für das Polizeigefängnis – an sein Ohr schlug. Und wenn nun der »Aufseher« auch nur ein ehemaliger Unteroffizier war?

Aber die Sache gewann einen Stich ins Komische, ja ins Operettenhafte, als man nun zu dreien an dem nur wenige Häuser entfernten Ziele anlangte.

Unten in dem schmalen, verwitterten Torwege ward eine Glocke gezogen, die man gleich darauf zwei Stock höher anschlagen hörte.

Jetzt stapften von droben schwere Tritte herunter, während die drei auf einer schmalen, ausgetretenen Stiege das erste Stockwerk erklommen und vor einem verschlossenen Eisengitter Halt machen mußten. Hier nämlich befand sich das Gewahrsam; darüber hauste der Aufseher.

»Was kommt denn jetzt noch für ein versoffener Lump!« hörte man droben eine mächtige dröhnende Stimme schelten, »'s ist nachtschlafende Zeit! Halb neun vorüber! So'n Rumtreiber!«

Und nun erschien hinter den Gitterstäben eine riesenmächtige, breitschultrige, wohlbeleibte Gestalt, der Aufseher, eine brennende Kerze in der Rechten, während er mit der Linken an den Knöpfen des noch halb offenstehenden Dienstrockes nestelte.

»Hat man denn gar keine Ruhe vor Euch – Strolchen,« wollte er sagen, aber das Wort blieb ihm im Halse stecken, als er die drei jenseits des Gitters, zuerst den vorgeschobenen Mann im Nerzpelz gewahr wurde.

Mit weit aufgerissenen Augen starrte er den späten Gast an.

Einen Moment lang mochte er wohl glauben, es sei kein Geringerer, als der Herr Regierungspräsident in hocheigener Person, der die merkwürdige Laune hatte, in »nachtschlafender Stunde« ein Polizeigewahrsam zu inspizieren.

Das war nun zwar in den nahezu vierzig Jahren seiner Dienstzeit noch nicht vorgekommen – es würde auch übel genug ausgehen für den Hüter dieses Hauses – aber es konnte ja auch nicht sein! Was hätte denn der Bruder Oesterreicher bei solch einer Revision zu tun gehabt? Und die Hand, in der das Licht zitterte, kam zur Ruhe.

»Machen Sie nur auf, Vater Hollmann,« rief nun der Sergeant mit überlauter Stimme und unterstützte seine Worte mit deutlichen Gesten.

»Weiß schon! Weiß schon!« brüllte der Mann drinnen und steckte rasselnd den riesigen Schlüssel ins schloß.

Die drei waren eingetreten; mechanisch hatte Vater Hollmann das Gitter hinter ihnen wieder verschlossen.

Nun setzte der Sergeant, sehr laut und langsam redend, dem alten Manne den Sachverhalt auseinander.

»Weiß schon! Weiß schon!« brüllte dieser, daß es in dem niedrigen, gewölbten Gange dumpf widerhallte. In Wirklichkeit wußte er nichts; er war fast taub und wollte das nicht jeden merken lassen. Erst als der Oesterreicher Papiere vor ihm ausbreitete und eine Quittung verlangte für den abgelieferten Mann, fing er an zu begreifen.

Doch hatte er nun erst recht Grund, den Fortschritt der Amtshandlung nach Möglichkeit zu verlangsamen – er schrieb nämlich sehr ungern. So begann er denn eine Art von Verhör, das nicht ohne humoristischen Beigeschmack verlief. –

»Sie heißen?« schrie er den Häftling an.

»Ernst Albert Gerold.«

»Weiß schon! Geboren?«

Herr Gerold gab seine Nationale an, obwohl er nun schon wußte, daß jener ihn nicht verstand.

»Geschäft?« inquirierte Hollmann.

»Ich habe keines mehr,« versetzte Gerold, zur näheren Erklärung mit den Achseln zuckend.

»Weiß schon! Weiß schon! Nobler Bummler! Aber früher? Was waren wir denn früher?«

»Bankier und englischer Generalkonsul.«

»Weiß schon! Haben's von den Lebendigen genommen! Und warum hier? Was haben wir ausgefressen?«

Hier mischte der Sergeant sich ein, der aus den Papieren ersehen hatte, daß Gerold in Berlin verurteilt, aber flüchtig geworden war. Nun hatte man ihn auf Requisition der Berliner Behörde verhaftet und ausgeliefert.

Auch diesmal erklärte Hollmann, daß er das alles bereits wisse.

Als aber der Oesterreicher von neuem wegen der Quittung drängte, beendete der alte Aufseher das schon angefangene »weiß schon« nicht, sondern meinte – für jeden Fremden unverständlich: »Weiß – meine Frau vielleicht!«

Da war sie auch schon, die Frau.

Aus weichen Sohlen war sie vom oberen Stockwerk, von der Dienstwohnung, heruntergehuscht.

Sie begriff sofort, was hier vorging, und ehe der Feldwebel sich's versah, hatte sie das auf einem kleinen Tischchen liegende Quittungsformular mit dem Namen ihres Eheherrn unterzeichnet.

»Mein Mann hat die Gicht – ich unterschreibe alles für ihn, auch die Gehaltsquittungen,« beruhigte sie den Feldwebel.

Dieser, um nur fortzukommen, begab sich jeden Einwandes, überreichte vielmehr dem Aufseher ein umfangreiches Aktenstück, das bis dahin in der Kuriertasche gesteckt hatte, holte von eben daher ein Kuvert, aus dem er eine stattliche Summe österreichischen Geldes auf den Tisch zählte.

»Zählen Sie nach!« schrie er dem Alten ins Ohr und salutierte, damit andeutend, daß er entlassen zu sein wünsche.

Auf welche Weise Frau Hollmann es angefangen, ihren Mann in den wenigen Sekunden über die Situation vollends aufzuklären, das ist eines von jenen Rätseln, wie nur die Frau sie zu lösen vermag.

Genug, Vater Hollmann überzählte das Geld, steckte es wieder in das Kuvert, auf dem die Summe in Kronen und Hellern verzeichnet stand, verschloß Geld und Akten in eine Tischlade, um dann endlich dem Justizsoldaten den Weg freizugeben.

Nur noch der Gefangene und der Sergeant blieben zurück.

Als die Fußtritte des Oesterreichers unten verhallt waren, wandte der Polizist sich an den alten Hollmann, wie früher seine Worte mit nachdrücklichen Gebärden begleitend:

»Der Herr hat Hunger und Durst!«

»Weiß schon!« versicherte Hollmann, der diesmal wirklich verstanden hatte. Aber das war wiederum ein höchst kritischer Fall.

»Haben Sie denn noch anderes Geld?« fragte er den ehemaligen Generalkonsul.

Der Arme mußte verneinen. Vergebens suchte er klar zu machen, daß jenes Geld dort in der Tischlade ja sein Eigentum sei, daß man es ihm nur einstweilen abgenommen hatte, weil eben ein Gefangener keine Geldmittel zur Verfügung haben darf – vergebens versprach er, morgen bei seinem Verhör dahin zu wirken, daß alle jetzt zu machenden Auslagen erstattet würden.

Der alte Hollmann kannte seine Dienstinstruktion – der Fall war darin nicht vorgesehen.

Er zog die breiten Schultern bedauernd in die Höhe; in ähnlicher Weise äußerte sich auch der Sergeant, der sich dann mit einem »wünsche wohl zu schlafen« empfahl.

Frau Hollmann war verschwunden.

Noch einmal erinnerte der Aufseher sich der leiblichen Not des Gefangenen; aber er wußte nicht zu helfen.

»Morgen früh,« schrie er ihm trostreich ins Ohr. Dann wies er, seine gewaltige Gestalt gebieterisch aufrichtend, in einen Seitengang und leuchtete hinein.

Gerold begriff: es hieß hungrig und durstig die Nacht verbringen.

Ganz so arg wurde es nicht, denn der Alte folgte jetzt mit einem frisch gefüllten Wasserkrug.

Auch er wünschte seinem Gast eine gute Nacht und ließ eine schwere eiserne Tür hinter sich ins Schloß fallen.

Eine furchtbare atembeklemmende Luft schlug dem Gefangenen in der dunklen Zelle entgegen. So ungefähr mußte die Atmosphäre in den Abfuhrkanälen der Großstadt beschaffen sein. War denn das denkbar in der Zeit Pettenkofers, in der Zeit, da Wasserleitung und Ventilation als etwas Selbstverständliches galten? Wahrlich, in keinem Stall konnte es übler riechen, als in diesem Polizeigefängnis!

Noch hatte der Einsame nicht einen Schritt vorwärts gewagt in dieser kloakenhaften Gruft – er war starr vor Entsetzen, vor Ekel. Er wollte rufen, schreien, aber die Stimme versagte ihm.

Plötzlich erinnerte er sich, daß er noch einige Wachszündhölzchen besaß.

Im Wiener Landesgericht, wo man ihn bis zu seiner Auslieferung festgehalten hatte, war ihm ja das Rauchen gestattet gewesen. Freilich, die letzte Zigarre hatte er gestern während der Fahrt verbraucht.

Aber Licht machen konnte er doch, wenn auch nur für Augenblicke – Licht, um zu sehen, wie es in dieser Höhle ausschaute.

Mit einem verzweifelten Aufschrei warf er das verglimmende Kerzchen fort.

Das war ja ganz furchtbar – das erinnerte geradezu an russische Gefängnisse, wie man sie oft mit Grauen beschreiben gehört! Ein niedriger Raum von kaum drei Meter Länge, gewiss nicht halb so breit. An der, der Eisentür gegenüberliegenden Schmalseite, oben, unter der Decke, ein vergittertes Fensterchen, etwa einen halben Quadratmeter groß. Die kleinen Scheiben mit weißlicher Farbe getüncht, darüber eine dicke Staubkruste.

Gerade unter dem Fenster, in einer Ecke auf dem mit ausgetretenen Ziegeln belegten Fußboden, ein zerwühlter, fauliger Strohsack – davor ein Schemel, auf den der Aufseher den Krug gestellt hatte.

Das war so ziemlich alles.

Und hier, in diesem schmutzstarrenden, zweifellos von Ungeziefer erfülltem Loch sollte ein gutgekleideter, gut gewöhnter Mensch eine Nacht zubringen?

Das war unausdenkbar, unmöglich.

Vielleicht, daß trunkene Landstreicher, verkommene Subjekte es über sich brachten, hier Schlaf zu suchen. Er aber, noch heute ein reicher Mann von soigniertesten Gewohnheiten, ein Mann, der einen angeborenen Widerwillen gegen den Schmutz hatte, er hätte sich eher mit seinem Battisttaschentuch erdrosselt, als daß er seine, von der langen, unbequemen Fahrt wie zerschlagenen Glieder hier zur Ruhe gebettet hätte.

Eine sinnlose Wut kam über ihn, ein wahrer Paroxismus – einer jener Zornanfälle, die schon einmal in seinem Leben eine furchtbare, verhängnisvolle Wirkung für ihn gehabt...

Er tappte sich zur Tür und begann mit geballten Fäusten mit den Stiefelabsätzen gegen die Eisentür zu hämmern, daß der Lärm das ganze alte Haus durchdröhnte.

Und er würde nicht ablassen von diesem Lärmen, bis man ihn gehört, ihn aus dieser Düngergrube befreit hätte. Zwar, »Vater Hollmann« war taub, aber andere würden ihn hören.

Es dauerte denn auch wirklich nicht lange, da tappten schwere Tritte von oben herunter, es rasselte im Schlüsselloch, die Tür ging knarrend auf und draußen stand, die brennende Kerze in der Hand, der »Kerkermeister«.

Sein breites, rotes Gesicht sah aber gar nicht streng oder zornig aus, wie er befürchtet hatte; im Gegenteil, Vater Hollmann schien ganz fidel, als er dem nun doch zurückprallenden Gerold zurief:

»Weiß schon! Weiß schon! Kommen Sie nur raus!«

Während jener tief aufatmend nach Stock und Handtasche griff, die ihm vorher entfallen waren, schritt Vater Hollmann, offenbar sehr gut gelaunt, voraus, in einen andern Seitengang hinein.

»Weiß schon!« beteuerte er aufs neue – »hab' mich nur geirrt. Hab' das schon so am Griff, wenn es erst einmal Nacht ist ... Das ist nämlich die Zelle für Pennbrüder! Und für die kann man doch keinen Salon freihalten. Aber hier, sehen Sie, hier – das wird schon eher gehen.«

Er hatte eine nicht minder schwere Eisentür aufgeschlossen und leuchtete in den Raum hinein.

»Nun holen Sie sich eine frische Matratze,« sagte er gutmütig, »von da links – nehmen Sie sich ein paar Decken mit – sind auch ganz sauber! – und dann werden Sie schon...«

Das letzte Wort wurde ihm abgeschnitten durch seine bessere Hälfte, die ungehört wieder hier unten auftauchte und dem erstaunten Gerold ein irdenes Töpfchen mit heißem Tee und ein ausgiebiges Butterbrot präsentierte.

»Das kommt von uns,« erklärte Vater Hollmann, »da hat die Polizei nichts damit zu schaffen.«

Und er griff, um allem Dank zu entgegen, nach seinem Leuchter.

»Laß nur dem Herrn das Stückchen Licht,« meinte seine Frau, »der Herr will doch wissen, wo er sich hinlegt. Wir finden schon im Dunkeln hinauf.«

Zu dem auf das tiefste gerührten Gefangenen, der jetzt mühsam Worte des Dankes stammelte, sagte die brave Frau: »Es ist gut gemeint, lieber Herr ... Man hat selber nichts! Schlafen Sie recht wohl!«

Nun waren sie gegangen, der taube Operettenkerkermeister und sein leises, verständiges, herzensgutes, altes Frauchen.

Der Millionär aber sank auf den Schemel neben dem rohen Holztisch und ließ seinen Tränen freien Lauf.

Der Duft aus dem Teetöpfchen, der kräftige Brotgeruch brachten den völlig aufgelösten Mann wieder zu sich. Jetzt trank er begierig den dünnen, mit Milch versetzten Aufguß, den guter Wille übersüß gemacht hatte, biß in das Brot hinein, als hätte er sein Lebtag nichts anderes gegessen.

Was wußte er, ob der Tee Wohlgeschmack hatte, ob die Butter nicht am Ende gar Margarine war? Er aß und trank mit innigstem Behagen. Für Augenblicke war es, als ob all das Furchtbare, das er in diesen Tagen erlebt, und das Schlimmere, das ihm zweifellos noch bevorstand, in weite nebelhafte Ferne rücke, als ob es ihn gar nichts mehr anginge.

Ihm war so wohl, wie ihm seit langer Zeit nicht mehr gewesen. So wahr und treffend ist Schopenhauers Definition vom Glück: »Die Abwesenheit des Leides.« –

Seine Mahlzeit war beendet. Nicht ein Krümchen von dem Brote hatte er übrig gelassen, nicht ein Tröpflein im Topfe.

Jetzt erst kam er dazu, um sich zu blicken.

Was er da sah im flackernden Kerzenlicht, war wohl auch ein Gefängnis, wie jenes vorher, aber doch eines, in dem ein Mensch Hausen konnte.

Etwas größer als die »Pennbrüder«-Zelle, enthielt diese eine eiserne Bettstatt, einen Tisch und einen zweiten Schemel für das primitive, aber blitzblank geputzte Waschgerät; ja, sogar eine Art von Schränkchen gab es da an der Wand, eigentlich nur zwei Bretter, auf denen die zinnerne Schüssel, der Löffel, Becher, Wasserkrug, dann Bürsten und einige Blechbüchsen untergebracht waren.

Ein sauberes Handtuch am Riegel, ein zweites Tuch, wohl um das Geschirr zu trocknen; und der zementierte Fußboden mit frischem, weißem Sand bestreut, in dem Gitterfenster eine leicht zu öffnende Klappe. Dazu war die Matratze wirklich frisch, die Decken in der Tat sauber – hier konnte man Schlaf finden!

Er zog den kostbaren Pelz aus, entledigte sich der feinen, gefütterten Wildlederstiefel, legte Kragen und Krawatte ab und streckte sich, in den Kleidern bleibend, zur Ruhe nieder.

Zunächst empfand er nichts, als ein nie gekanntes Behagen. Es war vielleicht gar eine Wohltat des Schicksals gewesen, ihn erst in die »Pennbrüder«-Zelle zu senden? Nun fand er es hier mehr als erträglich. Bald sank der Schlummer auf ihn herab.

Anfangs sah er nur Frau Hollmanns gütiges, rundliches Gesichtchen. Dann aber wurde ein feines, ovales Antlitz daraus, ein edler Kopf in zarten Farben, der jetzt nur durch einen Schleier verhüllt war.

Aber durch den Schleier glaubte er den tiefen, klaren Blick dieser großen, stahlgrauen Augen auf sich gerichtet zu sehen. –

Als er nach wirklich erquickendem Schlaf erwachte, sah er doch wieder das gutmütig besorgte Gesicht der rundlichen, kleinen Frau Hollmann vor sich: ja, er hörte sie reden.

»Laß ihn doch schlafen, Alter,« sagte sie, »es tut ihm not! Ich nehme den Kaffee wieder mit und wärme ihn später auf.«

Merkwürdig, die Frau sprach gar nicht laut und ihr Mann war doch beinahe taub – wie kam es nur, daß er sie verstand? Denn er sagte jetzt nicht »Weiß schon!« sondern er brummte in vollem Einverständnis…

»So'n feiner Mann,« hörte Gerold noch, dann gab er sich einen Ruck, um den Schlaf abzuschütteln. Er träumte nicht mehr: da stand Frau Hollmann leibhaftig neben ihrem gewaltigen Eheherrn; sie brachte Kaffee und eine, diesmal trockene, Schnitte Brot – diesmal kam es von der Polizei.

Auch jetzt erquickte ihn die armselige Gabe.

Was er sich schon auf der Fahrt vorgenommen hatte, war nun zu festem Entschluß gereift: er wollte sich in sein Schicksal ergeben, wollte nichts tun, um Francis auf sich aufmerksam zu machen.

Er wußte, daß seine Verhaftung in weiten Kreisen bekannt geworden.

Es war jetzt also an ihr, an Francis, sich zu melden, ihr Wort einzulösen. Und täte sie es nicht, nun, so wußte er, wo man ihn mit Jubel begrüßen würde.

Der Polizeikommissar hatte telegraphisch in Berlin angefragt, was mit dem eingelieferten Gerold zu geschehen habe. Der Bescheid lautete dahin, daß der Verhaftete dem Gefängnis hier zu übergeben sei, woselbst er eine neunmonatige Strafe abzubüßen habe.

Das entsprach ganz und gar nicht den Wünschen Gerolds.

Er wollte in Berlin interniert sein, wenn schon aus keinem anderen Grunde, als weil er dort Besuche seines Anwalts, seines Vertrauensmannes, vielleicht auch irgend jemandes empfangen konnte, der ihm Auskunft über Francis brachte.

Noch an demselben Tage übergab man ihn dem Strafgerichte in X. Einer gesetzlichen Vorschrift gemäß wurde ihm sofort bekannt gegeben: »Ihre Strafe läuft am 17. Dezember dieses Jahres, vormittags 11 Uhr ab.«

Dann sperrte man ihn in eine Zelle ein.

Da war es nun also, das Gefängnis – das wirkliche – kein Provisorium, keine Zwischenstation mehr.

Der Raum war noch größer, als der, in dem er heute genächtigt hatte, noch sauberer: der Fußboden gedielt und mit Oelfarbe gestrichen – ein denkender Werkmeister hatte sogar die dicken Eisenstangen vor dem Fenster weiß getüncht, wodurch sie weniger in die Augen fielen. Das war ein menschenfreundlicher Zug.

Nicht ohne Wohlwollen war es auch bei der Aufnahme-Prozedur zugegangen. Da das Gericht ihn nicht mit Ehrverlust bestraft hatte, durfte man ihm gestatten, seine eigene Kleidung zu tragen, statt ihn in die blaue Anstaltstracht zu stecken.

Man gab auch seinem Wunsche nach, sofort einen Antrag auf Versetzung nach Berlin stellen zu dürfen; der Transport würde allerdings auf seine Kosten geschehen.

Bis der Bescheid käme, was immerhin einige Zeit dauern könnte, mußte er sich natürlich hier der Hausordnung fügen und würde einer Arbeitsgruppe zugeteilt werden.

Gegen Abend kam die betreffende Verfügung: er werde vom Montag früh ab – heute war Sonnabend – in der Zigarrenfabrik arbeiten müssen.

Das alles nahm er mit gelassener Ergebenheit hin. Dagegen erschrak er heftig, als sein Blick auf die an der Tür hängende schwarze Tafel fiel.

Er sah, daß er diese Zelle mit zwei andern Leuten zu teilen hatte. Eine andere Bedeutung konnten die beiden Namen auf jener Tafel nicht haben.

Da hieß es: »Joachim Wasilewski, 29 Jahre alt, schwere Körperverletzung, Strafantritt am 14. Mai 1897, Strafende am 14. Mai 1902;« und darunter: »Franz Tomazek, 32 Jahre alt, Diebstahl, Strafantritt am 26. Februar 1898, Strafende am 26. August 1902...«

Also zwei schwere Verbrecher! Er kombinierte ganz richtig, daß seine Zellengenossen sich jetzt an ihrer Arbeitsstätte befanden und hier nur die Nacht verbrachten.

Die erste Regung war, gegen diese Gemeinschaft zu protestieren.

Dann erwachte seine Neugier. Vielleicht hatte er schon manchesmal Schulter an Schulter mit einem Einbrecher mit einem Totschläger gesessen – im Straßenbahnwagen, im Theater, auf dem Rennplatze – aber die Schneider machen auch solchen Leuten gutsitzende Röcke, so daß sie dem flüchtigen Blick erscheinen, wie andere Menschen auch. Nun würde er sich mit vollem Bewußtsein in das Studium zweier Musterexemplare der Gattung versenken können.

Nach dem Strafmaß zu urteilen, waren es Gewohnheitsverbrecher, und dementsprechend malte er sich die beiden Burschen aus.

Draußen auf den Gängen wurde es laut; die Gefangenen kamen von den Arbeitsplätzen und rückten in ihre Schlafräume ein.

Schwerfällig schlürften die Pantoffel über den Ziegelbelag des Bodens; halblautes Raunen, das die grobe Stimme des Aufsehers von Zeit zu Zeit zur Ruhe verweist.

Endlich knackten an der Zellentür die Riegel, der Schlüssel rasselte in das Schloß hinein, und da sind die beiden Herren Stubenkameraden.

Es ist noch taghell, am Sonnabend ist früher Feierabend; Gerold kann sich die Leute mit aller Ruhe ansehen.

Sie sind offenbar nicht sehr erbaut davon, daß sie »Zuwachs« erhalten haben; aber sie machen bald gute Miene dazu. –

Der Aeltere, also der Dieb, ist ein schlankes hübsches Kerlchen mit dunklem, jetzt freilich kurz geschorenen Kraushaar, mit einer feinen römischen Nase, einem zierlichen, nicht übel gepflegten Schnurrbärtchen, das noch vorteilhafter wirkt, weil der halbgeöffnete Mund sehr schöne Zähne zeigt. Der Mensch steckt in einer verwaschenen, vielfach geflickten, blauen Leinenjacke wie in einer Verkleidung. Er grüßt nicht ohne Anstand und läßt sich ermüdet auf einen der drei plumpen Schemel fallen. –

Sein Genosse machte einen unheimlichen Eindruck. Ein hoher, grobknochiger, breitschultriger Gesell, ursprünglich wohl von herkulischer Kraft, jetzt aber in sichtlichem Verfall. Der schmutzige Anstaltsanzug schlottert ihm am Leibe, seine Haltung ist die eines Lastträgers. Auf kurzem Halse sitzt ein breiter, kantiger, jetzt fast kahl geschorener Schädel; unter der niedrigen Stirn ein Paar buschiger, rötlicher, fast gradliniger Brauen, die flackernde, grünblaue Augen beschatten. Die Nase ist besonders gemein, sie zeigt überdies eine Narbe, die sie in zwei ungleiche Hälften teilt. Roh und häßlich der Mund mit seinem lückenhaften Gebiß; ein Stoppelbart von unbestimmter Farbe läßt das Gesicht wie ungewaschen erscheinen.

Herrn Wasilewskis schwere Faust saust zu wuchtigem Schlage auf den Tisch nieder.

»Donnerschlag,« gurgelt er, »schon wieder einer!«

Dieser Gruß galt dem Eindringling, der sich scheu in eine Ecke gesetzt hatte.

»Wieviel haben Sie denn mitgebracht?« fragte Wasilewski, den Neugekommenen anschielend.

Gerold versteht nicht gleich und deshalb wiederholt Tomazek die Frage:

»Wie lange Strafe haben Sie denn?«

»Ich bleibe nur kurze Zeit hier; ich gehe nach Berlin.«

Wasilewskis Gesicht hellt sich ein wenig auf.

»Nach Berlin! Da werden Sie's besser haben wie hier! Da ist es im Zuchthause besser wie hier … Hier brennen sie einem das Mark aus den Knochen! Weil sie sich fürchten, die Hunde!« Und er ballte drohend die Fäuste.

»Sei gut, Jochem – der Herr kann ja nicht dafür,« begütigte Tomazek.

Draußen auf dem Gange wurde es wieder lebhafter; die Abendsuppe kam.

Die Tür ging auf, draußen stand der Aufseher und überwachte zwei Gefangene, die aus einem ungeheuren, übrigens blitzsauberen Kübel eine dicke, graubraune Flüssigkeit in die blanken Zinnäpfe füllten. Gefällig ließ Tomazek Gerolds Napf vollschöpfen, wobei er übrigens Gelegenheit fand, dem »Kalefaktor«, dem Gefangenen am Suppenkübel, etwas zuzuflüstern.

Sehr bald zeigte sich das Resultat: der Kalefaktor kehrte nach einigen Minuten zurück – die Tür war noch nicht wieder verschlossen – und schob zwei weitere, bis an den Rand mit Suppe gefüllte Näpfe herein.

Einen Augenblick später schoben sich die Riegel vor – jetzt wär's nicht mehr gegangen…

Wirklich, die beiden Strolche bewältigten auch die Reservenäpfe. Solch ein Gefäß mochte reichlich ein und einen halben Liter enthalten. Gerold hatte mit Mühe einige Löffel voll herabgewürgt und war nun in Verlegenheit, wohin mit dem Rest.

»Her damit! Nur immer her,« machte Wasilewski mit vollem Munde…

Es dunkelte schon stark, als die beiden mit sonderbaren Hantierungen begannen. Zur Einleitung sagte Tomazek:

»Sie sind ein feiner Herr! Seh'n auch nicht dumm aus! Also tun Sie, als ob Sie nichts merkten. Man muß sich hier helfen, wie man kann!«

Während Wasilewski mit allen vorhandenen Hand- und Wischtüchern die Türspalten verstopfte, auch einen nassen Lappen auf geniale Weise vor einer Luftabzugsklappe angebracht hatte, fing Tomazek an, seine Taschen zu entleeren. »An sich« besaß die Jacke nur eine und die Hose gar keine Tasche. Aber die Not macht erfinderisch, und so erwies sich denn, daß die Kleider Tomazeks, ähnlich den Fracks der Zauberkünstler, mit reichlich einem Dutzend geschickt angebrachten Verstecken ausgestattet war. Flicken, auf das Futter gesetzt – an einer Seite unbefestigt – Falten, die in das Hemd eingenäht waren, ein Loch in der Wade des Strumpfs – alles diente zum Verbergen von Kontrebande.

In wenigen Minuten hatte der Schlanke mehr als fünfundzwanzig Zigarren zum Vorschein gebracht, daneben eine Reihe von kleineren und kleinsten Päckchen, die er nun auf einem der inzwischen aufgeschlagenen Betten so ausbreitete, daß sie von dem in der Tür angebrachten Guckloch aus nicht zu sehen waren.

Wasilewski wandte sich mit einer Erklärung an Gerold:

»Das ist nur, weil es so zieht,« sagte er, auf die verstopften Türspalten deutend.

»Und weil der Nachtaufseher riechen würde, daß wir hier rauchen,« ergänzte Tomazek.

Gerold begriff zwar, daß die beiden in der Tabakfabrik arbeiteten; daß es aber möglich war, dort in solchem Maße zu stehlen, ging über seinen Verstand. Tomazek bemerkte sein Staunen und lachte:

»Ja! Dabei müssen wir uns splitternackt ausziehen, ehe wir einrücken und die Sachen werden scharf visitiert!«

»Und dennoch …?«

»Gerade darum,« polterte Wasilewski. »Vielleicht wenn sie uns zwei, drei Zigarren gäben – meinetwegen Sonntags noch einmal so viel – vielleicht fiele es dann keinem ein! Aber so …«

Jetzt hatte Tomazek an der Wand zu tun.

Da saß in Tischhöhe eine durchlochte Eisenplatte zum Abschluß eines Ventilationsschachtes. Mittels eines irgend woher aufgetauchten Messers löste er die vier Schrauben, die sie hielten.

»Das ist unser Magazin,« meinte er zu Gerold, »da sehen Sie: Vorrat für sechs Wochen! Aber wir müssen zuerst die Kundschaft bedienen. Dann werden wir uns auch eine anstecken – Sie natürlich auch!«

Gerold versicherte, Nichtraucher zu sein.

»Ach – das gibt sich! Soll'n mal erst gewahr werden, was für feines Kraut wir uns zurecht machen! Mehr Deckblatt als Einlage!«

Die beiden machten jetzt kleine Bündelchen zurecht, je zwei bis sechs Zigarren und einige Schwefelhölzchen enthaltend. Den Zwirn, mit dem ein jedes umwickelt wurde, hatte Tomazek einem der kleinen Päckchen entnommen.

»Sehen Sie,« sagte er, »das krieg ich aus der Schneiderei und die paar Streichhölzer aus der Küche. Ich habe Lieferanten im ganzen Hause. Da zum Beispiel hab' ich Bartwichse; die gibt der Barbier einem Kameraden und kriegt durch denselben ein halbes Dutzend Zigarren dafür.«

»Sie machen sich's eben erträglich,« sagte Gerold, der klug genug war, nicht etwa den Entrüsteten zu zeigen. »Aber – gefährlich ist es doch wohl – wie?«

»Nicht sehr! Höchstens Diebstahl – Gelegenheitsdiebstahl – noch drei Monate Zusatzstrafe. Freilich, außerdem die Hausstrafen! Die sind schon schlimmer! Entziehung des Tageslichts, der Matratze, der warmen Kost! Dabei können sie einem noch eiserne Manschetten anlegen oder einen Gürtel von Eisen, an den die Hände angeschlossen werden! Und das dürfen sie bis auf sechs Wochen ausdehnen, solche Hausstrafe. Der Staatsanwalt, der die Aufsicht führt über solches Gefängnis, sagt Ja und Amen dazu!«

»Aber vorher muß der Doktor erst nachsehen, ob der Gefangene es aushält,« erläuterte Wasilewski, und er schloß ingrimmig: »ob einer nicht schon dreiviertel tot ist, bevor er ins Loch gesperrt wird.«

Gerold überlief es kalt.

»Und trotz alledem haben Sie den Mut …?«

»Der geistliche Herr sagt: »Sühne macht den Menschen besser!« Nun – ich möchte sehr viel besser werden!«

Tomazek hatte, während er Gerolds Frage beantwortete, mit katzenhafter Geschicklichkeit das hohe Fenster erklommen, indes sein Genosse an der Wand, an den Leitungsrohren, auf dem gedielten Fußboden allerlei Klopfzeichen gab. Gegenzeichen wurden vernehmbar, manche so leise, daß Gerold sie unter anderen Umständen sicher überhört haben würde. Dann erfolgte die »Bedienung der Kundschaft«.

An gedrehtem Zwirn wurden die einzelnen Päckchen zum Fenster hinabgelassen, oder auch kam ein Faden von oben her, an dem sie befestigt wurden.

Morgen früh, beim Wasserholen, wo man sich auf den Gängen begegnete, erfolgte dann die Weiterbeförderung von Hand zu Hand.

Heute schon nahm Tomazek ein größeres Päckchen entgegen, das ein Stück recht appetitlich aussehender Wurst enthielt.

»Das schickt mir ein Kamerad, der als Holzhauer außerhalb der Anstalt beschäftigt wird. Heute scheint er bei einem Schlächter gearbeitet zu haben. Natürlich kriegt er was Feines zu rauchen dafür.«

Die Versandgeschäfte waren besorgt.

Man ging zu Bett. Und nun erst begann das Rauch-Symposion der beiden Genossen.

Sie hatten das Fenster weit offen gelassen und schmauchten mit einem Behagen, daß Gerold sich sehr zusammennehmen mußte, um nicht schließlich doch eine Zigarre zu erbitten; sie wurde ihm übrigens wiederholt angeboten.

Aber er blieb standhaft, er durfte mit diesen Leuten nichts gemein haben.

Mit innigem Genuß die duftigen, blauen Wolken gegen das Fenster paffend, begannen sie auf Gerolds diskrete Fragen zu antworten. Und bald erzählte Tomazek im Zusammenhange.

Er war der einzige Sohn eines gutsituierten Schornsteinfegermeisters, der hier ganz in der Nähe einen weitausgedehnten Betriebskreis hatte.

Natürlich hatte er des Vaters Handwerk erlernt.

»Aber sehen Sie – das ist ein schlechtes Geschäft! Zuviel Gelegenheit zum Stehlen! Und dann ein Trinkgeld-Geschäft! Sie werden es selber finden: die Leute, die hauptsächlich Nebeneinnahmen haben – das sind die, die zu allermeist ins Gefängnis kommen. Kellner, Friseure, Diener, Musikanten, Lohnkutscher – lauter Menschen, die auf Trinkgelder angewiesen sind. Ist ja auch ganz natürlich! Geht es gut mit den Trinkgeldern, da gewöhnt man sich eine Menge Bedürfnisse an; und wenn es nicht recht klappt mit den Nebeneinnahmen – das Gehalt reicht nicht einmal für das Notwendigste hin ...«

Für ihn selbst, der ja versorgt war, mochte wohl die Trinkgeldfrage nicht so sehr mitgewirkt haben, ihn hierher zu bringen, als andere Umstände.

Er war ein hübscher Bursche, bandelte in jeder Küche an, sah überall die Gelegenheit winken, liebte es auch wohl, auf irgendwie halsbrecherische Art über die Vorsicht der Philister ZU triumphieren. Und so hatte er von seinen zweiunddreißig Jahren bisher vierzehn im Gefängnis zugebracht.

»Das nächste Mal gibt's Zuchthaus,« schloß er in einer Art von heiterer Resignation.

Er war eine jener typischen Verbrechernaturen, für die unsere Gefängnisse – die Zuchthäuser mit eingeschlossen – keine eigentliche Strafe sind.

Die schlimmsten Entbehrungen weiß ein solcher Mensch sich überall vom Halse zu halten, koste es, was immer.

Die Freiheit selbst entbehrt er am wenigsten, ja er rechnet schon vor Verlassen des Gefängnisses damit, daß er bald wiederkehrt.

So nützt er denn die kurze Pause, die ihm beschieden ist, gründlich aus, ähnlich dem Matrosen, der nach langer Seereise sich in der Hafenstadt austobt.

Die Strafe bessert nichts an diesen Verlorenen, sie kürzt auch nicht etwa ihr Leben ab, eher das Gegenteil, denn gröbere Genuß-Excesse sind ja im Gefängnis unmöglich. Der einzige Zweck, den die Strafe erfüllt, ist, daß sie den Spitzbuben seinem Beruf entzieht.

Das geschähe aber, wo es sich wirklich um einen »Beruf« handelt, zweifellos besser *dauernd*, und das wiederum scheint nur in Kolonien möglich.

Wer innerhalb fünf Jahren die dritte Bestrafung wegen Diebstahls auf sich – zog nur fort mit ihm, weit weg, von wo's kein Wiederkehren gibt! Und wenn dort drüben unter ungleich härterer Arbeit und sehr viel strengerer Zucht den Herren Spitzbuben der Humor ausginge, die Kulturwelt hätte nichts zu beklagen!

So dachte Gerold, und er sah sich in seiner Meinung nur bestärkt, als nun auch Wasilewski, behaglich grinsend, seine Geschichte zum besten gab.

Die Gefängniskarriere dieses neunundzwanzigjährigen Rowdys umfaßte auch schon über ein Jahrzehnt, dabei waren Zuchthausstrafen eingeschlossen.

Er haßte die blanken Knöpfe. Wo ein Gendarm, ein Polizist ihm in die Nähe kam, schlug er ihn nieder. Die Uniform war ihm, was dem Stier der rote Lappen ist.

Als man ihn zum ersten Male ins Zuchthaus einlieferte, ward er in den ersten fünf Minuten handgemein mit einem Aufseher, den er schwer verletzte, obwohl er, der Sträfling, die Hände in Fesseln hatte.

Vierzig Peitschenhiebe hatte er dafür zudiktiert erhalten, eine Strafe, die so furchtbar ist, daß man sie auf zwei Wochen verteilte ...

Aber wenn er nun herauskommen würde, dann würde er ein Wörtchen mit dem Polizeisergeanten reden, der ihn zur Haft gebracht hatte ...

Gerold konnte vor Grauen keinen Schlaf finden, auch als die beiden Zellengenossen längst dem Sonntag entgegenschlummerten.

Immer wieder empörte sich sein Rechtsgefühl. Verdienten Diebe und Strolche wie diese da, behandelt zu werden, wie Menschen? Und war es nicht eine unerhörte Strafverschärfung für ihn, Gerold, daß er auch nur eine Stunde lang die Luft mit ihnen teilen mußte?

Hatte das Gesetz keine anderen Bestimmungen für jene, die offenbare, unverbesserliche, gefährliche Feinde der menschlichen Gesellschaft waren – wie wahrscheinlich die Ueberzahl aller rückfälligen Verbrecher! – als für ihn, dessen Verschuldung sogar der Anwalt des Reichsgerichtes in Zweifel ziehen konnte?

Nein, hier in diesem Hause stand er jenen nahezu gleich, bis auf ganz unwesentliche Unterschiede: man *konnte* ihm seine eigenen Kleider belassen, *konnte* ihm gestatten, sich nach eigenem Ermessen zu beschäftigen, *konnte* auch sonst, einiges ihm nachsehen. Aber dies alles nur in der Form von *Vergünstigungen*, auf die er keinerlei Anspruch hatte. –

Sein Anspruch, sein »gutes Recht« war, behandelt zu werden, wie jene – ihnen gleichgestellt zu werden in jeder Beziehung, bis herab zu der Art, wie der subalterne Beamte mit jenen dort zu reden für gut fand.

Am nächsten Morgen, während die beiden als Katholiken zum Gottesdienst abgeholt wurden, wandte Gerold sich an den Aufseher, um in sehr bestimmter Form seine sofortige Isolierung zu verlangen, die denn auch ohne weiteres bewilligt wurde.

Aber auch die Unterbringung in einer Einzelzelle erwies sich als eine halbe Maßregel.

Um acht Uhr wurde Gerold zur »Freistunde« kommandiert, zu dem gebotenen täglichen Spaziergange. Gemeinsam mit etwa dreißig »Isolierten« umschritt er in langsamem Gänsemarsch einen kahlen, von hohen Mauern umschlossenen Hof. Man sollte einen Abstand von drei Schritten halten, damit ein Gespräch unmöglich wurde.

Inmitten des Hofes stand der Aufseher. Sehr bald sah Gerold, daß die Gefangenen aller Aufsicht ungeachtet, heimlich miteinander verkehrten, sich durch Worte und Zeichen Mitteilungen machten, ja sogar sich allerlei zuzustecken schienen. Auch an ihn wurden verstohlene Anfragen gerichtet; er tat, als höre oder verstehe er nicht.

Aber ihm war doch unheimlich zu Mute bei der unmittelbaren Berührung mit Menschen, denen das Verbrechertum nicht selten deutlich aufgeprägt war.

Hierzu trug allerdings die Anstaltskleidung, das kurz geschorene Haar, sowie das vorsichtige, versteckte Wesen, das jeder zeigte, nicht wenig bei.

Aber es gab doch Gesichter darunter, die er, Gerold, in jeder Umgebung und unter allen Umständen als Gebrandmarkte erkannt haben würde.

Ihm war's wie eine Befreiung, als er wieder mit sich allein war.

Was aber sollte morgen werden, wo er mit diesem Gesindel gemeinsam arbeiten, zehn Stunden lang mit ihnen zubringen sollte? Ihm graute.

Glücklicherlicherweise betrat am Nachmittage der Aufseher die Zelle, um den Neuling über mancherlei zu unterweisen.

Er zeigte sich, so rauh und schroff er auch zuerst erschien, als ein zugänglicher Mann, dem er, Gerold, schon seine Befürchtungen vortragen durfte.

Sehr bereitwillig versprach der Aufseher, noch heute zu melden, daß der Häftling auch für sich allein beschäftigt zu werden verlange.

Und am Montag früh brachte er den Bescheid: Gerold sollte in seiner Zelle verbleiben, sollte dort Haken und Oesen aus kleine Karten festnähen.

Er hatte schon Arbeitsmaterial mitgebracht. Zeigte umständlich, wieviel und in welcher Ordnung die winzigen Drahtkörperchen aus jeder Karte anzubringen seien und verhieß seinem Schützling, daß er es bis auf einen Tagesverdienst von acht Pfennigen bringen könne, wenn er täglich sechs Dutzend Karten mit je zwei Dutzend Paar Haken und Oesen benähe.

Von diesen acht Pfennigen würde er bei guter Führung sehr bald die Hälfte zur Verfügung gestellt bekommen – in der Weise, daß er sich davon mancherlei anschaffen könnten Fett zum Brot, Wurst, Hering und ähnliche Leckerbissen.

Gerold lachte still in sich hinein, während er seine Klavierfinger an die Nähnadel zu gewöhnen versuchte.

Wie viel mal würde er sich noch blutig stechen müssen, um nur den Grundstock für sein künftiges Sybaritenleben, nur die ersten vier Pfennige verdient zu haben! Aber er trug's nicht ohne Humor.

Das gab allerlei rechnerische Kombinationen. Wieviel Zahlengewandtheit gehörte dazu, im Kopfe auszurechnen, welchen Bruchteil einer Wurstscheibe er jetzt erworben hatte, nun die erste, mit ehrlichen vierundzwanzig Paar Haken und Oesen besetzte Karte vor ihm lag.

Allerdings, die Vorstellung, sich neun Monate hindurch, Tag für Tag, Stunde für Stunde, ja jede Minute mit diesen Rechenexempeln zu beschäftigen, indes die Finger mechanisch ihr Werk verrichteten – diese Vorstellung führte geradenwegs zum Wahnsinn.

Und da kroch eines von den Ungeheuern heran, die der Advokat damals heraufbeschworen hatte: verrückt werden konnte man hier ohne besonderen Anlaß.

Dies uhrwerkmäßige Einerlei der Tageseinteilung, der Mangel an Bewegung, die Unmöglichkeit, seine Gedanken auf etwas anderes, als auf das unbeschreiblich monotone Werk der Hände zu konzentrieren, das alles wirkte lähmend, beklemmend auf ihn ein.

Doch tröstete ihn die Hoffnung, daß man ihn nach Berlin bringen, ihn dort vielleicht anders beschäftigen werde.

Vielleicht fand er Unterkunft im Bureau der Berliner Anstalt; vielleicht auch wurde ihm gestattet, zu schreiben – er war nach alledem, was er erlebt hatte, längst reif für einen literarischen Versuch.

Hier, in dem kleinstädtischen Gefängnis, war an dergleichen nicht zu denken.

Der Vorsteher, ersichtlich ein vormaliger Feldwebel, erklärte rund heraus:

»Das fehlte mir noch, daß ich lesen müßte, was Sie schreiben! Und natürlich dürfte doch nicht eine Zeile hier geschrieben werden, die ich nicht zu lesen bekäme! Nein – ich habe meinen Kopf ohnehin voll in dem Hause! Für zweihundert Personen ist es bestimmt und mit über dreihundertundfünfzig ist es belegt! Und da soll ich noch Romane lesen – sozialdemokratische, womöglich – fällt mir nicht ein! Sie können ja Ihren Antrag stellen beim Herrn Oberstaatsanwalt. Aber der fragt zum Schluß doch bei mir an; und ich denke nicht daran!«...

Nach vierzehn Tagen brach Gerold zusammen. Wütende Kopfschmerzen raubten ihm den Schlaf; von der gebotenen Nahrung konnte er nur das Brot und hie und da einige Löffel Suppe genießen.

Aber das schwere schwarze Brot, von dem er eßbare Stücke abbrechen mußte – ein Messer ist unstatthaft! – verursachte ihm Magenkrämpfe, die Suppe, »ohne Salz und Schmalz« gekocht, machte ihn nicht satt. –

Auf den Rat des Aufsehers ließ er sich zum Arzt melden.

Wieder das Zusammentreffen mit zwanzig auf gleichem Wege befindlichen Sträflingen, von denen viele solchen Anlaß nur benutzten oder herbeiführten, um Durchstechereien zu treiben.

Wie es abends durch seine Zelle klopfte und wisperte und flüsterte, als wäre sie eine telegraphische Zentrale, so sah er auch hier wieder ein Nicken und Winken, ein Deuten und Zustecken, das aller Beaufsichtigung Hohn sprach.

Der Arzt war schnell mit ihm fertig.

»Ins Lazarett,« dekretierte er, ohne weiter zu untersuchen.

Der Mann kannte das schon: man will nicht arbeiten, mag auch die Kost nicht, da meldet man sich krank. Nun, dagegen ist das Lazarett das Universalmittel.

Das sollte Gerold bald erfahren.

Zunächst war es wieder aus mit der Isoliertheit. Der Krankensaal enthielt ein Dutzend Betten, die bis auf zwei belegt waren.

Aeußerlich erschien alles recht sauber; der Fußboden, die kupferne Füllkelle, das zinnerne Gerät blinkte nur so. Aber die Strohsäcke waren zermürbt, und die alten Holzbettstellen beherbergten allerlei Ungeziefer.

Von den Kranken litten die meisten an demselben Uebel wie Gerold, und dem entsprach auch die Behandlung – vor allem die »Diät«, das heißt: der Hunger.

Statt des Brotes wenig schlechtes Weißgebäck, statt der allzuschweren Kost – Wassersuppen.

Erst, wenn der Kranke bei dieser Behandlung nach einer Woche nicht genas, begann der Arzt, ihn ein wenig ernst zu nehmen.

Er gehörte zu jenen Heilkünstlern, die nur sichtbare Krankheiten gelten lassen. Alle übrigen nahm er infolge seiner jahrelangen, üblen Erfahrungen für Simulation.

Auch hier im Lazarett hatten die eigentlichen Verbrecher es besser, als andere.

Der Kalefaktor, ein feister, fauler Bursche, der den Arzt damit täuschte, daß er das Metallzeug und den gestrichenen Fußboden blank erhielt, der aber die Verbände nur unregelmäßig und widerwillig erneuerte, und in Bezug auf das Verabreichen der Medizin ein Skeptiker war, brachte den ihm »beruflich« Näherstehenden allerhand verbotene Dinge; da ein Stückchen Fleisch, da einen Topf Milch, wohl auch einen Napf dicker Erbsen...

Gerold litt unsäglich.

Er hungerte und ekelte sich zugleich vor seiner Umgebung. Bis auf einen Mann, der schrägüber lag.

Der hatte eine zweimonatliche Gefängnisstrafe zu verbüßen, weil er einen Gerichtsvollzieher zur Tür hinausgeworfen hatte.

Es schien ein entgleister Gelehrter, halb Privatlehrer, halb Winkeladvokat.

Der arme Mann bewies mit schneidender Logik, daß man ihm schändlich unrecht tue.

»Wird man einen Menschen, der den Arm gebrochen hat, im Spital zusammentun mit einem Aussätzigen? Mit einem Pockenkranken? Mich aber pfercht man mit diesen Strolchen in einen Stall, behandelt mich wie jene...«

Er war übrigens froh, in Gerold einen Leidensgenossen zu erkennen und begann bald, ihn zu trösten.

»O, Sie Glücklicher! Sie gehen nach Berlin! Ja, das ist ganz etwas anderes! Natürlich, die Subalternen sind dieselben wie hier, und die gesetzlichen Bestimmungen sind auch die gleichen. Aber in diesen großen Anstalten sind wenigstens die Oberbeamten zumeist gebildete, einsichtige, manchesmal geradezu gütige Menschen. Die können einen manches vergessen machen. Freilich – es ist nur ihr guter Wille ...Zu fordern hat der Gefangene nichts! Es ist, gemessen an den berechtigten Ansprüchen der Menschen, gerade so schlimm, wie vor zweihundert Jahren!«...

So begann Gerold sich auf Berlin zu freuen, als er dem Lazarett entronnen war.

Er kam sich selbst kleinlich, engherzig vor, wenn ihn die Befürchtung packte, es könne ihm auf dem Transport nach Berlin wieder genau so ergehen, wie auf seiner Reise hierher. Wie nun, wenn die preußischen Behörden ähnliche Transportverordnungen hatten, wie die österreichischen? Wenn an die Stelle jenes Justizfeldwebels ein Gendarm oder etwas dergleichen träte?

Der brave Aufseher, der auf den ersten Blick erkannt hatte, daß er hier keinem Verbrecher gegenüberstand – der vielleicht auch den angeborenen Respekt kleiner Leute vor dem Reichtum hegte, half Gerold über die schlimmsten Besorgnisse hinweg.

Wenn nur erst die Bewilligung da wäre, daß der Gefangene nach Berlin gebracht werde – das übrige werde nicht halb so schlimm werden.

Zunächst bediene man sich in solchem Falle, wo der Transport nicht auf Kosten des Staates geschehe, überhaupt keines uniformierten Beamten zur Ueberführung nach entfernteren Punkten.

Diese werde vielmehr einem vertrauenswürdigen Bürger aus der Stadt übertragen, der pro Tag vierundeinehalbe Mark dafür bekomme, auch seine Fahrt bezahlt erhalte. Für den Gefangenen selbst würden allerdings nur fünfzig Pfennige angewiesen. Aber, so ließ der Aufseher durchblicken, es gibt ja immer Möglichkeiten, sich rechtzeitig Geld zu beschaffen – der Transporteur würde gewiß nichts dagegen haben, wenn er, Gerold, sich unterwegs für sein Geld gehörig sattesse.

Das klang ja nun wohl recht tröstlich – bis auf den einen Punkt, daß der Millionär und ehemalige Bankier nicht die entfernteste Möglichkeit sah, sich hier in den Besitz von auch nur einer Mark zu setzen.

Natürlich – in Berlin gab es eine Stelle, an der man jede mit Bleistift geschriebene Anweisung Gerolds sofort honorieren würde.

Aber er besaß weder Papier noch Tinte oder Stift, noch hatte er jemanden, solch eine Anweisung zu präsentieren.

Dem Aufseher derlei zuzumuten, schien ihm mit gutem Grund gefährlich. Das konnte den Mann, wenn er sich etwa durch ein Trinkgeld blenden ließ, um's Brot bringen, ihn schwerer Bestrafung entgegenführen.

Irgendwelchen anderen Verkehr, als mit dem Aufseher aber gab es hier nicht. Wenigstens nicht für ihn, obwohl er sich überzeugt hatte, daß hier alles möglich war.

Und der Mann, der, wenn er frei gewesen wäre, jeden Augenblick über Hunderttausende hätte verfügen können, zerquälte sich jetzt das Hirn, wie bis zu dem Transport ein Fünfmarkschein anzuschaffen wäre.

Mehr als sechs Wochen waren so vergangen.

Eines Nachmittags wurde Gerold hinuntergerufen in das Inspektionsbureau.

Man teilte ihm mit, daß die Weisung, ihn nach Berlin zu senden, endlich eingelaufen, auch die Einzahlung des dafür eingeforderten Betrages erfolgt sei.

Man habe hier bereits einen Transporteur beauftragt, der ihn morgen früh um 6 Uhr abholen würde.

»Es ist ein anständiger, vernünftiger Mann, der Sie mit möglichster Rücksicht behandeln wird,« fügte der Inspektor wohlwollend hinzu.

Schon wollte der halb erfreute, halb verlegene Gerold sich dankend entfernen, als der Inspektor ihn zurückhielt:

»Daß ich's nicht vergesse – da ist jemand, der Sie zu sprechen wünscht!«

Jetzt gewahrte Gerold einen in der Fensternische lehnenden Herrn, der ihm zwar sehr bekannt erschien, den er aber nicht gleich zu plazieren wußte.

Wer in aller Welt konnte ihn hier besuchen?

»Sie erkennen mich nicht, Schwager – mein großer Vollbart hat mich gewaltig verändert!«

»Wahrhaftig – Egbert von Engern!«

Was alles in diesem Augenblick auf den ganz verwirrten Gerold einstürmte, läßt sich nicht in Worte fassen.

Seine ganze Vergangenheit stand vor ihm – die Zeit seines höchsten Glückes, seines Sturzes – Francis selber hätte das alles nicht lebhafter erwecken können.

Der Inspektor war ein Mann von Takt und guter Art. Zudem handelte es sich hier nicht um einen Sträfling, von dem etwas zu befürchten war.

So vertiefte der humane Beamte sich in seine Arbeit und ließ die beiden sich aussprechen.

Das Wunder, wie Egbert hierher kam, war bald erklärt. –

Er hatte gleich damals nach jener Scene mit Francis um seinen Abschied gebeten und fand sehr bald einen Posten als Verwalter auf einem großen böhmischen Gute.

Jetzt reiste er in dienstlichen Angelegenheiten – er wollte Maschinen kaufen – nach Berlin.

Von Gerolds Verhaftung wußte er aus den Zeitungen auch, daß er hier interniert.

So hielt er es für seine Pflicht, seine Fahrt hier zu unterbrechen, sich dem Schwager zur Verfügung zu stellen.

Schon während er das klarstellte, hatte er leicht Gelegenheit gefunden, dem hocherfreuten Gerold ein bereit gehaltenes Zwanzigmarkstück in die Hand zu praktizieren.

»Was wissen Sie von – von Francis?« fragte Gerold in ängstlicher Spannung.

»Nicht viel mehr, als nichts. Mit der Mutter hat sie sich damals völlig entzweit. Die alte Frau hat es ihr nie verziehen, daß sie so undankbar gegen Sie handelte. Francis war in der ersten Zeit bei einer reichen Familie in England und soll jetzt bei einer Gräfin Reventlow Gesellschafterin sein. Wo diese Gräfin wohnt, weiß ich nicht – hatte aber ohnehin vor, mich danach zu erkundigen, wenn ich nach Berlin komme.«

»Werd' ich's dann auch erfahren?« fragte Gerold bittend.

»Sofort, Schwager! Ich verspreche es Ihnen!«

Egbert zog die Uhr und blinzelte Gerold bedeutsam an.

»Tausend!« sagte er, »ich glaube, ich habe meinen Zug versäumt! Werde richtig erst morgen früh fahren können!«

Gerold hatte verstanden.

Man würde sich auf der Reise noch weiter aussprechen können.

Glücklich lächelnd kam er auf seiner »Station« an.

»Na,« meinte der Aufseher schmunzelnd, »das waren wohl gute Nachrichten, die es da unten gab?«

»Morgen früh bringt man mich nach Berlin,« berichtete Gerold beinahe freudestrahlend.

»Und unterwegs...?«

Der Gefangene hatte den Mut, dem Aufseher sein Goldstück zu zeigen.

»Ich habe nichts gesehen,« meinte der gutherzige Mann und schloß den Häftling ein.

*

Frau Koch stand, wie sie das ganze Jahr hindurch zu tun pflegte, am Waschfaß.

Sie war die beliebteste Feinwäscherin in dem Städtchen, wie ihre Tochter Minna die geschickteste Blumenmacherin war. Die letztere arbeitete in einer Fabrik, half in den freien Stunden der Mutter plätten und fälteln.

Heute hatte Frau Koch die Küchentür weit offen stehen. Die schwere Frühlingsluft drückte auf den Rauchfang – man konnte es hier vor Qualm und Dunst kaum ertragen. Aber Frau Koch hantierte unverdrossen weiter; die Schaumflocken flogen nur so herum.

Eben spritzte es hoch auf im Waschfaß, und der bärtige Mann, der in der Küchentür erschienen war, spie und prustete, wischte sich die Schaumballen aus dem Bart.

»Ist die Minna schon zu Hause?« fragte er ganz außer Atem, noch immer wischend und putzend.

»Wie soll sie denn, Mensch! Die kommt doch nicht vor Viertel sieben!«

»Richtig! Dann muß ich so lange warten, Mutter Koch!«

»Haben Sie denn gar nichts Besseres zu tun, Reinecke?«

»Heute eigentlich nicht, Mutter – heute nicht!« versicherte er mit verschmitztem Lächeln.

»Wenn Sie nur nicht immer »Mutter« zu mir sagen wollten! Ich kann das schon gar nicht mehr hören!«

»Werden sich aber doch dran gewöhnen müssen, Mutter! Nun erst recht, Mutter!«

»Wieso nun erst recht? Was sind das wieder für dumme Redensarten, Reinecke?«

Sie behandelte ihn, als wäre er wirklich ihr ungeratener Sohn.

Aber das focht Reinecke heute nicht an. Ohrfeigen hätte sie ihn heute können und er hätte noch »Schön Dank« dazu gesagt.

»Hat alles seinen richtigen und gehörigen Grund,« explizierte jetzt der Schuhmachermeister Reinecke – »ist alles in vollkommener Richtigkeit, Mutter!«

Frau Koch stemmte zornig die nassen Hände in die Seiten, sie erhob ihre Stimme zu drohendem Tone.

»Jetzt wird mir's zu bunt – verstehen Sie mich? Wenn Sie einen über den Durst getrunken haben – schämen Sie sich! Aber anderswo! Nicht hier! Ich will hier bei der Arbeit meine Ruhe haben.«

»Erstens hatte ich gar keinen Durst,« widerlegte Reinecke systematisch, »dann habe ich eigentlich auch nicht getrunken, brauch' mich also nicht zu schämen! Und die Hauptsache: Hier bin ich und hier bleib' ich jetzt, bis Minna kommt! Denn, daß Sie es nur wissen, Mutter: Es ist so weit! Es geht jetzt los! Es wird geheiratet! Und dann sollen Sie wirklich Ihre Ruhe haben, Mutter!«

»Das Lied kenn' ich – das kenn' ich leider zu gut, mein lieber Sohn!«

Es klang schon sehr viel weicher und sie nannte ihn »Sohn«.

Es war etwas Schmerzliches in ihrem Tone, als sie fortfuhr:

»Wenn's nach Ihnen ginge – ich weiß ja! – Sie möchten für's Leben gerne. Und die Minna wohl auch ... Mein Gott, wenn man sich so über sechs Jahre mit 'nem Mann 'rumschleppt und hat ihn gern und ist doch ein anständiges Mädchen – das ist wohl hart! Wer möchte da nicht von Herzen gern ein gutes Ende kommen sehen! Aber – aber – es ist doch nicht zu machen – so ganz und gar ohne Geld! Das müssen Sie doch selber einsehen, lieber Sohn!«

Der liebe Sohn wischte sich mit dem Handrücken der Rechten etwas aus den Augen; mit der Linken aber winkte er der Mutter Schweigen zu, ohne doch den Mut zu haben, sie in ihren wehmütigen Stoßseufzern zu unterbrechen.

Endlich, als sie pausierte, nahm er das Wort.

Er tat es nicht ohne eine gewisse Feierlichkeit.

»Alles gut und schön und richtig,« hob er umständlich an, »aber alles nimmt einmal ein Ende. Und unsere Wartezeit nimmt auch ein Ende! Denn morgen früh um sieben Uhr fahr' ich nach Berlin!«

Die letzten Worte waren herausgekommen, wie ein Lied, wie ein Jubelruf.

Die »Mutter« wußte schon, wie das mit seiner Heirat zusammenhing – diese Reise nach Berlin.

Zwar glaubte sie nicht recht an den Erfolg, den sich Reinecke von der Reise versprach, aber arme Menschen haben wenig Hoffnungen; auch die kleinste wagen sie nicht gänzlich aufzugeben.

Reinecke, der vor Jahren als Geselle hierher gekommen war, hatte bald darauf in Minna Koch das Mädchen seiner Liebe gefunden.

Selbst ein kreuzbraver, wenn auch ein wenig beschränkter Mensch, fühlte er sich innig hingezogen zu dieser braven, arbeitsamen, über ihren Stand gescheiten Tochter der armen Wäscherin.

Sie und keine andere würde seine Frau werden.

Aber da gab es allerlei Schwierigkeiten.

Frau Koch hatte noch zwei andere, sehr viel jüngere Kinder zu erziehen; sie war Witwe und quälte sich unsäglich, um den kleinen Hausstand zu erhalten.

Erst, als Minna mit ihren geschickten Händen anfing, mitzuverdienen, wurde es ein bißchen leichter.

Das Mädchen hatte den Schuster lieb gewonnen.

Aber die Mutter zu verlassen, so lange die Kleineren noch auf sie angewiesen waren, kam ihr gar nicht in den Sinn.

Es gab nur eine Möglichkeit: Reinecke mußte sich selbstständig machen.

War er einmal als Meister etabliert, dann würde sie, Minna, sich nach drei Seiten hin nützlich machen können: in der Schusterei gab es allerlei Frauenarbeit; der Mutter konnte sie plätten und fälteln helfen und daneben fand sich gewiß noch Zeit, zu Hause Blumen zu machen!

Dafür hätte sie dann ein Recht gehabt, auch die Mutter und die jüngeren Geschwister ins Haus zu nehmen – so würd' es gehen, aber nicht anders.

Nun war Reinecke Meister geworden, aber es fehlte ihm am Nötigsten, an einem kleinen Kapital, um Leder einzukaufen, eine Nähmaschine anzuschaffen und schließlich auch das Haus einzurichten für die junge Frau.

Eine Aussicht, die hierzu erforderlichen drei-, vierhundert Mark zu bekommen, war freilich vorhanden; wie der junge Meister hoch und heilig glaubte, sogar eine sehr begründete Aussicht.

In Berlin lag nämlich seit Jahr und Tag ein kleines Erbe für ihn.

Ganz klar mußte die Sache wohl nicht sein, denn der Stiefbruder Reineckes verwaltete angeblich das Erbe. Er, der Stiefbruder, hatte wiederholt geschrieben, daß man alles sehr glatt abwickeln könnte, wenn Reinecke einmal nach Berlin käme. Dann könne er gleich mit seinen paar hundert Mark heimreisen.

Eigentlich handelte sich's also nur um die Reise nach Berlin.

Aber die Fahrt allein kostete vierter Klasse beinahe vierundzwanzig Mark. Und ein paar Mark müsse man doch in der Tasche haben; auch gingen wenigstens zwei Arbeitstage verloren.

Denn man müßte in Berlin doch Zeit haben, die Sache gründlich zu besprechen, Wertobjekte zu verkaufen.

Auch sollte Reinecke dann aus Berlin gleich Blumenblätter und Stile mitbringen, damit Minna ihren Hausbetrieb in größerem Umfange aufnehmen könnte.

Er selber wollte an der Quelle Leder und Stifte und Garn und was sonst not tat, kaufen.

Kurz, es knüpften sich an diese Berliner Reise eine Fülle von Hoffnungen.

Konnte er nur reisen, so durfte man es wagen, zu heiraten.

Für einen kleinen Handwerksmann, der vorläufig nicht viel Besseres zu tun hat, als Flickarbeiten, sind dreißig Mark ein Vermögen.

Nie sieht er solchen Betrag auf einmal; es gehört fast zu den Unmöglichkeiten, ihn zusammenzusparen.

Das traf aber auch auf Frau Koch zu, die mit Minna zusammen, mühevoll zusammenbrachte, was sie und ihre drei Kinder – das jüngste war eben zwölf Jahre alt – brauchten.

So zog sich denn die Brautschaft Minnas von Monat zu Monat hinaus; nun war's fast ein Jahr, daß Reinecke sich selbständig gemacht, und noch immer reichte es nicht für die Reise nach Berlin.

War doch sogar noch eine Krankheit dazwischen gekommen, die den Meister für ein paar Wochen gänzlich lahm legte und ihn in Schulden stürzte.

Man konnte es der Mutter Koch nicht übel nehmen, wenn sie Meister Reineckes Zuversicht nicht teilte.

Als er nun aber hinausschrie: »Morgen fahr' ich nach Berlin!« trocknete sie sich die Hände und kam hinter dem Waschfaß hervor.

Und Reinecke erzählte:

Er habe schon lange darauf spekuliert nun endlich habe es einmal geklappt und nun würde geheiratet!

Er war, die Mutter wußte es ja, befreundet mit dem neuen Polizeisergeanten, mit dem er bei einem Regiment gestanden hatte.

Dem habe er längst seinen Wunsch, einmal nach Berlin reisen zu können, anvertraut.

Und der Sergeant habe erklärt, es sei gar nicht unmöglich, daß er ihm einmal zu einem Gefangenen-Transport nach Berlin verhelfen könnte.

Um ihn mit dem Geschäft vertraut zu machen, hatte es der Sergeant richtig bewirkt, daß ihm, dem Schuster, hie und da einmal ein kleiner Auftrag zuteil wurde: einen Gefangenen an das etwa zehn Meilen weit entfernte Zuchthaus abzuliefern oder ihn zu einem Termin zu führen.

Aller dieser Missionen hatte der Meister sich gewissenhaft entledigt, und der Polizeikommissar, der über solche Dinge zu entscheiden hatte, war voll unbedingten Vertrauens für Meister Reinecke.

Schon seit acht Tagen, berichtete er weiter, habe der Sergeant täglich gehofft, ihm die Freudenbotschaft bringen zu können, daß er den hier internierten Berliner Bankier zum Transport überwiesen erhalte.

Heute früh nun sei ihm der Auftrag endgültig geworden.

»Und morgen früh geht's nach Berlin!«

Inzwischen waren zuerst die Kinder aus der Schule, dann Minna von der Arbeit gekommen. Und die ganze Geschichte wurde nun in ihrer vollen Breite noch einmal erzählt –: »Morgen geht es nach Berlin!«

Minna aber mußte sich hinsetzen, einen Brief an den Stiefbruder schreiben, der noch heute mit dem Nachtzuge abgehen sollte.

Morgen nachmittag um halb sechs Uhr, so wurde dem Stiefbruder bekannt gegeben, komme Reinecke auf dem Bahnhofe Friedrichstraße an. Er erwarte bestimmt, den Stiefbruder dort vorzufinden.

Dann habe er, Reinecke, noch ein dringendes Geschäft, das aber noch vor sieben Uhr beendigt sein müsse. Von da ab sei er ganz frei und da wolle man nun endlich einmal die Erbschaftsgeschichte gründlich in Ordnung bringen.

Diesem Schreiben ließ Meister Reinecke noch Grüße, von seiner Braut, von Mutter Koch und den Kindern beifügen, dann setzte er stolz seinen Namenszug darunter.

Vier Menschen freuten sich mit dem Meister auf den morgigen Tag.

*

Helle Frühlingssonne lachte durch das Gitterfenster in die Zelle hinein, als Gerold mit seiner Reisetoilette fertig war. –

Der Aufseher hatte ihm alle seine Sachen gebracht – bis auf das Geld natürlich, das man für ihn in Verwahrung hatte. –

Da es eine ansehnliche Summe war, hatte die Gefängnisverwaltung es für ratsam gehalten, sie direkt an die

Berliner Behörde zu senden, statt sie dem Transporteur mitzugeben.

Sonst aber hatte Gerold heute früh wieder einmal alles, was er auf Reisen gebrauchte.

Er konnte sich wieder mit seiner Seife waschen, sich mit seinem Kamm frisieren, sein Rasierzeug benützen – mit einem Wort, er hätte glauben können, er befände sich auf der Reise, sei in einem Dorfwirtshaus abgestiegen, das solche Gitterfenster hatte ... Daß er überdies ein wirkliches Goldstück in der Tasche führte, steigerte seine Stimmung nicht wenig.

Der brave Aufseher hatte ihn orientiert, wie die Sache zu behandeln sei, ohne daß der Transporteur sich direkt einer Pflichtverletzung schuldig machte.

Etwas unzeitgemäß würde sich der Pelz ausnehmen an diesem herrlichen Frühlingstage.

Aber man fuhr ja bis in den Spätnachmittag hinein und dann – nun dann kam der Pelz wieder in Verwahrung, wie so manches andere auch.

Nun rief man ihn hinunter.

Er empfahl sich mit herzlichem Dank dem Aufseher, der ihm noch zuflüsterte: »Lassen Sie sich's gut schmecken!« dann warf er den Pelz über die Schulter, nahm Tasche und Stock und zog beinahe fröhlich, als ging es in die Freiheit, von dannen.

Unten übergab der Inspektor ihn einem bärtigen Manne, der gleichwohl gar nichts Furchterweckendes an sich hatte. Auf den ersten Blick als das zu erkennen, was er war, als ein kleiner, rechtschaffener Handwerker, dem man vertraute, und der sich einen Nebenverdienst nicht entgehen lassen mochte.

Auch der Inspektor hatte noch ein paar freundliche Worte für den Gefangenen.

Er hätte den Transporteur noch besonders instruiert – die Reise würde Herrn Gerold nicht schwer gemacht werden.

Ein Eisengitter schloß sich hinter ihnen; sie schritten über den Hof.

Dicht vor der Pforte befand sich das Militärwachthäuschen.

Dem diensthabenden Gefreiten mußte erst der Ausgangspaß präsentiert werden, bevor er das Außentor öffnete.

Nun standen sie auf der Straße.

Meister Reinecke hatte schon bemerkt, wie es mit dem rechten Fuße Gerolds stand.

»Wir haben Zeit, mein Herr,« meinte er, »Sie brauchen sich nicht anzustrengen. 's ist auch gar nicht weit zur Bahn.«

Gerold war mit sich einig: das war der rechte Mann; mit dem konnte man, was die Verpflegung betraf, ganz offen reden. Und er wollte das sofort tun.

»Ich habe noch etwas Geld bei mir,« begann er ohne weiteres, »noch gerade zwanzig Mark. Die werd' ich Ihnen übergeben, damit Sie bezahlen können, was wir unterwegs verzehren. Es könnte sonst irgendwer, der Sie kennt und Ihren Auftrag vermutet, sehen, daß ich zahle, und das darf nicht sein.«

»Nein, das darf nicht sein,« bestätigte der Meister.

»Wir können die ganzen zwanzig Mark verbrauchen,« fuhr Gerold fort, »in Berlin kann mir ja der Rest nichts nützen. Aber ich möchte Sie bitten, daß Sie drei Mark davon zur Seite stecken und sie, wenn Sie hierher zurückkehren, an den Aufseher des Polizei-Gewahrsams ausfolgen – mit einem schönen Gruß von mir.«

»An den alten Hollmann?«

»Ganz recht. Und wenn wir sonst etwas übrig behalten sollten – nun – da wird sich ja wohl ein Bedürftiger finden, dem Sie's geben können.«

»Das ist ein feiner Mann,« dachte Meister Reinecke. »O – die verstehen es, die feinen Leute! Nur, wie er es anstellen will, siebzehn Mark zu verzehren bis heute nachmittag – darauf bin ich denn doch neugierig.«

Er selber, Reinecke, hatte ja ein umfangreiches Paket mit Butterbroten bei sich, auch ein Stück Wurst und überdies eine Flasche Milch, in die Minna, die das alles zurecht gemacht, einige Teelöffel voll Rum gemischt hatte, er selbst also war versorgt!

Da mußte für den »Bedürftigen« ein gut Stück Geld übrig bleiben.

Und von seinen Diäten wollte er auch so wenig als möglich ausgeben.

Je mehr Geld er mit nach Berlin brachte, um so weniger würde er sich von dem Stiefbruder über's Ohr hauen lassen...

Da wurde eben ein Zigarrenladen aufgemacht.

»Nehmen Sie doch da, bitte recht sehr, ein paar Zigarren für mich mit,« bat Gerold, »das Stück zu vierzig oder fünfzig Pfennig!«

Reinecke erschrak.

»Wieviel Stück für vierzig Pfennig?«

Lächelnd wiederholte Gerold seinen Auftrag, und mit einem Seufzer trat Reinecke, dem Gefangenen den Vortritt lassend, in den Laden.

Glücklicherweise führte man hier gar keine Zigarren teurer als zwanzig Pfennig.

Davon kaufte Meister Reinecke zwei Stück.

Er hatte Tabak für seine kurze Pfeife in der Tasche.

Auch die Zwanzig-Pfennig-Zigarre bereitete dem Exkonsul einen wirklichen Genuß. –

Reinecke löste die Fahrkarten; für sich eine Rückfahrkarte, was nun wieder Gerold seufzen machte.

Dann betraten sie gemeinsam den Wartesaal dritter Klasse. –

Vergebens schaute Gerold nach Egbert aus, der wiederum nicht daran dachte, jenen im Wartesaal dritter Klasse zu suchen.

Man war hier noch ein wenig geniert, da die Leute den Schuster kannten, und sich wohl Gedanken machten über den eleganten Herrn, in dessen Begleitung er war und für den er den Kaffee bezahlte.

Aber sobald man nur erst im Wagen saß, war auch das vorüber.

Dann würde niemand mehr wissen, in welchem Verhältnis der Schuster mit seiner besten Krawatte und der feine Herr zueinander standen.

Da fuhr der Zug ein.

Auf dem Bahnsteig war auch Egbert, der sich aber fern hielt; er bedeutete Gerold, daß er erst auf einer späteren Station sich zu ihm setzen wollte.

Zunächst war es Gerold nicht unangenehm, mit dem Meister allein zu bleiben, dessen Gegenwart ihn gar nicht genierte.

Er konnte, in den herrlichen Frühlingsmorgen hinausblickend, seinen Gedanken nachhängen.

Merkwürdig, welch tiefen Einfluß die Natur auf unsere Gemütsverfassung ausübt.

Dieselbe Fahrt an einem rauhen Herbsttage würde wahrscheinlich die bittersten Empfindungen ausgelöst haben.

Allerlei finstere Fluchtpläne hätten dann wohl das Hirn des Gefangenen erfüllt, und die unfriedliche, freudlose Natur hätte ihn an die eigene Friedlosigkeit, an das eigene Leid gemahnt.

So wenigstens war es an jenem eisigen Märztage gewesen, als man ihn von Wien wegbrachte.

Wenn die Fahrt sich einen Moment verlangsamte, gleich stieg es in ihm auf, mit schneller Bewegung die Wagentür zu öffnen und hinauszuspringen, in das Dickicht der Fichtenschonung zu entkommen.

Aber er war gelähmt, war kein Jüngling mehr. Auch wenn er mit heilen Gliedern die Böschung erreichte – eine Flintenkugel würde ihn niederstrecken wie ein flüchtiges Tier. –

Oder wieder schoß es ihm durch den Kopf: der Mann, der mich hier festhält, der kaum einen Blick von mir verwendet, er ist doch auch nur ein Mensch – wie leicht kann ihm etwas zustoßen, ein Unfall, eine Ohnmacht, ein Schlaganfall. Dann wär' ich frei! Aber nicht doch! Dann wär' ich noch genau so unfrei, wie zuvor! In seiner Tasche befindet sich meine Fahrkarte, ohne die ich nicht einmal den Bahnsteig verlassen dürfte.

Und ich bin ohne einen Heller Geld – ich käme gewiß nicht weit.

Das müssen andere Naturen sein, die dergleichen wagen. Entweder todesmutig und tollkühn oder gedankenlos, nur vom Instinkt getrieben.

Aber er haderte doch damals mit dem Staat, mit dem Recht, mit seinem Schicksal.

Solch eine Erbschaftskanzlei sollte geheiligter Boden sein, ähnlich wie in mittelalterlichen Zeiten die Kirche auch dem Verbrecher unbedingten Schutz bot.

Dort sollte Asyl sein auch für den Landesflüchtigen.

Dann wieder flogen seine grollenden Gedanken zurück nach Abbazia, zu dieser großherzigen Kitty! So edel war sie, daß sie ihn in sein Verderben schickte!

Wenn sie schon den Mut gefunden hatte, gewissermaßen um ihn zu werben – und das hatte sie durchaus nicht übel gekleidet! – so mußte sie auch stark genug sein, das Sentiment zu bezwingen, das der Schatten einer Francis in ihr wachrief.

Sie hätte nur kräftig wollen müssen, dann flöge er jetzt an Bord der »Mayflower« mit ihr über den Ozean, statt nun von dem Vizefeldwebel der österreichischen Justiz in einem Bummelzuge an die preußische Grenze geschleppt zu werden...

Wie ganz anders sah er diese Dinge *heute* an, wo er von eben aufblühenden Obstbäumen, an grünenden Fluren und sprossendem Walde vorüberfuhr.

Kein Gedanke an Flucht!

Und wenn dem braven Manne da, der ihm gegenüber saß und, behaglich sein Pfeifchen rauchend, zum Fenster hinausschaute, wenn dem etwas zugestoßen wäre, er, Gerold, wäre ihm mit Gefahr seines Lebens beigesprungen.

Auch über die deutsche Botschaft urteilte er heute milder.

Ein Kriminalbeamter ist heutzutage sogar in der Kirche keine überflüssige Persönlichkeit, wenn er auch nur die Taschendiebe in heilsamer Furcht erhielte.

Auf der Botschaft aber soll man sicher sein vor zweifelhaften Elementen.

Deshalb war der scharf auslugende Beamte dort wohl am Platze, und er tat nichts als seine Pflicht, wenn er seiner Behörde meldete: Dieser nach Recht und Gesetz zu Gefängnisstrafe verurteilte und flüchtige Gerold hat die Unverschämtheit, dem höchsten Repräsentanten des Deutschen Reiches auf fremdem Boden direkt ins Haus zu stürmen, als wolle er die Macht seines Vaterlandes verhöhnen! –

Und auch Kittys Verhalten erschien ihm jetzt so ganz anders, so wirklich groß und stark und mädchenhaft, daß er ihr im Geiste Abbitte tat.

Nein, sie wollte ihn nicht, so lange noch eine andere Frau Rechte an ihn hatte – so lange er selbst diese Rechtsansprüche nicht zurückzuweisen den Mut fand.

Entweder liebte er jene Francis noch immer, und dann konnte die freie, stolze Tochter Amerikas eher ihr Herz überwinden, als sich in dem seinen einen zweiten Platz einräumen zu lassen.

Oder er wurde innerlich und äußerlich frei von seiner Vergangenheit! Dann würde sich die gewaltige, verjüngende Kraft Amerikas, von der sie so begeistert gesprochen, an ihm und seiner zweiten Ehe betätigen.

Auch an Francis dachte Gerold. Immer wieder tauchte ihr Profil vor ihm auf.

Aber es war Ruhe in seine Sehnsucht gekommen. Jetzt, wo er sich ihr in jedem Sinne näher wußte, als seit Jahr und Tag, jetzt schwieg beinahe das stürmische Verlangen.

Er konnte sich vorstellen, daß sie jetzt neben ihm säße, zu ihm spräche, ihn ansah aus diesen schönen stählernen Augen und ihm wurde nicht mehr heiß dabei.

Er bewunderte ihren stolzen, unbeugsamen Charakter, er würdigte mehr als je die loyale Lauterkeit ihrer Gesinnung – er stand auch noch vollkommen im Banne ihrer persönlichen Reize, wie die Schilderung der Wirtin von der Villa Habsburg sie ihm wachgerufen hatte.

Nur die heiße, unstillbare Leidenschaft schien verflogen.

Francis mußte, ebenso wie Egbert, wenn nicht noch früher, von seiner Verhaftung erfahren haben.

Dann mußte sie auch wissen, daß er sich in Gefahr begeben hatte, um sie zu finden.

Wo aber blieb ein Lebenszeichen von ihr, die ihn nun doch »büßend« wußte? Hielt sie sich wirklich an das Wort, an den Buchstaben, ihn erst, wenn er das Gefängnis *verließ*, wiedersehen zu wollen? Dann war sie ein Bild ohne Gnade.

Oder kam sie der Wirklichkeit nahe – vermutete sie, daß er ahnungslos in eine Falle geraten war, gegen seinen Willen zur »Buße« gezwungen und *galt* ihr das nicht als »Buße«?

Nein, nein – so weit konnte sie sich in den Gedanken nicht verbohrt haben, daß er aus innerstem Triebe, aus freiestem Wollen sein Haupt dem Joche des Gesetzes darzubieten hatte.

Ein anderes, Schlimmeres lag näher: sie dachte nicht mehr an ihn! Sie hatte ihn aufgegeben!

An die Tretmühle harten Frondienstes gekettet, hatte sie die Schwungkraft verloren, die uns auch über Zeit und Raum mit jenem vereint, den wir lieben.

So klagte er sie bald an, bald verteidigte er sie wieder; aber sie war nicht mehr unumstritten seine Herrin.

Die Frühlingsluft macht müde, und Gerold hätte ganz gern ein halbes Stündchen geschlummert.

Inzwischen aber hatte sein Coupégenosse sich genug getan an schweigsamer Naturbetrachtung und beschaulichem Pfeifenrauchen.

Er wollte plaudern.

War ihm doch das Herz übervoll von der Bedeutsamkeit dieser Reise.

Er wollte es nur auf gute Art machen – seine Beamtenqualität dem Arrestanten gegenüber nicht aufs Spiel setzen. So begann er, seiner Meinung nach sehr geschickt:

»Sie wissen doch, daß ich Sie nach Tegel bringe?«

Gerold raffte sich aus tiefem Sinnen auf.

Er wußte weder, was jener fragte, noch daß es in Tegel überhaupt ein Gefängnis gab.

Aber es mußte wohl so sein.

»Tegel – das kann nicht so weit sein von Berlin,« meinte Meister Reinecke. »Ich soll nämlich mit der elektrischen Bahn dorthinfahren … Na, Sie wissen ja wohl Bescheid in Berlin … ich bin eigentlich noch nicht dagewesen.«

Gerold beruhigte den Mann, man werde sich »eigentlich« schon zurecht finden. Man käme ja inmitten der Stadt an, auf dem Bahnhofe Friedrichstraße, und von da aus gäbe es überall hin gute Verbindungen.

»Wenn nur mein Stiefbruder da ist,« stieß Reinecke besorgt hervor, gar nicht bedenkend, daß er schon auf dem besten Wege war, dem Gefangenen seine Privatangelegenheiten zu verraten.

Gerold, nun einmal seinen Träumereien entrissen, durchschaute die Sache schon einigermaßen.

Die gute Gelegenheit, billig nach Berlin zu kommen, wurde benutzt, um die Verwandtschaft zu besuchen.

»Sie haben ihn wohl lange nicht gesehen – den Stiefbruder?« fragte er anteilsvoll.

»O, über fünfzehn Jahre muß das schon her sein, daß er nach Berlin ging; ich war noch in der Lehre damals.«

Und, erst einmal in Fluß gekommen, erzählte der Meister nur zu gern, wie sehr und weshalb er sich auf den Stiefbruder freue.

Die rührend einfache Geschichte seiner Liebe, seiner Sorge, seiner Hoffnung.

Und wie es ihm gerade wie vom Himmel hergekommen, daß er nun nach Berlin reisen könne, um dort das Geld zu holen, mit dem er seiner Minna ein dauerndes Glück begründen wollte.«

Was war es nur, was den reichen, lebenserfahrenen Mann so sehr ergriff an dieser alltäglichen Geschichte? Gab es irgend eine Beziehung zwischen seinen eigenen Erlebnissen und den Wünschen und Träumen, den Gebeten und Befürchtungen dieses Proletariers?

Wie wenig brauchte jener zu seinem Glück! Und doch – wie hart und schwer mochte er um dies wenige gekämpft haben! –

An welch' blindem Zufall hing seine Zukunft und mit welcher kindlichen Naivetät glaubte er an die Güte einer höheren Macht, die gerade für ihn einen Gefangenen nach X geführt, nur seinetwegen diesen Mann nach Berlin transportieren ließ – nur damit er endlich dem Stiefbruder die kleine Erbschaft abfordern und seiner Minna den Tempel ihres Glückes errichten konnte!

Er dagegen, Gerold, im Reichtum geboren, fast jenem Mann im Märchen vergleichbar, der »das Wünschen nie gekannt,« denn alle seine Wünsche erfüllten sich von selbst; unabhängig und vom Erfolg gesegnet, im Genusse aller Ehren, die er nur erstreben konnte, und endlich im Besitze einer Frau, die auch heute noch, trotz alledem, ihm vor jeder anderen besitzenswert erschien, – wie ruchlos undankbar war er gewesen, daß er nicht zu *erhalten* trachtete, was ihm, dem Glückbeladenen, die blinde Göttin in den Schoß geworfen hatte!

Und wie viel größer, menschenwürdiger erschien ihm jener da, der geduldig kämpfte und harrte, der entsagungsvoll verzichtete, weil er's nun doch nicht erzwingen konnte, nicht mit unrechtem Tun erzwingen wollte, was er zu seinem Glücke nötig hatte.

Dort, bei dem armen Schuster, stiller, kindlicher Gehorsam.

Kein Murren gegen Gott und Welt – ein fromm ergebenes Warten.

Hier, bei ihm, ein frecher Uebermut, ein waghalsiges Trotzbieten allen Schranken, die schließlich hier für jeden aufgerichtet sind.

Der Schuster harrte demütig, weil er seiner Frau noch nicht das Allernotwendigste zu bieten imstande war; der Millionär war im *Besitze* der Geliebten, konnte sie mit alledem umgeben, was sie nur erträumen mochte – nur Zufriedenheit fehlte in dem reichen Gabenstrauß, der schon in seiner Wiege lag. –

Am liebsten hätte Gerold Papier und Füllfeder hervorgezogen, um dem Schuster eine Anweisung über fünfhundert Mark auszuschreiben.

Er war solcher extravaganten Freigebigkeit fähig.

Aber er mußte fürchten, der Mann könne ihn mißverstehen, könne sein Benehmen gegen ihn ändern.

Auch schien er ja mit voller Sicherheit auf den Stiefbruder und die Erbschaft zu hoffen.

So ließ er ihn denn weiter plaudern, Luftschlösser bauen, von seiner Minna schwärmen, bis man nach Breslau kam, wo dieser Personenzug einen längeren Aufenthalt hatte. Hier stellte sich auch Egbert ein.

Mit Geschick heuchelte er Ueberraschung, seinen Schwager hier zu sehen, den er in Berlin in Haft glaubte.

So wollte er die Zeitungsnotizen verstanden haben.

Er lud den Schwager und seinen Begleiter ein, mit ihm zu frühstücken.

Reinecke sah, daß hier nichts zu befürchten war. Wenn man mit solcher Offenheit von den Dingen spricht, hat man sich mit ihnen abgefunden.

Daneben wirkte freilich auch die Aussicht, daß der Herr Schwager womöglich alle Kosten während der Reise tragen würde. Dann blieb ihm, Reinecke, ja ein kleines Vermögen übrig. –

Egbert, dem man den früheren Offizier sofort anmerkte, hatte seinerseits auf den ersten Blick erkannt, daß Reinecke Soldat gewesen.

Zwei Fragen hin und her und es ergab sich, daß der Kompagniechef Reineckes ein spezieller Freund und Kriegsschulkamerad von Egbert gewesen. Und von nun an übernahm Egbert in aller Form das Kommando.

»Wann müssen Sie spätestens in Tegel sein?« fragte er.

»Um sieben Uhr, Herr Hauptmann« – es war dem Schuster etwas Neues, mit einem Hauptmann an einem Tische zu sitzen.

»Dann schlag ich vor, wir benutzen von hier aus den Kurierzug, der um reichlich zwei Stunden früher in Berlin ist, als jener schauderhafte Bummelzug. Damit gewinnen wir Zeit für meinen Schwager, dort noch einmal ordentlich zu essen. Sie wissen ja, wie sehr ihm das not tut. Geben Sie Ihre Karten her, ich werde Zuschlagbillets lösen.«

Widerspruchslos gehorchte Reinecke.

Gerold, der nun seit langer Zeit zum ersten Male wieder mit Appetit aß, nahm an, der Schwager wolle ihm nur die Möglichkeit bieten, zweiter Klasse zu fahren. Auch sehnte er sich nach weiteren Nachrichten; er hatte Egbert ja kaum fünf Minuten gesprochen.

Da war der Hauptmann; er beglich schnell die Frühstücksrechnung und beorderte einen Träger, das Gepäck der Herren in den eben einfahrenden Kurierzug zu schaffen, wobei Reinecke ängstlich darauf sah, daß auch sein Konvolut von Butterbroten mitkäme.

So war es dem Schuster all sein Lebtag noch nicht geboten worden.

Er saß jetzt in einem weichgepolsterten Coupé, mit den beiden Herren allein (der Hauptmann wußte seine Trinkgelder an der rechten Stelle zu verwenden), rauchte eine großartige Zigarre dazu und wurde von dem Hauptmann behandelt, wie seinesgleichen.

Gerold kam zunächst gar nicht dazu, den Schwager über so manches zu befragen; jener war zu intim geworden mit dem Schuster.

Es dauerte denn auch gar nicht lange, bis Reinecke dem Hauptmann genau so ausführlich und umständlich den »eigentlichen« Nebenzweck seiner Reise schilderte, wie er's zuvor Gerold getan.

Aufmerksam, wenn auch mit ganz anderen Empfindungen, hörte Egbert das mit an.

Er verfolgte, seit er den Transporteur kennen gelernt, einen ganz bestimmten Zweck, auf den er planmäßig hinarbeitete.

»Sie erheben wohl da ein schönes Stück Geld?« fragte er jetzt den Meister.

»Nun, es sollten eigentlich gegen vierhundert Mark sein, mit allen Zinsen.«

»Und das würde für Ihren neuen Haushalt ausreichen?«

»Ueber und über!«

Geduldig ließ der Hauptmann es über sich ergehen, wie jener an den breiten, schwarzen Fingern herzählte, was mit vierhundert Mark alles zu bewerkstelligen war.

»Sie müssen doch auch sonst ein gutes Einkommen haben, wenn Sie neben Ihrem Handwerk noch ein Amt bei der Polizeibehörde bekleiden.«

»Ja – ein Amt ist es eigentlich nicht...«

»Also Sie sind nicht beeidigt?«

»Gott bewahre! Nein!«

»Da ist es doch geradezu merkwürdig, daß man Ihnen einen so verantwortungsvollen Auftrag gibt – finden Sie nicht auch, Schwager?«

»Ich meine, das ist Vertrauenssache,« sagte Gerold arglos...»Es ist wohl in allen kleineren Städten ebenso.«

»Jawohl, Vertrauenssache,« bestätigte nicht ohne Selbstgefälligkeit der Schuster.

»Was geschieht denn aber, wenn Ihnen nun so ein Gefangener durchbrennt?«

»Was denken der Herr Hauptmann wohl – da würde ich schwer bestraft werden!«

»Mit Gefängnis?«

»Das eigentlich nicht! Es ist neulich mal einem bei uns passiert: dem sind zwei Kerle davongelaufen, trotzdem er sie aneinander festgeschlossen hatte! Und den haben sie gleich in sechzig Mark Geldstrafe genommen.«

»Sechzig Mark,« meinte der Hauptmann, »keine Kleinigkeit!«

»Und er kriegt doch auch nie wieder einen Transport, wobei er doch immer mehr verdient, als man so gewöhnlich verdienen kann –: vier Mark fünfzig den Tag und freie Fahrt!«

»Da wird sich freilich jeder in acht nehmen,« resümierte der Hauptmann. »Uebrigens, da fällt nur ein stand bei Ihrer Kompagnie nicht auch der Premierleutnant von Treskow?« –

»Treskow eigentlich nicht, aber Herr von Puttlitz hieß er, wenn Herr Hauptmann den vielleicht auch gekannt haben.«

»Gewiß, wenn auch nur flüchtig.«

Aber auch das genügte, um das Gespräch nun wieder auf erquicklichere Dinge als Gefangenen-Transport und Flucht und Bestrafungen zu lenken.

Man sprach von militärischen Erinnerungen.

Es ist ganz merkwürdig, was sich so zwei alte Soldaten alles zu erzählen haben, auch wenn der Rangunterschied zwischen ihnen so groß ist wie hier, und wenn man nicht einmal bei demselben Truppenteil gedient hat...

Ganz nebenher warf der Hauptmann, an Gerold gewendet, hin:

»Ich habe meiner Mutter depeschiert – sie wird ohne Zweifel am Bahnhofe sein, und wir werden dann gemeinsam speisen gehen.«

Ein freudiger, ahnungsvoller Schreck durchzuckte Gerold – vielleicht würde er noch heute Näheres über Francis erfahren.

Denn er übersah nun ganz klar, daß Egbert durchaus planvoll handelte.

»Weiß sie auch, daß ich mit Ihnen komme?«

Egbert verneinte; man mußte mit Rücksicht auf Francis, die ja doch vielleicht bei der Mutter sein konnte, sehr vorsichtig sein.

Gerold drückte ihm stumm die Hand.

»Nur ein Versuch, einen winzigen Teil meiner Schuld an Sie abzutragen,« wehrte Egbert ab.

Der brave Meister Reinecke war erschrocken.

Ihm war bei der Erwähnung der am Bahnhofe wartenden Mutter des Hauptmannes eingefallen, daß auch sein Stiefbruder dort sein würde, »eigentlich« erst um halb sechs Uhr. Und er würde doch bald nach drei Uhr dort eintreffen. Sehr beklommen trug er dem Hauptmann seinen Kummer vor. –

»Habe schon daran gedacht, mein Lieber,« versicherte dieser wohlwollend. »Wir schicken sofort einen Dienstmann zu Ihrem Bruder – Sie haben doch die Adresse? – lassen ihn dort hinkommen, wo wir speisen. Und käme er nicht, so müssen wir natürlich Punkt halb sechs wieder auf dem Bahnhofe sein, um ihn nicht zu verfehlen.«

Reineckes Gesicht strahlte schon wieder.

So ein preußischer Offizier weiß doch in allem und jedem Bescheid! Und Umsicht hat er – es ist gar nicht zu beschreiben.

Was wäre der Soldat, wenn er nicht solche Vorgesetzte hätte!

In so frohen, dankerfüllten Betrachtungen überkam den braven Mann, der ungewohnt gut gegessen und viel mehr als sonst getrunken hatte, dem auf seinem Polstersitz unbeschreiblich wohl war, die Neigung zum Schlummer.

Den beiden Herren da traute er unbedingt – besonders dem Hauptmann.

Sie konnten ja auch nicht aus dem wie dahinsausenden Kurierzuge springen.

Ach – wenn er doch einmal mit Minna so reisen könnte!

»Wie haben Sie sich denn in das Leben auf einem weltfremden Gute gefunden?« fragte Gerold jetzt den Schwager.

»Vortrefflich. Meine Frau und meine beiden Jungen.

»Was?« rief Gerold erstaunt aus: »Verheiratet?«

»O – davon wissen Sie noch gar nicht? Lassen Sie sich's erzählen! Das ist ein Heldenstück von Francis!«

Gerold fühlte es warm durch seinen Körper rieseln.

In dem Tone, in dem Egbert den Namen seiner Schwester genannt hatte, lag etwas wie ehrliche, dankerfüllte Anerkennung.

Und schon das allein genügte, um dem Konsul das Bild seiner Frau wiederum in jenes Licht zu rücken, das kein anderes Bild daneben bestehen ließ.

Seine Liebe für Francis schlummerte nur; der leiseste Anstoß ließ sie erwachen und alle seine Gedanken erfüllen.

In einer Art von Verzückung hörte er jetzt, was Egbert berichtete.

Wenige Wochen, nachdem er, Egbert, des Königs Rock ausgezogen, und auf Empfehlung des Fürsten Rothenstein seine jetzige Stellung erhalten hatte, ging ihm ein Schreiben von Francis zu.

Sie habe Fräulein Sandrock »meine jetzige Frau!« – zu versöhnen gewußt. »Und wenn es mir nun, wo ich den Mut gezeigt hätte, meiner Laufbahn zu entsagen, deren Verlockungen ich nicht gewachsen war, noch Ernst wäre mit dem Mädchen – nun würde sie mich mit offenen Armen empfangen...«

Ich saß zwei Stunden später im Eisenbahnzuge. Und gerade am achten Tage nach meiner Ankunft in Berlin konnte ich Martha zum Standesamt führen – man hatte es mit einem einmaligen Aufgebot bewenden lassen!«

Nun waren sie seit beinahe zwei Jahren »schauderhaft glücklich« und die beiden Jungen waren ein Paar Prachtkerle, wie Egbert versicherte.

»Das dank' ich Francis!«

Gerold nickte nur immer mit dem Kopfe, als wollte er sagen, daß ihm das alles, alles durchaus einleuchte.

Plötzlich aber packte ihn ein Schluchzen, das beinahe den schlummernden Reinecke geweckt hätte.

Ein unbeschreiblicher Jammer war über ihn gekommen. Er konnte nichts hervorbringen als die Worte:

»Und mir ist sie verloren! Verloren!«

Der Schwager warf einen prüfenden Blick auf Reinecke; der schlief nun wirklich fest.

»Raffen Sie sich zusammen,« flüsterte Egbert französisch, »ich habe einen größeren Betrag bei mir, mit dem ich in Berlin einige alte Schulden decken wollte. Nehmen Sie zunächst einmal diese fünfhundert Mark!«

»Was um Gottes willen haben Sie vor?«

»Still – ganz still! Ich dulde nur in einem einzigen Falle, daß Sie ins Gefängnis gehen –: wenn es Ihnen zuvor möglich wird, sich mit Francis zu verständigen! Besteht sie noch darauf – nun, so habe ich das Meine getan. Ist sie aber, was das Vernünftigste wäre, bereit, mit Ihnen zu gehen, so genügt das Geld, um Sie beide noch heute in Sicherheit zu bringen.

Sind Sie erst einmal auf Schweizer Boden, so kann Ihnen nichts mehr geschehen. Dort sind Sie ja auch jeden Augenblick in der Lage, sich weitere Mittel zu beschaffen. Mit dem Manne hier werde ich fertig! Und er soll nicht schlecht dabei fahren!«

Ein Sturm, ein Wirbel von Empfindungen erfaßte Gerold.

Noch einmal diesem furchtbaren Gefängnis entrinnen und zwar auf immer! Francis sehen und sprechen – vielleicht gar sie nie wieder lassen müssen! Und das stand greifbar nahe vor ihm.

Er überflog noch einmal, was Egbert mit seinem Wächter gesprochen, und er erkannte, daß jener Schritt vor Schritt alles wohl vorbereitet hatte.

Er hatte festgestellt, wie es dem Manne ergehen konnte, wenn er seinen Gefangenen nicht ablieferte; wie groß sein direkter und indirekter Schaden sei – welcher Summe es bedurfte, um ihm zu dauerndem Glück zu verhelfen.

Das alles waren Lappalien, gemessen an der Wohltat, die ihm, Gerold, wurde, wenn er noch heute abend ein freier Mann wäre.

Gewiß, er entzog sich ein zweites Mal, und sogar auf wenig ehrenhafte Weise dem Arme der Justiz. Aber diese Justiz war seiner nur habhaft geworden, weil er sich einen Augenblick lang hatte hinreißen lassen.

War denn jemandem genützt, wenn er sich aufs neue freiwillig in Gefangenschaft begab?

Nicht einmal dem abstrakten Begriff des Rechts geschah ein Dienst damit, denn das Gefängnis würde ihn nicht »bessern«.

Er hatte es nun in verschiedenen Abstufungen kennen gelernt.

Wenn er sich auch sagen mußte, daß es zu überleben *war*, daß ja ein sechster Teil seiner Strafzeit tatsächlich schon abgelaufen – der heutige Tag hatte es außerordentlich erschwert.

Härter als zuvor würde er morgen, heute nacht schon, es empfinden, was er entbehrte.

Und wenn nun gar Francis seiner Flucht zustimmte, sie mit ihm teilen wollte – wo ist der Sterbliche, der da im Zweifel sein kann?

Mit entschlossener Bewegung steckte er die Banknoten, die Egbert ihm in die Hand gedrückt hatte, in die Tasche.

»Ich danke Ihnen, Schwager! Wir sind reichlich quitt miteinander. Nur bitte ich …« Sein Blick streifte den schlafenden Wächter.

»Unbesorgt um ihn! Wenn's gar nicht anders geht, so nehme ich ihn und die Minna mitsamt der alten Waschfrau auf unser Gut; da wird sich Brot für sie alle finden.« –

»Noch eins fällt mir ein – der Stiefbruder!«

»Wir werden ja sehen. Aber ich glaube, das gibt eine Enttäuschung für den armen Teufel da.«

»Nun, dann wollen wir ihn schadlos halten.« –

Man weckte den Hüter auf gute Art, um ihm die neuen Bahnhöfe der Stadtbahn zu zeigen. In Wirklichkeit wollte man sich nur versichern, ob er fest geschlafen hatte.

Er erwachte sehr fidel, nahm lebhaften Anteil an den Neubauten draußen.

Dann entsann er sich, daß der Herr Hauptmann ja den Stiefbruder kommen lassen wollte. Er wohnte weit draußen im Osten; Reinecke gab genau Straße, Hausnummer und das Stockwerk im Hofe an.

Bahnhof Friedrichstraße! Von hier aus hatte Gerold einst die Hochzeitsreise angetreten, nachdem man im Hotel Bristol das Dejeuner eingenommen.

Hierher war er mit Francis zurückgekehrt – weil er sofort nach seiner Ankunft dringlich im Kontor zu tun hatte und die junge Frau dann erst hinausführte in die Grunewald-Villa … Hier schlug das Herz seiner Vaterstadt, alles Leben in ihr strömte durch diese Ader. Und er näherte sich dieser Stätte als ein Verbannter, als ein Ausgestoßener.

Ob er nun noch im letzten Augenblick das Programm Egberts durchkreuzte und von hier aus den Leidensweg nach Tegel einschlug, oder ob er im Schutze der Nacht, wiederum ein Flüchtling, zum letzten Male die Stufen hinaufstieg, – in dem, wie in jenem Falle war er ein Heimatloser.

Man würde den wegen Wuchers abgestraften, gewaltsam zur Haft gebrachten Mann meiden, trotzdem er seine Schuld »gesühnt« hatte.

Trotz harter Buße würde er doch zum Wanderstabe greifen müssen, wenn nicht auf seine Gattin die Nachwirkung der Strafe fallen sollte.

Francis! Wie konnte sie nur heute noch zweifeln, wenn sie die Wahl hatte, ihm Schmach und Erniedrigung, seelisches und physisches Leiden zu ersparen oder mit ihm irgendwohin zu gehen, wo Freiheit und Glück ihrer harrte?

Nein – Egbert hatte vollkommen recht.

Ein Zufall hatte ihn neuerdings in Gefahr gebracht – man durfte, mußte den Zufall, der ihn noch einmal retten konnte, skrupellos benutzen. –

»Nicht wahr, die Herren wollen mir doch keine Unannehmlichkeiten machen,« bat Reinecke, als der Zug einfuhr, – »daß wir nur ja vor sieben Uhr in Tegel sind!«

»Seien Sie ganz beruhigt,« tröstete ihn Egbert und sprang aus dem Wagen, seine alte Mama zu begrüßen.

»Ich komme mit Gerold – sei gefaßt!« flüsterte er ihr in der Umarmung zu; er mußte die zarte, gebrechliche Dame festhalten, damit sie nicht vor Schreck zusammenbrach.

Aber sie hatte sehr bald wieder alle Herrschaft über sich gewonnen.

Hier vor allen Leuten durfte die Baronin Engern weder Schrecken, noch Rührung, weder Neugier, noch Erstaunen zeigen.

Sie begrüßte den Schwiegersohn nicht ohne Herzlichkeit und nahm dann Egberts Arm.

Gerold und Reinecke folgten.

Man gab das Gepäck in Verwahrung und begab sich, eine merkwürdig gemischte Gesellschaft, in das Restaurant des Zentralhotels, um dort zu dinieren.

Seiner Zusage gemäß entsandte der Hauptmann sogleich einen Boten nach der Küstrinerstraße.

Der Stiefbruder möge sich unverzüglich hierher bemühen und nach ihm, Egbert von Engern, fragen. Der Dienstmann bekam sogar Egberts wappengeschmückte Visitenkarte mit, damit der Stiefbruder sehe, daß es sich der Mühe verlohnte.

Mittels der Stadtbahn konnte er in einer Stunde bequem hier sein.

Nun erst konnte Meister Reinecke alle die Pracht, die ihn hier umgab, mit Muße bewundern.

So etwas hätte er nicht für möglich gehalten.

Bei Hofe, beim Kaiser selbst, konnte es auch nicht anders aussehen.

Diese golddurchwirkten Tapeten! Diese Bilder – der Kronleuchter! Und man schritt auf weichen Teppichen daher. Solche Möbel hatte er auch noch nicht gesehen –: weißes, lackiertes Holz! Und gar erst der Tisch! Mit Silberzeug bestellt und in der Mitte ein richtiger Fliederbaum.

Wirklich, er war ja nicht vom Dorfe; auch hatte er in Neiße, wo er als Soldat gestanden, manchesmal im Offizierskasino bedienen geholfen – aber solch ein Luxus war ihm denn doch noch nicht vorgekommen.

Was wohl Minna für Augen machen würde, wenn sie an solchem Tische essen sollte! –

Die Kellner nahmen den Mann für einen ländlichen Bediensteten der offenbar guten Kreisen angehörenden Gäste. –

Schon das Menu, das Egbert zusammenstellte, zeigte Geschmack, Verständnis.

Solche Leute werden immer besser bedient, als andere.

Der Hauptmann nahm sich des Meisters bei Tische an. Er legte ihm vor, unterrichtete ihn wohl auch über den Gebrauch der verschiedenen Bestecke und wußte ihn dabei in eine so lebhafte Unterhaltung zu verwickeln, daß Gerold ungestört mit der Baronin sprechen konnte.

Frau von Engern leistete Wunder an Selbstbeherrschung.

Sie hatte freilich in den letzten Jahren mehr gelitten, als eine Durchschnittsnatur zu ertragen vermag; aber gerade die furchtbaren Erschütterungen, die sie durchlebt, hatten ihre Energie in wunderbarer Weise gestählt. –

Das ganze Rechenexempel ihres Lebens war zusammengestürzt bei dem ihr völlig unbegreiflichen Schiffbruch der Geroldschen Ehe.

Damals, als Gerold Ernst machte und der erste Widerstand ihrer Tochter gebrochen war, hatte sie sich einen Standpunkt zurecht gelegt, von dem aus diese Verbindung den Engerns zustand, wie ihr gutes Recht.

Fünf Generationen waren sie Soldaten gewesen, viele von ihnen waren mit dem Schwert in der Hand für ihr Vaterland gefallen, die Engern sowohl, wie die Bonin und ihresgleichen.

Nun tat das reiche Bürgertum, zu dessen Schutze jene sich aufgeopfert hatten, auch einmal etwas für eine Engern – das war nun der große Ausgleich, den die höheren Mächte schließlich überall herstellen.

Deshalb auch hatte Frau von Engern unbedenklich die glänzende Sinekure angenommen, die der Schwiegersohn ihr geboten.

Nun freilich, sie hatte gehofft, ihre Tochter würde das alles mit ihr teilen. –

Als Francis damals ihr zum erstenmal davon sprach, ihren Mann zu verlassen, war die Mutter außer sich geraten vor Empörung.

Und sie hatte nicht zurückgehalten mit ihrer Meinung.

»So handelt eine Närrin! Und wenn Du gar nichts für den Mann übrig hättest, der doch allen Anspruch hat auf Deine Dankbarkeit – um Deiner selbst willen müßtest Du zu ihm halten! Du hast die Armut ertragen können, bevor Du Besseres kanntest. Heute wird die Entbehrung, die Not, die Abhängigkeit auf Dir lasten wie schwere Krankheit! In Elend und Schande wird es Dich stürzen, daß Du einem törichten Ehrbegriff, einem Phantom nachgibst. Du gehörst zu Deinem Manne, was immer er auch getan hat, was immer ihm auch geschehen möge.

Man wird Respekt vor Dir haben, wenn Du zu ihm stehst, wird Dich feige und verächtlich finden, wenn Du ihn verläßt, weil er – vielleicht für Dich! – zu weit gegangen ist.« –

Francis hörte wohl die Worte, aber sie schien ihren Sinn nicht erfassen zu können; es war, als ob man in einer fremden Sprache zu ihr redete. Und die Mutter mußte sie ziehen lassen, da sie auch den schwerkranken, besinnungslosen Gerold nicht zu Hilfe rufen konnte.

Seither hatte die innerliche Kluft zwischen Mutter und Tochter sich nur vertieft.

Francis fand keinen Weg, der sie zurückgeführt hätte, und die alte Frau wollte nicht eine sorglose Existenz aufopfern, um einer Narrheit ihrer Tochter willen.

Allerdings – nun war das anders geworden.

Sie konnte es ihrem Sohne nicht genug danken, daß er ihr Gelegenheit gegeben, Gerold gleich heute, überdies auf neutralem Boden, zu sprechen.

»Klügeres konnte Egbert gar nicht tun, als mich hierher zu rufen,« sagte sie, nachdem sie in wenigen Worten ihrer herzlichen Teilnahme für Gerolds Mißgeschick Ausdruck gegeben. »Ich war schon ganz verzweifelt, wie nur wieder an Sie herankommen! Seit reichlich einem halben Jahre haben Sie kein Wort von sich hören lassen und auf drei Briefe, die ich in den letzten Wochen an Sie gerichtet, ließen Sie mich ohne Antwort...«

»Aber ich war ja im Gefängnis! Wohin haben Sie denn geschrieben? Haben Sie denn keine Zeitung gelesen?«

»Nein – ich mag keine Zeitung mehr sehen. Und ich dachte mir, die Sache sei Ihnen zu heikel, um sie brieflich zu besprechen ... Das ist ja auch wahr – es ist entsetzlich peinlich! Aber eben deshalb müssen wir uns auseinandersetzen.«

Gerold sah sie verständnislos an.

Von welcher heiklen, peinlichen Sache sprach sie, die brieflich nicht zu behandeln gewesen wäre? Was verstand sie unter einer Auseinandersetzung?

Es kam ihm vor, als wisse sie nicht, was sie durcheinander redete.

»Vor allem,« fuhr die Baronin fort, »habe ich nun kein Recht mehr, Ihre Wohltaten anzunehmen, nachdem Francis bei mir ist und sich nach wie vor weigert...«

Gerold ließ vor Schreck die Gabel fallen.

Ein heißer Strom durchrieselte ihn, die Sinne drohten ihm zu schwinden.

»Francis – bei Ihnen? Ist denn das möglich? Hab' ich denn recht gehört? Meine Frau ist bei Ihnen?«

Die Baronin begriff nicht, was ihn an dieser Tatsache so aufregte.

Es hätte wirklich nicht viel gefehlt, und er wäre der alten Dame um den Hals gefallen.

Hatte er es denn gar so eilig, daß er jede Vereinfachung des einzuleitenden Scheidungsverfahrens für einen Glückstreffer ansah?

»Francis wird natürlich Ihren Wünschen keinerlei Hindernis entgegenstellen. Nur was mich betrifft, so möchte ich Ihnen nahelegen, Herr Gerold...«

Immer erstaunter, immer fassungsloser gewahrte Gerold, daß es hier irgend etwas gab, wovon er nichts ahnte – eine Lücke, die auch die geschärfteste Aufmerksamkeit nicht auszufüllen vermochte.

»Verzeihen Sie, Mama – woher kennt denn Francis meine Wünsche? Wir sind seit Jahren außer allem Verkehr – was, um Himmels willen, meinen Sie nur?«

»Nun, sprechen wir es doch offen aus: Sie wünschen eine gerichtliche Scheidung!«

Wenn man ihm gesagt hätte, er wünsche hier auf der Stelle enthauptet zu werden, er hätte nicht einfältiger dreinschauen können.

Er war einfach sprachlos, starrte der alten Dame in das feine, von tausend kleinen Linien durchfurchte Gesicht – war *er* von Sinnen oder war es jene dort?

»Jawohl,« grollte die Baronin, »wir merken oft erst, wie furchtbar die Dinge sind, wenn wir sie mit dem rechten Namen nennen hören! Eine Scheidung *ist* etwas Entsetzliches – ich kann mir nicht helfen – etwas Unmoralisches! Denn auf mindestens einer Seite muß etwas in Trümmer gehen dabei!«

Er nahm alle seine Willenskraft zusammen – die Zeit drängte; wenn er jetzt nicht Klarheit bekam, würde man ihn in ein Irrenhaus bringen müssen, statt ins Gefängnis.

Tief ausholend, in einem Tone, der den mühevoll verhaltenen Ausbruch verriet und doch wieder wie von flehentlicher Bitte eingegeben schien, sprach er jetzt:

»Wenn ich Ihnen nun sage – wenn ich Ihnen schwöre, daß ich nie, niemals während dieser ganzen furchtbaren Zeit der Verlassenheit – nie auch nur eine Sekunde lang an Scheidung gedacht habe? Das bloße Wort, die entfernte Möglichkeit einer solchen Annahme macht mich hilflos wie ein Kind … Sie müssen es ja sehen, Mama, – ich *bitte* Sie – quälen Sie mich nicht weiter! Sagen Sie mir alles!«

Die Baronin richtete sich auf – die Kellner standen zu nahe – man mußte seine Haltung bewahren. Schwer genug war es ja angesichts dieser Verworrenheit!

»Nun also, Herr Gerold,« begann sie sehr gemessen, »wie denken Sie sich die Sache? Sie beabsichtigen doch ohne Zweifel, jener – jener Amerikanerin in die Heimat zu folgen, sobald Sie Ihre Freiheit wiedererlangt haben! Soll meine Tochter trotzdem gesetzlich an Sie gebunden bleiben?«

Sie richtete ihren kalten, strengen Blick auf ihn, als verlange sie eine Rechtfertigung.

Ganz leise, wenn auch noch nebelhaft, begann es in ihm zu dämmern.

Aber es mußte noch viel heller werden, damit er nur einigermaßen klar sähe.

»Sie sprechen, wenn ich recht verstehe, von Miß Kitty Knox. Nun, was läßt Sie vermuten, daß ich ihr zu folgen und mich ihretwegen von Francis freizumachen wünsche?«

Kopfschüttelnd entschloß die Baronin sich zu antworten.

Im Innersten gab sie ihm ja nicht so sehr unrecht: wie lange sollte er denn dieser einfältigen, verrannten Francis die Treue bewahren – ein moderner Toggenburg, dem überdies nicht einmal »Schwesterliebe« gewidmet wurde? Dennoch, eine breitere Erörterung hätte er taktvollerweise vermeiden sollen.

»Als Francis Sie zum ersten Male in Abbazia mit jener Dame sah, traute sie natürlich ihren Augen nicht. Ich glaube selbst, sie muß entsetzlich gelitten haben an jenem Tage. Bald gab es keinen Zweifel mehr. Die geschwätzige Wirtin trug ihr alle Einzelheiten zu, die in dem gelangweilten Kurstädtchen jedermann wußte.

Sie waren mit den Amerikanern auf deren Jacht in Fiume angekommen. Dort sollte nur das Schiff verproviantiert werden, dann wollten Sie mit der Familie – wie heißt sie doch? – nach Amerika dampfen.

Drüben wußte man ja nichts von Ihrer Ehe, da würde Ihnen nichts im Wege stehen. –

Jetzt erst kam mein armes, unglückliches Kind zur Erkenntnis. Jetzt erst sah sie, was sie auf immer verloren hatte. Es kam wohl wie ein Gericht über sie …

Zweimal war sie auf dem Wege zu Ihnen; aber der Stolz der Engern riß sie zurück. Sie war wie von Sinnen, war für ihren Posten nicht mehr zu brauchen.

Die empörte Gräfin entließ sie, schickte sie mir nach Berlin, wo sie, die nicht mehr wußte, wohin, sterbensmatt und krank ankam …

Ihre starke Natur hat es überwunden. Aber Sie sollten ihr das Weitere nicht allzu schwer machen – Sie haben sie ja doch geliebt – mein armes Kind!«

Tränen füllten die Augen der alten Frau und – die Kellner wandten sich ab – Tränen rollten in Gerolds ergrauenden Bart.

Jetzt ergriff er ihre welken Hände, preßte sie in den seinen:

»Mutter,« flüsterte er mit Inbrunst, »Mutter – es ist nicht wahr! Alles nicht wahr! Ich will nicht nach Amerika, will jene nicht heiraten, will mich von Francis nicht trennen! Sehen möcht’ ich sie,« brach er schluchzend aus, »nur sehen, um ihr zu sagen, daß dies alles nicht wahr ist!«

Die tausend Runzeln im Gesicht der alten Frau schienen sich mit neuem Licht zu erfüllen.

Zwei, dreimal nickte sie, als wollte sie sagen: Hab’ mir’s beinah gedacht! Dann gewann sie plötzlich wieder Haltung.

Entschlossen faltete sie die Damast-Serviette zusammen, erhob sich und sagte zu ihrem Sohne:

»Bring’ mich, bitte, zu meinem Wagen, Egbert – ich muß nach Hause!«

Und zu Gerold gewendet: »Ich werd’ sie vorbereiten, werde ihr sagen, daß Sie kommen!«

Gerold küßte ihr die verschrumpften Hände; er machte Miene, sie zu begleiten.

Da fiel sein Blick auf Reinecke, und er sank schwer auf seinen Sitz zurück.

Er durfte es jetzt nicht wagen, zu gehen – zu entfliehen. Unmöglich, weit zu kommen! Er hätte alles verdorben.

Aber er litt hundertfach alle Qualen der Hölle. Hier in dem prachterfüllten Saale, für die Augen dritter Personen ein freier Mann, und doch mit unsichtbaren Ketten an jenen da festgeschmiedet, den ihm die Justiz zum Hüter bestellt hatte, so erduldete er das demütigende, niederzwingende Bewußtsein der Unfreiheit in einer Minute schmerzvoller, tiefer, schwerer, als ein Verbrecher es in vieljähriger Strafe empfinden kann.

Der Anwalt hatte recht: das gleiche Recht für alle wurde zu schreiendem Unrecht für den einzelnen, der ein feineres Nervensystem besaß.

Reinecke schrieb die ganze Erregung Gerolds dem Umstände zu, daß sein Stündlein ja bald geschlagen hatte.

Er bedauerte ihn auch wohl, aber, lieber Himmel! sieben Monate sind ja keine Ewigkeit! Und waren sie vorüber, so fand der reiche Mann sein Tischlein überall gedeckt, wie hier! Und ein warmes schönes Nest, gewiß mit einer feinen Frau darinnen, würde wohl auch seiner harren.

Er aber, Reinecke, er saß hier wie auf Kohlen.

Ging die Sache schief mit der Erbschaft, dann sollte er nur lieber gar nicht zurückkehren nach seinem Städtchen! Sollte sich lieber in dem Wirrsal des Bahnhofs da drüben auf die Schienen stürzen – das geht am schnellsten...

Vor ihm stand eine Schale duftiger Erdbeeren – jetzt im April! Mehlsuppe hätte er lieber vor sich stehen gehabt und auf einem Holzschemel gesessen, wenn er mit seiner Minna vereint gewesen wäre.

Das Wiedereintreten des Hauptmanns riß die beiden aus ihren Betrachtungen.

Er wandte sich gleich an Reinecke:

»Er ist da, der Stiefbruder; ich sah unsern Dienstmann draußen mit jemandem kommen. Erkennen wird er Sie ja nicht gleich. Halten Sie sich nur ein bißchen zurück – ich will Ihre Sache schon führen.«

Dankerfüllt fügte sich Reinecke, machte sich nun doch über die Erdbeeren her, während Egbert und Gerold sich durch Blicke verständigten.

Gerade hatte der Hauptmann Platz genommen und die Bock in Brand gesetzt, da brachte der Dienstmann den Stiefbruder heran.

Ein schäbig gekleideter, hagerer Mann von einigen dreißig Jahren, die Haltung unsicher, den Kopf wie immer horchend zur Seite geneigt, die Karte des Hauptmanns in der Hand, so stand er in respektvoller Entfernung da und wartete.

»Ich habe Sie rufen lassen,« begann Egbert, ihn scharf fixierend, »weil ich Interesse nehme an Ihrem Bruder, dem Schuhmacher Wilhelm Reinecke...«

Der Kopf des Stiefbruders fiel auf die andere Seite. Ein gedehnter, wie pfeifender Laut wurde hörbar.

»Ja – so!« meinte der Stiefbruder in augenscheinlicher Enttäuschung, »weiter war’s nichts?«

»Nun – Sie verwalten doch ein kleines Erbe, das ihm zusteht – ist das richtig?«

»Ich – ich werd’ mich schon mit ihm auseinandersetzen,« lautete die ausweichende Antwort.

»Das sind Redensarten,« fuhr der Hauptmann ihn an. »Wollen Sie Rechnung ablegen und das Geld an Ihren Bruder zahlen oder nicht?«

Einen Augenblick war der Hagere erschrocken vor dem bestimmten, befehlshaberischen Ton Egberts; dann aber neigte er blinzelnd den Kopf zur Seite und sagte:

»Das ist ja schon eine so alte Geschichte – ist gar nicht mehr wahr! So alte Schulden kann man gar nicht eintreiben!«

»Hier handelt sich's nicht um eine Schuld, sondern um Geld, das Ihnen anvertraut war…«

»So sagen wir also: eine alte Sünde! Die ist auch schon längst verjährt!« beharrte jener mit Seelenruhe.

»Gar nichts ist verjährt – ein Dieb bist Du, wenn Du mir mein Geld nicht gibst!« schrie jetzt wütend Reinecke, der sich nicht mehr halten konnte. »Auf der Stelle laß' ich Dich verhaften – Dieb, der Du bist!«

Fast wäre er ihm an die Gurgel gesprungen. Der Hauptmann hatte Mühe, den Rasenden zurückzuhalten.

»Still, still, Reinecke! Lassen Sie sich zu keiner Dummheit hinreißen! Haben Sie denn irgendwelche Papiere bei sich, aus denen Ihr Recht hervorgeht?«

Reinecke zog ein zerknittertes, zerlesenes Papier hervor, das sich aber nicht als ein amtliches Schriftstück, sondern als ein vor Jahr und Tag geschriebener Brief des Stiefbruders erwies.

»Komm Du nur einmal nach Berlin, dann wollen wir die Sache in Ordnung bringen.«

Das war alles, was man mit Not entziffern konnte.

»Da steht es schwarz auf weiß,« knirschte Reinecke, »und dieser Dieb, der Betrüger…«

»Ruhig, Reinecke,« befahl der Hauptmann. Er wußte, daß in diesen Leuten der Geist der Subordination nicht so leicht erstirbt.

»Entweder Sie führen Ihre Sache, oder ich! Sie haben also das Geld nicht mehr?« fragte er in gleich strengem Tone den Hageren.

»'s ist schon zu lange her! Wer soll das heute noch wissen! – Schade um's Reisegeld – recht schade! Tut mir wirklich leid. Und ich habe auch noch Fahrkosten d'rauf gehabt – es ist zu dumm! So eine alte Geschichte!«

Er machte eine Art Verbeugung und ging, achtete gar nicht darauf, daß der Betrogene die Faust hinter ihm ballte und dann schwer auf seinen Stuhl sank.

»Ruhig, ruhig, mein Sohn! Wir werden sehen, was noch zu retten ist. Ich werde die Sache gleich morgen früh meinem Anwalt übertragen – obwohl es ja scheint, als wäre da nichts zu holen…«

Wie sehr Gerold auch mit sich selbst beschäftigt war, die kleine Tragödie hatte ihn doch merkwürdig ergriffen. Am liebsten hätte er in die Tasche gegriffen, hätte die fünf blauen Scheine auf den Tisch geworfen, um die Qualen des armen Teufels abzukürzen.

»Der Rechtsstaat!« dachte er mit Ingrimm. »Schaffe diesem braven Manne sein Recht gegenüber einem gewissenlosen Lumpen, der sich beinahe sicher weiß! Wenn schon die »Verjährung« ihn nicht schützt, so hilft ihm, daß er nichts hat, nichts ist. Ihn verklagen – Unsinn! Ihn zur Bestrafung bringen? Auch wenn es anginge, zwecklos! In einem wahren Rechtsstaat müßte der Dieb für den Bestohlenen arbeiten, bis er ihn entschädigt hat.

Aber das gäbe nur Prozesse mit realer Grundlage – keine Paragraphen-Prozesse! Er lachte höhnisch auf. Was heute recht ist, wird in hundert Jahren vielleicht wie moralischer Mord erscheinen.

Wir können auch im alten Recht nicht stecken bleiben, trotz Mephistos düsterer Prophezeiung von Gesetz und Rechten, die sich wie eine »ew'ge Krankheit« forterben, sich »von Geschlecht zu Geschlecht fortschleppen!« –

»Wir haben gerade noch Zeit, Kaffee zu trinken,« sagte der Hauptmann, »dann muß ich fort.«

Der völlig geknickte Reinecke besann sich erst jetzt, daß auch er noch ein »Nebengeschäft« abzuwickeln habe.

Soweit sie sich nicht schon verständigt hatten, wurden Egbert und Gerold jetzt miteinander klar, als sie, Reinecke neben sich, durch das Gewühl der Friedrichstraße hinunter schritten bis zu einem neuen, großartigen Café.

Mit Umsicht wählte der Hauptmann den Platz aus – es durfte hier keinerlei Aufsehen geben.

Gerold hatte sich in eine große englische Zeitung vertieft, indes Egbert wieder tröstend auf den verzweifelten Reinecke einsprach.

»Sehen Sie – *das* ist ein Schuft, dieser Stiefbruder,« sagte er, dicht an ihn heranrückend, »und er wird trotzdem wahrscheinlich frei ausgehen. Andern Leuten – manchmal recht respektablen Menschen, die niemandes Schaden wollten, geht es oft viel übler aus...«

Meister Reinecke hätte verstanden, wenn auch der Hauptmann nicht durch eine leise Kopfbewegung auf Gerold hingedeutet hätte.

»Ich hab' mir's die ganze Reise lang gedacht,« bekannte Reinecke, »das ist ein feiner, honetter Mann, der Herr Gerold ...'s ist wirklich jammerschade!«

So weit wollte Egbert ihn haben.

Er war jetzt dem Schuster so nahe gerückt, daß ihre Arme sich berührten.

»Mein Schwager,« flüsterte er, »hat mir da etwas für Sie gegeben ... Es wird hinreichen für alles, was Sie brauchen – es sind sechshundert Mark. Da – nehmen Sie!«

Der Schuster wehrte tief betroffen ab, doch Egbert ließ ihn nicht zu Worte kommen – kaum zur Besinnung.

»Und wenn er Ihnen nun,« fuhr er fort, »in dem Menschengewimmel der Friedrichstraße abhanden kommen sollte – mein Himmel! dann haben Sie sich keine, auch nur entfernt so arge Schlechtigkeit zu schulden kommen lassen, als Sie eine von Ihrem eigenen Bruder hinnehmen mußten!«

Ein paarmal während dieser Worte wollte Reinecke heftig auffahren, aber Egbert hielt seinen Arm mit eiserner Faust umspannt, mahnte ihn, der Leute wegen, zur Ruhe.

»Denken Sie doch an sich selber, Reinecke,« redete er ihm zu, »und an Ihr Mädchen. Uebrigens nehmen Sie hier meine Adresse: wenn Sie mich brauchen, ich bin jederzeit für Sie zu haben. Und – stecken Sie das Geld ein!«

Zitternd, nur unter dem zwingenden Einfluß einer weitüberlegenen Persönlichkeit, gehorchte der arme Schuster.

Zu viel war heute in ihm zusammengebrochen – zu schwarz sah er die Zukunft. Seine Widerstandskraft war alledem, was er hier erlebte, nicht gewachsen.

Es ging auch alles so schnell, daß er gar nicht recht zum Nachdenken kam.

Der Hauptmann hatte schon gezahlt – sie schritten schon zu dreien die Friedrichstraße herab, ehe ihm noch recht klar geworden, ob es sich hier nur um eine Versuchung handle oder ob wirklich die Entweichung geplant war.

An der Ecke der Georgenstraße gab es großes Gedränge. Vermutlich ging ein Fernzug ab, während nebenan ein anderer eben eingelaufen schien.

Und während Egbert jetzt den ängstlichen Reinecke zwischen all den Wagen hindurchbugsierte, winkte er dem Schwager rücklings zu, und dieser war im Augenblick verschwunden.

Egbert sah, wie er zur Stadtbahn hinaufeilte.

Nun blieb auch Reinecke stehen und schaute nach seinem Gefangenen aus.

»Es scheint wirklich, er ist fort,« sagte der Hauptmann und schien suchend rückwärts zu blicken – dorthin, wo Gerold gewiß nicht zu finden war. »Ich sehe ihn nicht mehr!«

»Um Gottes willen,« stieß Reinecke entsetzt hervor und machte Kehrt.

Egbert nahm seinen Arm und schritt dicht neben dem jetzt an allen Gliedern zitternden Meister her, bis zu dem Café, das sie eben verlassen hatten.

Von Gerold zeigte sich keine Spur.

Reinecke hatte alle Haltung verloren. Nur mit Mühe schleppte der Hauptmann ihn ein Stückchen westlich die »Linden« hinab.

»Seien Sie vernünftig, Reinecke! Mein Schwager ist morgen mittag schon in der Schweiz. Er ist Ihnen eben wirklich entschlüpft und Sie können nicht dafür! Das ist schon andern passiert, als Ihnen.

Sie werden nun Ihr Brot haben, ohne Gefangene transportieren zu müssen! Das ist kein Geschäft für einen harmlosen Handwerksmann ... Und denken Sie, daß Sie bei mir immer Hilfe finden! Sie haben meine Adresse.«

Er drückte ihm ermutigend die Hand und ließ den noch immer Ratlosen stehen.

*

Francis saß in Gerolds Schreibsessel in dem Resedazimmer und erwartete in einer ihr selbst unerklärlichen Spannung die Rückkehr der so plötzlich in die Stadt gerufenen Mutter.

Das Telegramm Egberts hatte merkwürdig dringlich gelautet.

Es war an sich schon auffällig, daß der Bruder die alte Frau zu seinem Empfang zur Bahn bemühte.

Vielleicht aber wußte er von ihrer, Francis, Anwesenheit, von ihrer Krankheit und wollte ihr eine schmerzliche Begegnung ersparen.

Denn im Grunde war sie eine Schiffbrüchige, die Steuer und Ruder verloren hatte draußen auf dem wilden Meere des Lebens, und die nun gedrückt, beschämt Unterschlupf suchte – in ihrem eigenen Hause.

Da ging man nun zart und rücksichtsvoll mit ihr zu Werke.

Sie selbst hatte den Bruder nicht wiedergesehen, seit er ihr hier, an dieser Stelle, gesagt, daß er den »schönen bunten Rock« ausziehen müsse.

Und noch deutlicher stand er vor ihr, da sie ihn vorher in seiner Wohnung aufgesucht hatte.

Damals erschien er ihr wie ein Verworfener, Verlorener. Sein Tod wäre nur ein pflichtgemäßes Opfer für die Ehre der Engern gewesen.

Aber er hatte einen andern Weg gefunden, diese Ehre reinzuwaschen: er war ein tüchtiger, strebsamer Mann geworden.

Mit dem heißen Ungestüm eines Jünglings hatte der Dreißigjährige sich damals das Mädchen seiner Liebe geholt, nachdem sie, Francis, ihm den Weg zu ihr wieder frei gemacht.

Auf seinen Armen, sozusagen, hatte er die Geliebte heimgetragen – der Glückliche, der Beneidenswerte!

Er besaß jetzt, wie sie von der Mutter wußte, das unbedingte Vertrauen seines Herrn, füllte eine verantwortliche Stellung aus, hatte entschieden abgelehnt, irgend welche Hilfe von der jetzt im Ueberfluß lebenden Mutter anzunehmen, verwendete seine Ersparnisse, um alte Schulden zu tilgen ... War das nicht eine Sühne, segensvoller als der Selbstmord? Und nützlicher, moralischer, als eine Gefängnisstrafe?

Sie seufzte schmerzlich in sich hinein.

Nicht zum ersten Male geschah es, daß ihr Zweifel aufstiegen, ob denn die überlieferten Begriffe von Ehre und Pflicht wirklich so unwandelbar seien, wie sie ihrem Vater und ihr von jeher erschienen? Ob sie nicht vielmehr von jeder Generation neu geprägt werden, wie jeder Regent neue Münzen prägen läßt?

Jahrzehnte lang, vielleicht Jahrhunderte hindurch, ist die neue Münze der alten ähnlich oder gar gleich; bis eines Tages ein neuer Wert, ein neuer Name sogar für diese bisher ungekannte Münze erscheint.

Die älteren Leute erlernen es nicht mehr, sich mit der neuen Rechnung zu befreunden; auch die jüngeren hängen noch eine Zeitlang an der alten Gewöhnung – bald aber ist von den längst ungiltigen Prägungen nichts mehr übrig geblieben, als hier und da ein Stück im Besitze der Kuriositätenhändler.

Wenn sie damals Egberts Schuld abwog gegen die jenes anderen Mannes, der sie so unendlich geliebt hatte, meinte sie sich des Bruders schämen zu müssen.

Es gab keine Rechtfertigung für das, was er getan – nur um des Wohllebens willen, und um die Ausschreitungen seines Standes mitmachen zu können.

Erziehung und Vorbild mußten ihn davor schützen, bis zum Handlanger für zweifelhafte Geschäfte herabzusinken.

Mehr noch, als jene, die diese Geschäfte machten, gehörte Egbert auf die Anklagebank.

In Wirklichkeit hatte die Furcht, neben ihrem Gatten auch den Bruder in ein schimpfliches Strafverfahren verwickelt zu sehen, nicht wenig dazu beigetragen, daß sie damals in jäher Flucht Berlin verließ.

Aber nicht einmal Egberts Name war in dem Prozesse genannt worden, vermutlich, weil Gerold ihn diskret verschwiegen hatte.

So konnte jener, den sie selbst für den Schuldigeren hielt, frei ausgehen, konnte sich aufraffen zur Begründung einer neuen, ehrenvollen Existenz, während er, für den heute in ihrem Herzen tausend Rechtfertigungsgründe sprachen, zerschellen mußte an den Klippen einer Moralauffassung, die ihr damals als ein unverletzliches Heiligtum galten.

Längst sah sie die Dinge in anderem Lichte.

Man muß erst hinausgetreten sein aus seinem engen Kreise, um ein Urteil zu haben über die Menschen und die Triebfedern ihres Tuns.

Wie viel Lüge und Schlechtigkeit, wieviel Heuchelei und Gemeinheit hatte sie gesehen, seit sie ihr Brot an fremder Leute Tisch aß. Und was ihr hätte Schutz sein sollen gegen die Gelüste einer erbärmlichen Gesellschaft: daß sie allein stand und freiwillig das Joch der Dienstbarkeit auf sich genommen hatte, – daraus schmiedete man Waffen gegen sie. »Einen *jungen* Mann hätte sie nicht verlassen,« sagten die einen, und andere meinten: »Sie ging, weil sie ihn vor seinem Untergange sah.« Und deshalb glaubte jedermann ein Recht auf sie zu haben.

Nicht zur Arbeit erzogen, in der Ehe über alle Maßen verwöhnt, war sie zunächst fast unfähig, etwas zu leisten. Die Söhne, die Männer ihrer Herrinnen, wollten sich dafür schadlos halten.

Wie ein gehetztes Tier flog sie von Stellung zu Stellung – gab es doch kein Zurück für sie.

Aber sie lernte arbeiten, gehorchen, sich fügen, hielt es schließlich an einem Platze aus, um den sich längst niemand mehr bemühte, bei der jähzornigen, rücksichtslosen Gräfin Reventlow.

Länger als ein Jahr hatte sie es heldenhaft getragen; da kam ein Tag, an dem sie glaubte, etwas von ihrer Brotherrin fordern zu dürfen, das über Lohn und Kost hinausging: ein wenig menschliche Teilnahme. Und da gab man ihr den Laufpaß...

Sie hatte ihn wiedergesehen. Von den Fenstern der Villa Habsburg in Abbazia aus sah sie, wie er an dem gegenübergelegenen Halteplatz einer Dame in den Wagen half, wie er zu ihr einstieg, sorglich die Decke über sie breitete und in angelegentlichem Geplauder mit ihr davonfuhr.

Wie gern sie sich auch überredet hätte, daß es ein Irrtum gewesen – sie hatte ihn nur zu gut erkannt, obwohl sie erschrocken war, wie sehr er gealtert hatte in kaum drei Jahren. –

Es war, als ob ein Dolchstoß sie getroffen hätte. Alles Blut strömte ihr zum Herzen, die Füße schwankten unter ihr – sie sank bleischwer zu Boden. Und die Gräfin stand neben ihr und schalt.

Sie könne kein hysterisches Frauenzimmer um sich leiden. Das fehlte noch, daß sie die Krankenwärterin spiele. Sie schickte eines der Dienstmädchen herein, das sich alle Mühe gab, Francis wieder zu sich zu bringen.

Es war über die junge Frau gekommen, wie ein Strafgericht.

Die einfachsten Vorgänge, die natürlichsten Erscheinungen nehmen unter Umständen einen bedeutsamen, tief geheimnisvollen Charakter an.

Die Gräfin hatte schon gestern reisen wollen, aber ihre Gesellschaftsdame befand sich nicht ganz wohl und widerwillig fügte sich die heftig und wenig zartfühlende Frau darein, noch eine Woche hier zu verweilen.

»Wenn man so gegen seinen Willen aufgehalten wird,« raisonnierte die Gräfin, »so ist das immer nur die Einleitung zu weiteren, schlimmeren Zwischenfällen!«

Francis hatte dazu gelächelt, trotz ihres Unbehagens – nun war ihr das Lachen völlig vergangen.

Hätte sie sich doch gestern überwunden, so wäre ihr das Furchtbare erspart geblieben.

Es war wohl nicht Schreck allein, was sie empfand, als sie den früh Ergrauten so plötzlich in Rufnähe vor sich auftauchen sah; auch nicht nur Eifersucht, was ihr das Herz stocken machte, während er dort drüben einer anderen alle die ritterliche Artigkeiten, all' die zärtliche Besorgnis erwies, die sie, Francis, als etwas Selbstverständliches von ihm hingenommen hatte – noch ein anderes, bitteres Gefühl kam hinzu: sie schämte sich, sie klagte sich an, daß sie selbst verschuldet hatte, was sie nun so ganz aus der Fassung brachte.

Hatte er sie nicht gerufen, gebeten, sie angefleht, ihn zu hören?

Hatte er nicht mit unermüdlicher Geduld von neuem um sie geworben, sie gesucht, war er ihr nicht gefolgt auf eine bloße Spur hin – hatte er sich nicht ihrem harten Spruche fügen wollen?

Und sie hatte sich gepanzert mit Unnahbarkeit, hatte gleichsam sich eingehüllt in ihren Stolz, wie in eine Wolke, die sie seinem sehnenden Blicke entzog.

Bis er glauben mußte, sie sei ihm auf immer verloren.

Er war unabhängig, reich, ein Mann von Geist und Bildung, auch nicht mehr von Geschäften bedrängt – war es ein Wunder, daß er Anwort fand in einem neuen Kreise, den er sich erschlossen hatte? Und war jene nicht zu beneiden um diesen Mann, den Francis in lächerlicher Selbstüberhebung freigegeben hatte?

Dürfte Francis auch nur den Versuch wagen, ihn ihr streitig zu machen?

Sie betrat den Salon nicht mehr, um jene beiden nicht mehr zu sehen.

Aber die Hinterzimmer der Villa blickten auf den Kurpark, auf die Strandpromenade hinaus, und dort verbrachte die Gesellschaft, in der Gerold sich befand, ganze Stunden des Tages.

Wäre sie, Francis, nicht eine Sklavin gewesen, sie hätte schon an jenem ersten Tage die Flucht ergriffen.

Dann aber wollte es ihr scheinen, daß nicht Gerold der werbende Teil des Paares wäre – das Auge der Eifersucht erfaßt Dinge, die sich jedem sonst entziehen.

Und ganz leise regte sich's in ihr, als ob die Stunde gekommen sei, wo sie ihren Stolz von sich schütteln, wo sie vor ihren Gatten hintreten mußte, ihm Versöhnung anzutragen.

Aber der geschäftige Klatsch legte sich wie Meltau auf die milden Regungen ihrer Seele.

Wirtin und Dienstpersonal der Villa schienen gar nichts weiter zu tun zu haben, als der armen Francis die interessante Geschichte von dem reichen, in Nizza wohnenden Privatmann zu erzählen, der im Begriffe stehe, mit der noch viel reicheren Amerikanerin in deren Heimat abzudampfen.

Bis in alle Einzelheiten kannte man in dem müßigen Kurstädtchen die ganze Entwicklung dieser »Jachtpartie«. Und wie vergiftete Nadelstiche peinigten alle diese Zuträgereien die wehrlose junge Frau.

Verzweifelt wandte Francis sich an die Gräfin, vertraute dieser, um sich's nur einmal vom Herzen zu reden, ihr Geheimnis an und bat um Rat und Hilfe.

Aber die hartgesottene Egoistin hatte kein Verständnis für die Leiden anderer.

»Sie sehen doch, es ist zu spät,« fuhr sie die junge Frau an. »Oder bilden Sie sich etwa ein, er werde jetzt die Millionärin ziehen lassen, um Ihre Postfestum-Verzeihung zu erbetteln? Lächerlich! Es geschieht Ihnen schon recht: warum laufen Sie Ihrem Manne davon?«

Francis antwortete gereizt, die Gräfin machte kurzen Prozeß und löste das »Dienstverhältnis«. Sie wollte ohnehin sich nach einer »Person« umsehen, die weniger anfällig wäre, als die hyperempfindliche Francis, die eben die Nase zu hoch trug.

Sie zahlte ihr einen Monatsgehalt aus – Reisekosten waren nicht vereinbart – und so besaß Francis, da sie zum Sparen nie gekommen, gerade so viel, um ihren müden Leib bis zur Mutter zu schleppen.

Ihre Widerstandskraft war gebrochen.

Mit welchen Empfindungen sie dieses Haus, dieses Zimmer betreten – wie oft sie in den kurzen Wochen, seit sie hier war, gewünscht hatte, die letzten drei Jahre auslöschen zu können aus ihrem Leben! Aber allmählich war doch Ruhe über sie gekommen – stille, kühle Ruhe.

Sie saß hier, wo sie einst sieben Wochen lang fast ununterbrochen Tag und Nacht gesessen hatte – sie las seine Bücher, sie fing an, sich seiner Großmut zu freuen, aber sein Bild begann ihr zu entgleiten...

»Du wirst Dich jetzt sehr zusammenraffen müssen, Francis,« begann die Mutter, »Du wirst die Summe von alledem ziehen müssen, was Du erlebt hast, wenn Du nicht in der nächsten Viertelstunde zum zweiten Male Dein Glück verscherzen willst!«

Mit heißen, weit aufgerissenen Augen hing Francis an den Lippen der Mutter.

Sie hatte ein Gefühl, nach dem sie nun schon jahrelang gelechzt hatte – sie, die »Richterin« von einst, sie verlangte nichts sehnlicher, als nun vor ihn hintreten zu dürfen, wie vor eine höhere Instanz, frei ihr Verschulden zu bekennen und dann in Fassung seinen Spruch hinzunehmen.

Nein – sie würde nichts verscherzen.

Mit bebendem Munde stammelte sie:

»Mutter ...«

»Gerold ist hier,« sagte Mama in weichstem, liebevollstem Tone und nahm beide Hände Francis' in die ihren, »er wird Dich aufsuchen – er will Dir alles vergeben – er ist ein guter Mensch!«

Aufschreiend stürzte Francis der alten Frau zu Füßen.

»Mutter,« schluchzte sie, »das hab' ich nicht verdient!«

Mühsam zog die alte Frau ihr Kind zu sich empor, um ihr kurz und hastig, wie die Zeit es gebot, klar zu machen, wie die Dinge standen.

»Er hat nie aufgehört, Dir von Herzen gut zu sein,« schloß Frau von Engern; »das allein legt Dir die heiligsten Pflichten auf. Nicht jedem ist es vergönnt, ein verlorenes Glück von neuem aufrichten zu können. Wenn Dir jetzt solche Gnade wird, so zeige Dich ihrer würdig.«

*

Nicht aufjubelnd über das nahe Ende ihrer Leiden, nicht stolz auf den errungenen Sieg, nicht in jenem Gefühl der Sicherheit, das ihr ein Blick in den Spiegel hätte geben können – aber auch nicht in Demut und Unterwürfigkeit war sie ihrem Manne entgegengetreten.

Beglückt und aufrecht, stolz und bescheiden zugleich streckte sie ihm die Hände hin zum Gruße und sagte:

»Wir haben einander unrecht getan, Ernst – laß uns die Vergangenheit begraben!«

Und er riß sie an sich mit jugendlicher Leidenschaftlichkeit.

Er küßte ihren Mund, ihre Augen, ihre Hände – es war, als hätte das Grab sie ihm zurückgegeben.

Zarte Farben schmückten wieder das liebliche Oval ihres Gesichts, ihre Augen leuchteten in dunklem Glänze, und ihr Herzschlag hielt Schritt mit dem seinen.

Nun saßen sie in glücklicher Zwiesprache in dem dämmerlichen, wunderlichen Zimmer.

Die Mutter war gegangen, um den Tee herzurichten.

Wie natürlich es ihnen beiden erschien, des Vergangenen mit keinem Worte zu gedenken.

Wer eine Gegenwart hat, wem noch eine Zukunft lacht, er blickt nicht gern und nicht freiwillig zurück.

Nur wem der Mut fehlt, sich das Glück von einst wieder aufzubauen, nur der Schwache, der Schicksalsfeige hängt am Einst.

»Weißt Du denn aber auch, mein Liebling, daß ich als Flüchtling komme? Nimm das Wort in seiner härtesten Bedeutung: als einer, der buchstäblich soeben erst davongelaufen, entwischt ist – weißt Du das?«

»Du bist gekommen,« sagte sie einfach, »was brauch' ich mehr zu wissen?«

Wieder mußte er sie küssen. Und die Zeit verrann. Die Minuten waren kostbar.

Er faßte kurz zusammen, was sie wissen mußte. Entweder folgte sie ihm noch in dieser Stunde oder er stellte sich noch heute der Behörde.

»Du hast zu entscheiden,« schloß er, »Du allein! Und Du sollst nichts anderem folgen, als Deinem innersten Empfinden. Du darfst gar nicht an mich denken! Ich werde mich nicht nur willig fügen, sondern ich danke Dir im voraus für Deinen Entschluß. Er kann das einzige, worauf ich Wert lege, mir nicht mehr in Gefahr bringen: Du bist mein – bleibst mein – was immer auch über mich verhängt werde. Aber es muß *sofort* geschehen, was Du verlangst. Sowohl unsere gemeinsame Flucht, als auch meine Stellung dürfen nicht eine Stunde mehr hinausgeschoben werden. Also – sprich!«

»Es kann keinen Zweifel geben, mein Ernst – ich gehe mit Dir!« rief sie, ihre Arme um seinen Hals schlingend. »Ich weiß, eine wahnsinnige Furcht wird mich auf Schritt und Tritt begleiten, wird mir die Kehle zusammenschnüren. Aber das kann ja, wie Du sagst, nur Stunden dauern, nur so lange, bis Du in Sicherheit bist!«

»Dir ist bange, man könnte mich unterwegs von neuem verhaften?«

Aengstlich schmiegte sie sich an ihn, umklammerte ihn nur noch fester und barg das feine Köpfchen an seiner Brust. Langsam nur und zögernd begann sie:

»Ich will Dir ein Geständnis machen, für das vielleicht niemals ein schönerer Augenblick kommt ... Es hat in der letzten Zeit – seit ich Dich in Abbazia wiedersah – Stunden gegeben, in denen es mir fast wie ein Trost erschien, daß uns das Schicksal nicht wieder zusammengeführt hatte – ja – schau’ nur verwundert auf! Es *war* ein Trost, Dich nicht zu haben, weil ich Dich nun nicht verlieren konnte!«

»Versteh ich Dich recht, Francis ...?«

»Du kannst mich nicht mißverstehen: ich hatte Dich lieben gelernt. Dich, den Gütigen, Nachsichtigen, Opferfähigen – den Mann, der einst nur für mich gelebt hat und der mir nun für immer verloren war. Alle meine Gedanken, meine ganze Seele war bei Dir, der mir nur Gutes erwiesen, hinein in diese beglückende »unglückliche« Liebe – unglücklich, weil Du sie nicht mehr erwidertest. Manchesmal aber warst Du bei mir – ich sprach mit Dir, ich hörte Deine Stimme, fühlte Deine Nähe. Dann wieder stellte ich mir vor. Du würdest plötzlich von meiner Seite gerissen, ins Gefängnis geschleppt und ich blieb zurück in einer dem Wahnsinn nahen Verzweiflung. Ich schrie auf, ich stürzte zur Tür, um sie zu verschließen, damit man nicht hinein könne, Dich zu holen – nicht hinaus, wenn man Dich etwa schon ergriffen hätte ... Und von Fieberschauern geschüttelt, die Stirn mit kaltem Schweiß bedeckt, erkannte ich, daß nur gräßliche, halbwache Träume mich gequält hatten –: Du warst gar nicht bei mir, liebtest mich nicht mehr, konntest mir nicht mehr entrissen werden ...«

In tiefer Ergriffenheit hatte er ihr zugehört und saß in seinem Schreibstuhl, während sie, den Arm um seinen Nacken geschlungen, neben ihm stand.

Sein traumversunkener Blick blieb zufällig auf der hellgrün glänzenden Platte haften, die das Geheimschränkchen deckte. –

Francis war diesem Blick gefolgt und, ihn mißverstehend, dachte sie an den Inhalt des Kästchens.

»Willst Du mir etwas Liebes erweisen in dieser schönen Stunde, Ernst?«

Er fuhr aus halben Träumen auf.

»Wie kannst Du fragen, Kind!«

»So öffne dieses geheime Fach ...«

Erschreckt erhob er sich.

Wollte die Vergangenheit noch einmal mit rauher Hand hineingreifen in sein Glück? Er machte eine abwehrende Bewegung.

»Du hast also kein Vertrauen zu mir?«

Mit einer entschlossenen Gebärde wandte er sich zurück zu dem Schreibtisch, drückte leicht auf einen gewissen Punkt, die Platte fiel auf und auf dem dunklen Grunde des Kästchens schimmerte der weiße Brief mit seinem großen Siegel.

»Du hast recht,« sagte er, das Schreiben herausnehmend, »es darf nichts mehr zwischen uns bleiben!«

Er ließ das elektrische Licht aufflammen, öffnete mit fester Hand das Kuvert, während Francis, einen Schritt zurücktretend, mit gespannten Zügen den Ausdruck seines Gesichts verfolgte.

Wiederholt nickte Gerold beim Lesen, wie, wenn er alledem zustimmte, oder doch, wie wenn er seine Vermutungen bestätigt fände.

Dann, als er zu Ende war und Francis eben die Hand ausstreckte, um das Vermächtnis ihres Vaters zu empfangen, hatte er mit einem großen Schritt den Kamin erreicht und schleuderte den Brief, ehe sie es hindern konnte, in die flackernden Flammen.

Sie stieß einen leisen Schrei aus, dann senkte sich ihr Blick tief in den seinen.

»Ich danke Dir, Ernst – ich danke Dir von ganzer Seele!«

Er entzog sich ihrem Arm – er durfte nicht schwach werden. –

»Es ist Zeit, daß ich gehe, mein Liebling,« sagte er. Aber sie umschlang ihn von neuem, leidenschaftlicher als zuvor.

»Soll das etwa heißen…?« sie fand nicht den Mut auszusprechen, was sie befürchtete, sie klammerte sich an ihren Mann, als wollte sie ihn nie wieder freigeben.

»Das soll heißen, mein Liebling, daß ich noch heute, noch in dieser Stunde meine Strafe antrete.«

»Ernst!« schrie sie auf. »Mein geliebter Mann! Du hast meine Worte mißverstanden! Du glaubst mir nicht! Komm – laß uns eilen! Ich brauche nichts, gar nichts mitzunehmen – das ist alles Nebensache! Nur keinen Augenblick mehr versäumen! Ich werde nicht eher Ruhe haben, als bis ich Dich nicht in voller Sicherheit weiß! – Bringen Sie mir Hut und Mantel, Luise, – schnell – schnell!«

»Höre mich an, Francis, sei mein starkes, tapferes Weib! Das Gefängnis ist keine Strafe für den Mann, den Liebe dorthin begleitet. Nur jene, mit denen niemand mehr fühlt, mögen sich dort unglücklich und verlassen sehen.

Ich verdiente nicht, Dich wiedergewonnen zu haben, wollte ich auch nur noch einen Augenblick mich bedenken. Du fürchtest für mich, und damit ist mir der Weg vorgezeichnet. Du würdest in den vierundzwanzig Stunden, bis wir in der Schweiz sind, unendlich mehr leiden, als mir die ganze Strafzeit antun kann.

Und schließlich bin ich auch in Nizza, bin ich irgendwo so völlig sicher, daß ich es Dir gegenüber verantworten könnte, es darauf ankommen zu lassen.

Nicht wahr, Liebling, Du gehst mit der Mutter nach dem Süden, erholst Dich, schreibst mir dann und wann und bleibst mir gut, bis ich heimkomme! Dann erst werden wir einander wirklich gehören können.«

Ihre schönen grauen Augen hatten sich mit Tränen gefüllt, mit Tränen des Glückes.

Sie schaute zu ihm auf, wie sie einst zu ihrem herrlichen Vater aufgeblickt hatte.

Soviel Dankbarkeit, soviel Stolz auf ihn, soviel frohe Zuversicht strahlte aus ihren feucht erglänzenden Augen, daß er meinte, sie nie schöner gesehen zu haben.

Luise brachte Mantel und Hut. Und Francis sprach:

»Du sollst sehen, Ernst, daß ich Deiner wert geworden bin. Wir bleiben hier, in Deiner Nähe, damit ich Dich besuchen kann, so oft es angeht. Und, daß ich den Weg finde zu dem Hause, in dem Du mir solch ein schweres Opfer bringst – komm, Ernst, ich begleite Dich bis an das Tor des Gefängnisses.«

»Recht so, mein Kind,« sagte die Baronin, »auch ich bin im Geiste mit Ihnen, mein Sohn. Sie erleiden nun keine Strafe mehr – Sie beugen sich nur dem Gesetz!«

*

Draußen, auf der Reinickendorferstraße, die hinausführt nach Tegel, da, wo die Großstadthäuser schon an Höhe verlieren und hier und dort sich ein Biergarten in die Straßenfront drängt, ging leicht schwankenden Schrittes Wilhelm Reinecke einem unklaren Ziele entgegen.

Der Hauptmann hatte ihn in einem Zustande zurückgelassen, der der Trunkenheit nicht unähnlich war, obwohl Wilhelm sich sagen durfte, daß er nur mäßig dem Rotweine zugesprochen hatte.

Aber es wirbelte in seinem Schädel, ihm war so unnatürlich warm, daß er den schäbigen, graugelben Sommerpaletot aufknöpfen mußte, und doch wieder perlte ihm kalter Schweiß auf der Stirn.

Mein Himmel – auf was hatte er sich da eingelassen! Wie sollte er denn die Stirn haben, irgendwem vorzulügen, der ihm anvertraute Gefangene sei entwischt, wo er doch alles getan hatte, jenem das Entkommen zu erleichtern.

O nein – kein Mensch würde ihm glauben! An der Nasenspitze würde man's ihm ansehen, was für ein sauberer Vertrauensmann er wäre. Und was würde die weitere Folge sein?

Wußte man erst einmal, daß er sein Teil beigetragen hatte zu dieser Flucht eines lange gesuchten Mannes – eines reichen Mannes! – so wußte man auch zugleich, daß er, Reinecke Geld dafür genommen, daß er sich hatte bestechen lassen.

Man würde ihn also bestrafen – vielleicht gar mit Gefängnis! Denn wenn auch jener, dem jüngst ein paar Verbrecher ausgekommen, nur mit einer Geldstrafe belegt worden war, so lag ja bei dem Manne auch nicht der leiseste Verdacht dafür vor, daß er dem Entkommen der beiden Vorschub geleistet, oder gar, daß er Nutzen davon gehabt hätte. –

Ihm aber, Reinecke, ihm würde man es leicht nachweisen können, daß er nun auf einmal Geld hatte, sich verheiraten konnte – er, der bis vor wenigen Tagen ein armer Hungerleider gewesen war.

Zwar, ging es ihm dann wieder durch den Kopf, wenn er schon die Gefahr *erkannte* – weshalb sollte er ihr denn nicht ausweichen können? Mußte er sich denn verraten, zeigen, daß er Geld besaß? Konnte er nicht noch ein paar Monate warten, wie er nun schon Jahre gewartet hatte? Und wenn einige Zeit ins Land gegangen, wenn er wegen Fahrlässigkeit in Strafe genommen war – wie leicht konnte er dann eine zweite Reise nach Berlin unternehmen, um anscheinend mit seinem endlich flüssig gewordenen Erbteil heimzukehren!

Da hieße es also jetzt nur frech sein, sich nichts anmerken lassen! Beweisen konnte man ihm ja nichts, so lange man nicht das Geld bei ihm fand...

Er trat in einen Hausflur, um die sechs blauen Scheine im Stiefelschaft zu verbergen.

Darauf würde so leicht kein Mensch kommen, in seinen Stiefeln nach Hundertmarkscheinen zu suchen...

Ein bißchen leichter war ihm wohl schon; aber mit der Frechheit würde es doch noch seine Schwierigkeiten haben. Man müßte einen Schnaps trinken oder zwei – »das gibt Mut in die Knochen,« pflegte sein Feldwebel immer zu sagen.

Er las an einem Schilde, daß man hier holländischen Branntwein schänke und trat in den eleganten Laden.

Solch eine »Destille« hatte er auch noch nicht gesehen. Die Wände waren mit gemalten Kacheln belegt, der Flaschenschrank, der Schenktisch, die Stühle von Mahagoniholz; auf dem Tische standen Schüsseln mit Teekuchen, aus denen jeder nach Belieben nahm. Er verlangte einen guten Schnaps.

»Halb und Halb gefällig?«

»Versuchen wir mal Halb und Halb.«

Das schmeckte nun freilich großartig, aber es war nichts drin in so einem Glase.

Ob er denn nicht statt Halb und Halb einen Ganzen bekommen könnte? Das Büffetmädchen lachte und goß ihm eine andere Sorte ein.

»Aller guten Dinge sind drei,« dachte er, obwohl das Zeug ihm schnell zu Kopfe stieg.

Beinahe wäre er sofort wieder nüchtern geworden, als man ihm für die drei Schnäpse soviel abverlangte, wie er daheim an manchem ganzen Tage verdiente. –

Gleichviel, er hatte nun doch »Mut in den Knochen«. Da war auch der Bahnhof Friedrichstraße, die Uhr zeigte eben auf halb sechs; jetzt lief der Zug ein, mit dem er hätte kommen sollen.

Wenn er sich nun langsam auf den Weg nach Tegel machte, kam er zur richtigen Zeit dort an, um seine Meldung zu machen.

Die Leute da draußen in dem Gefängnis ging ja die Sache auch gar nicht weiter an, denen brauchte er nichts weiter zu sagen, als daß er den Gefangenen hier im Gedränge des Bahnhofs plötzlich aus den Augen verloren habe.

Ob man ihm nun glaubte oder nicht – man konnte ihm nichts anhaben.

Nur die Behörde, die ihn beauftragt hatte, würde näher auf die Sache eingehen, ihn peinlich verhören und zur Anzeige bringen.

Das alles sagte er sich jetzt mit merkwürdiger Klarheit. Nicht einen Augenblick kam ihm der Gedanke, daß er einen groben Vertrauensbruch begangen hatte; er sah, wie die meisten seinesgleichen, die Sache nur auf die unmittelbaren Folgen hin an.

Er holte sich von der Verwahrungsstelle sein Paket mit Butterbroten – es kam ihm vor, als erhöhe es seine Glaubwürdigkeit, wenn er sein »Gepäck« mit sich führte.

Dann befragte er sich bei einem Schutzmann über den Weg nach Tegel.

Man wies ihn in die Charlottenstraße, den Ausgangspunkt einer elektrischen Bahnlinie.

Und mit einer gewissen »Wurstigkeit«, von der er freilich nicht wußte, daß er sie bei Bols seel. Erben sich angetrunken hatte, bestieg er den eben zur Abfahrt bereiten Wagen.

Gedankenlos, nur von Zeit zu Zeit nach seinem rechten Stiefelschaft fühlend, fuhr er dahin.

Er hatte kein Auge für das um jene Stunde gewaltig flutende Leben der Großstadt.

An alle den Riesenhäusern, die sich da immer weiter und weiter hinausschoben, glitt sein Blick achtlos vorüber. Er hatte sich völlig eingesponnen in seinen aus zwei Worten bestehenden Aktionsplan: frech sein! Und war ihm das erst hier gelungen, zu Hause wollte er dann noch viel sicherer auftreten.

Der Wagen war überfüllt, wenigstens saßen und standen die Leute dicht aneinander gedrängt. Aber das schien niemanden zu stören – dem jungen Pärchen, das ihm gegenüber in einer Ecke saß, war's sogar ganz nach Wunsch. Ein Liebespaar, ohne Zweifel.

Und ganz plötzlich, er hätte selbst nicht sagen können, wie es geschehen, hatte sich Reineckes ganzes Denken und Empfinden abgewendet von dem, was ihn hier umgab – er hatte mit einemmal das Gefühl, mit Minna allein zu sein.

Sie sah ihn an mit ihren hübschen, ehrlichen Augen, und er wurde rot bis in die Haarwurzeln hinein. Er strich mit der Hand über das bärtige Gesicht – es brannte, wie im Fieber. Und er hatte nichts wegwischen können – er sah noch immer Minna und sonst nichts und niemand.

Minna! Wie würde sie sich zu der ganzen Sache stellen? Würde er auch ihr gegenüber »frech sein« können und würde sie es gelten lassen? Ihr die Wahrheit sagen – Unsinn! Sie würde nie wieder ein Wort für ihn haben, »Luft« würde er für sie sein! Ja, um Gottes willen, wie sollte er es denn anstellen, ihr, der Minna, wochenlang mit einer Lüge vor die Augen zu kommen? Sollte er zusehen, wie sie sich weiter abrackert, auch in den Feierstunden schwer arbeitet, während er die Hundertmarkscheine im Stiefelschaft stecken hatte? Und wiederum – ihr erzählen, das sei die Erbschaft? Wie lange wird es dauern, und die Geschichte mußte aufkommen. Schon seine Bestrafung würde Minna stutzig machen. Sie wußte ganz genau, daß er kein so dummer Kerl sei, wie jener, dem die gefesselten Gefangenen entkommen waren! Ihm würde auch Herr Gerold nicht entwischt sein, darauf hätte Minna geschworen.

Wahrhaftig, es gab keinen Ausweg aus diesem Wirrsal. Er saß ratlos fest, seit er sich seiner Braut erinnert hatte. Und wenn sein Leben davon abhinge, er würde nicht wagen, ihr zuzumuten, daß sie ein Auge zudrücke, weil er nun ein Mann war, der Geld hatte.

Nicht daran zu denken! Und Mutter Koch würde ihm das Brühfaß an den Kopf werfen!

Da hatte er nun sechshundert Mark im Stiefelschaft, hatte Mut genug in den Knochen, um den Leuten in Tegel und wohl auch denen daheim ein X für ein U zu machen, aber an die Minna, an Frau Koch, wagte er sich nicht heran.

Damit aber brach alles Zusammen, was ihm bis hierher Halt gegeben hatte.

Für Minna wollte er auf sich nehmen, was immer kommen mochte. Ohne sie konnten ihn auch tausend solcher Scheine, wie ihrer sechs jetzt in seinem Stiefel zu drücken anfingen, nicht froh machen.

Er gab sich einen Ruck und stand auf, fragte den Schaffner, ob es noch weit sei bis zum Gefängnis in Tegel.

Der sah ihn halb mitleidig, halb spöttisch an und meinte:

»Wir bringen Sie bis vor die Tür – bequemer können Sie's gar nicht haben!«

»Ich möchte lieber vorher aussteigen,« erklärte Reinecke.

»Aha,« grinste der Schaffner, »haben sich's überlegt.« Und er gab das Haltezeichen, setzte den Inkonsequenten ab.

Reinecke aber gondelte dem Wagen nach, mit sich rechtend, ob er nun schon hier in Tegel oder erst daheim das »Frechsein« aufgeben, die Wahrheit sagen sollte.

Oder – auch seinerseits davonlaufen? Es rieselte ihm kalt über den Rücken bei dem Gedanken.

Aber Geld hatte er ja, auch einen Vorsprung – er käme gewiß irgendwohin, in Sicherheit. Und Minna?

Plötzlich hörte er von der Fahrstraße her laut seinen Namen rufen.

Er fuhr so hastig herum, daß sein »Gepäck«, das er an einer überlangen Schnur trug, sich um den nahen Laternenpfahl wickelte, so daß er nun wie gefesselt war.

»Reinecke!« hörte er es noch einmal.

Teufel – was für Spuk verfolgte ihn denn heute? Zuerst dieses plötzliche Auftauchen der Minna und nun ...

Aber diesmal war's kein Spuk.

Aus der offenen Equipage hatte man ihn angerufen. Der Wagen hielt dicht vor dem Laternenpfahl, und vor dem zu Tode erschrockenen Reinecke stand Gerold, der mit einer Dame in dem Wagen gesessen hatte.

»Reinecke! Da sind Sie ja! Wie freue ich mich, daß ich Sie noch erwische,« rief Gerold ihm zu und lachte in den Wagen hinein.

Reinecke mußte wirklich sein ganzes bißchen Verstand zusammennehmen, um nicht sich selbst wie ein Narr vorzukommen.

»Herr Gerold! Ja – sind Sie denn nicht ...?« Er machte eine bezeichnende Geste.

»Ich habe Sie in dem Menschengewimmel aus dem Gesicht verloren,« versicherte Gerold – »ich suche Sie schon seit einer Stunde.«

Ein langgedehntes »Sooo?« war alles, was Reinecke zunächst herausbrachte.

Dann bückte er sich, zog etwas aus dem Stiefel hervor und streckte es Herrn Gerold mit einer wahren Armesündermiene entgegen:

»Da muß ich Ihnen ja das wiedergeben!«

Er sah aus wie Hans im Märchen, dem die goldenen Eier sich in ganz gemeine Hühnereier verwandelten.

Einmal im Leben hatte ihm das Glück gelächelt, aber es hatte nur sein Spiel mit ihm getrieben. »Da.«

»Unsinn! Fällt mir gar nicht ein! Ich ernenne Sie hiermit zu meinem Hofschuhflicker. Wenn ich wieder frei bin, sende ich Ihnen alle meine kranken Stiefel zu, bis Sie mir nichts mehr schulden!«

Francis, die jedes Wort hörte, sagte:

»Behalten Sie's nur, Meister! Und grüßen Sie mir Fräulein Minna von Frau Gerold.«

Reinecke stammelte etwas Unverständliches – Schluchzlaute mischten sich dazwischen ... Dann folgte er der Einladung Gerolds und stieg ein zu den beiden.

Fünfzig Schritt diesseits der imposanten Strafkolonie wurde Halt gemacht.

Ein kurzer, tapferer Abschied zwischen Francis und Gerold – dann schritt dieser mit seinem Hüter vorwärts und verschwand nach wenig Augenblicken hinter der eisernen Gittertür.

*

Der erste Brief, den Gerold im Gefängnis schreiben durfte, war an Kitty Knox gerichtet – so hatte er Francis versprechen müssen.

> »Sie sehen,« schrieb er ihr, »ich bin nun doch ans Ziel gelangt. Nicht, weil Francis
> es so wollte, noch weil mein Gewissen mich hierher getrieben, sondern weil ich
> meine Frau liebe, mehr als jemals liebe. Und weil ich weiß, daß ich auch ihr etwas
> geworden bin in der Zeit der Trennung. – Sie wissen nun schon, daß ich hier nicht
> der Reue leben werde, wie der Anstaltsprediger es berufsgemäß verlangt. Ich habe

zwar das frohe Bewußtsein, mich selbst überwunden zu haben, und in diesem Sinne sind auch unsere Gesetze – selbst die anfechtbarsten! – von erzieherischer Wirkung: weil sie einmal Gesetz sind, soll der Denkende sich ihnen fügen. Das erhebt ihn über die Masse derer, die man zum Gehorsam zwingen muß... Aber ich gestehe es frei: diese Erkenntnis ist mir erst hier gekommen. Hierher gegangen bin ich aus einem andern Grunde: die *höchste Instanz* hat mein Urteil bestätigt – es war eine Tat der *Liebe*, daß ich hierher ging. Was einmal die *Liebe* uns zum Gesetz macht, dagegen gibt es keinen Widerspruch mehr.

Ihnen, Verehrteste, habe ich es zu danken, daß ich heute so froh über Dinge reden darf, die mir vorher Grauen eingeflößt haben ... Ist Amerika das Land, das Ihrer warmen Begeisterung wert, so muß es unter seinen Söhnen auch den Mann zählen, der Ihrer würdig ist. Daß er Sie finde, ist mein und meiner Francis aufrichtigster Wunsch!«

Ende

9 788027 249428